Recipe for a Perfect Wife
Karma Brown

良妻の掟

カーマ・ブラウン　加藤洋子 訳

集英社

良妻の掟

わたしの祖母、ミリアム・ルース・クリスティに本書を捧げます。
女は家を守るものという時代に、彼女はフェミニストでした。
料理はあまり得意ではなく、手の込んだものは作れなかったけれど、
そこそこの〝チキン・ア・ラ・キング〟は作ってくれました。
恋しいおばあちゃんの味、でも、もっと恋しいのは祖母その人。

わたしの前の世代のすべての女性に本書を捧げます。
進むべき道を照らしてくれてありがとう。
わたしのあとの世代――とりわけあなた、アディソン・メイ――には、
仕事を終えられなかったことを謝ります。
あなたたちがあとを引き受けて、成し遂げてくれることを願っているわ。

なんであれ技能を極めるのは大変だ。さながら気難しい女主人に仕えるようなもの。
妻業も職人芸の一種であり、極めるのはことさら大変だ。

――ブランチ・エバット『妻がしてはいけないこと』一九一三年

1

きみは忘れているのだろうが、わたしは結婚しているんだ。結婚はおもしろいよ、毎日が騙《だま》し合いの連続なんだからね。
——オスカー・ワイルド『ドリアン・グレイの肖像』一八九〇年

植え付けには時間も季節も遅すぎたが、そんなことも言っていられない。急がなくては。夫は庭仕事をしたことがないから理解がなかった。そのうえ、丹精込めた庭の美しさを愛《め》でる気持ちもない。だから、その朝も彼女に軽く苛立《いらだ》っていた。庭仕事よりも大事なことがあると思っているのだ。前の週に引っ越してきたばかりだから、やるべきことはいくらでもあるだろうと。庭仕事は待ってくれるというのも一理ある——一年も後半に入ったこの時季にやれることはあまりない。球根は雨と春のあたたかさを待ち望みながら土の中で眠っている。だが、この植物、ベル形の花をたくさんつけるこの植物はそこまで忍耐強くなかった。そのうえ、育て方の詳細な説明書付きの贈り物だから、すぐに植えてやらねばならない。きょうのうちに。

土に肥料を混ぜたり、蕾《つぼみ》や葉に歌いかけてあやしてやるときがいちばん自分らしくいられた。この家をひと目で気に入ったいちばんの理由がそれだった。土作りはあらかたできており、どれほど見事な庭になるか容易に想像がついた。家そのものはやたらと大きくてあたたかみがなく、二人で住むには部屋数が多すぎる。でも、まだ結婚したばかりだ。家をわが家に、子どもたちがいて賑《にぎ》やかであたたかなわが家に仕立てる時間はいくらでもある。

気に入りの曲をハミングしながら、園芸用手袋をはめ、移植ゴテで丸く土を掘り起こした。手袋をした手でアメジスト色の花を傷めないよう苗木をそっと穴の中に置く。根のまわりに土を入れて上から軽く叩くと気持ちが安らいだ。すっくと立つ茎と花のおかげで庭が明るくなった。やるべきことはいくらでもあるが、やわらかな草の上に寝転がると、両手を枕にして雲が躍る青い空を見あげた。これからのことを思い武者震いした。

2

アリス　二〇一八年五月五日

男というものはきれいに片付いた家が好きだが、家をきれいに保つため四六時中バタバタと掃除されると気が休まらないから、ほかに居場所を求める。

――ウィリアム・J・ロビンソン『結婚生活と幸福』一九二一年

アリス・ヘイルがその家を見に行ったときには――構えは立派だが、長く空き家だったため無残に荒れ果てており――そこになにが眠っているか知る由もなかった。巨人王ガルガンチュアみたい、が第一印象だった。ヘイル夫婦が住んでいるのは、マンハッタンのマリー・ヒルにあるワンベッドルームの狭いマンションで、ベッドのまわりは横向きでしか歩けず、トイレに座ってドアを閉めると膝が擦《こす》れる。それに比べこの家は、左右対称の巨大な煉瓦《れんが》造りで、石のアーチに囲まれた赤いドアの両側には鎧戸《よろいど》付きの窓があり、ドアの塗装は太陽にあたりすぎた肌みたいに剝《む》けている。そのドアを開けて入るのかと思ったら腰が引けた。〝グリーンヴィルへようこそ、ネイト・ヘイルとアリス・ヘイル〟人の口みたいなドアポストが、微塵《みじん》も歓迎していない口調でささやきかける。〝ここは都会で仕事する若い専門職の死に場所なのさ〟

郊外はたしかに美しいけれど、マンハッタンではない。グリーンヴィルは、もっと有名でもっと高級な町スカースデイルまで車で数分だし、ニューヨーク市内から電車で一時間弱だが、まったくの別世界だった。広い芝地《しばち》。庭を囲む柵は判で捺したように白く塗られている。歩道は落ちた物を拾って食べられるぐらいきれいだ。車の音がしない。それがアリスを不安にさせた。左目がピクピクするのは前夜によく眠れなかったせいだろう。マリー・ヒルの靴箱サイズのマンションの部屋を電気もつけずに歩き回りながら、これ——一軒家、グリーンヴィル、その他諸々——はとんでもない間違いだという思いに押し潰されそうになった。もっとも、真夜中の考え事はなんでも悪いほうへ向かいがちで、朝になれば不眠症も不安も馬鹿らしく思えるものだ。これが二人で見て回る最初の家だった。誰も最初に見た家は買わない。

ネイトに手を引かれて歩道を進み、家を横から眺めた。彼の指を握り締め、彼の視線を辿《たど》る。「いいと思わない?」彼が言った。アリスはほほえみ、目のピクピクに気付かれませんようにと願った。

家の外観——道路から玄関へとつづく私道の舗装の深い亀裂、傾いた灰色の柵——を目にして、この家の値段が相場より安い訳がわかった。それでも予算オーバーだ。とくに一人分の給料で暮らしているいまは厳しい。そうなったのは自分のせいだから、アリスはそのことを考えるといまだに罪悪感で胃が痛くなる。この家は相当手を入れないと住めない。まだ家の中に入ってもいないが、それでもわかる。ため息をついて瞼《まぶた》に指を押しあて、〝これでいいのよ。きっとうまくゆく〟と自分に言い聞かせた。

「直しに相当お金がかかるわよ」アリスは言った。「払っていけるの?」けっして裕福ではない家に育ち、必要最低限のものすら買えないこともあったから、ローンを組むと思っただけで震えがくる。

「大丈夫さ。ぼくに任せて」ネイトは数字に強く、お金の使い方が上手だが、それでもアリスは二の足を踏んでいた。

「骨組みはしっかりしている」そんなことを言う彼の顔を見つめ、ものの見方のあまりのちがいにアリスは愕然《がくぜん》とした。「シックだしね。堅実な感じがいいと思わない？」〝堅実〟保険数理士《アクチュアリー》と結婚することの利点がそれだ。

「不動産会社の人が教えてくれた住所、間違ってるんじゃないの？」ここでアリスが首を傾《かし》げたら、家もおなじ方向に傾きそうな気がした。きっと所番地が間違っていて、この家の〝もっと状態のいい従兄弟《いとこ》〟がほかの場所に存在しているのだろう。〝おっと、彼女が言ってたのはグリニッジだったよ、グリーンヴィルじゃなく〟不動産会社から届いたメールを読み直して、ネイトがそう言ってくれるのを期待した。

前庭の芝の惨状に、アリスは顔をしかめた。伸び放題で艶のない草。芝刈り機はいくらするのだろう。どこもかしこも荒れ果てているが、柵沿いの花だけは例外で、ティッシュペーパーを幾重にも重ねたような濃いピンクの花が艶《あで》やかに咲き誇り、その日の朝に手入れされたばかりに見える。

アリスは屈《かが》み込み、花びらの下に指を入れ芳香に陶然となった。

「一七三三」ネイトがスマホから顔をあげ、錆《さ》びた真鍮《しんちゅう》の門標を確かめた。「ここであってる」

「コロニアル・リバイバル」不動産会社のベヴァリー・ディクソンが言っていた。前の晩にスピーカーフォンから流れる彼女の説明に、ネイトとアリスは耳を傾けた。「四〇年代に建てられたので多少癖はありますけど、細部まで手が込んでるんです。石のアーチやクラシックな間取りを実際にご覧いただきたいわ。動きが早いですよ、いいですか、この値段ですもの」ネイトは有頂天で聞き入っていた。窓が少なく緑を置くスペースもなく、家賃がバカ高い狭いマンションに、彼が息苦しさを感じているのはわかっていた。

ネイトは前々からマンハッタンを出たがっていた。父親とやっていたように、子どもたちとキャッチボールができる庭が欲しいのだ。配達トラックの音ではなく、小鳥のさえずりや、夏ならセミの鳴き声で目覚めたいから、自分で手を入れて住みやすくできる〝格安物件〟を欲しがっている。いまだに別れていない両親――しかも母親は専業主婦――にコネチカット州の郊外で育てられ、二人の兄弟もまた人生の成功者だから、彼が描く家庭生活は無邪気なほどバラ色だった。

アリスはすこぶる居心地のいいマンションを愛していた。大家は蛇口の水漏れ修理もペンキの塗り替えも引き受けてくれるし、この春に冷蔵庫が壊れたときも新しいのと入れ替えてくれた。ほんの十ブロック先には親友のブロンウィン・マーフィーが住んでいて、男と靴箱に暮らすのがしんどくなればそこに逃げこめる。公正を期するために言っておくと、ネイトは清潔好きで、すべての物におさまるべき場所があり、すべての場所におさまるべき物があると思っている。アリスより片付け上手だが、それでも小さな欠点はある。ジュースをカートンから直に飲む。彼女のとてつもなく高価な金めっきの毛抜きで鼻毛を抜く。人生は望みさえすればなんでも与えてくれると思っている。

広い心を持つとネイトに約束したし、約束を守ろうと努力してもいる。それに言うまでもなく、もしグリーンヴィルに引っ越すことになったら、すべて自分の蒔《ま》いた種だ。

約束の時間の数分前に、軽快なエンジン音と共にレクサスが角を曲がってきて、ベヴァリー・デイクソンが現れた。助手席からバッグとフォルダーを摑《つか》み取り、新車なのよと言いたげにやさしくドアを閉めた。それから、スマートキーでドアをロックした。二度も。怪しげな人でもいるのかとアリスは見回したが、通りの向こうをベビーカーを押して歩く女性と、数軒先で木を刈り込む男性がいるだけだった。住環境についてベヴァリーが言っていたことを思い出す。「犯罪は存在しません。なんならドアに鍵をかけなくても大丈夫なほどですよ」

ベヴァリーは十センチのヒールで間合いを詰めてきた。風船形のボディを包むのはベージュのスカートとお揃《そろ》いのジャケットだ。彼女が満面の笑みを浮かべ、手を差し出しながらちかづいてくるので、重たそうな金のブレスレットが音をたてる。にっこり笑うと前歯にピンクの口紅がついているのが見えた。

「アリス。ネイト」ブレスレットをウインドチャイムみたいに鳴らして、ベヴァリーは二人と握手した。「お待たせしちゃったかしら?」

そんなことないですよ、とネイトが請け合う。アリスはほほえみ、ベヴァリーの歯を見つめた。

「掘り出し物ですよ」ベヴァリーは息を切らしており、言葉に喘音《ぜんおん》が伴う。「まずは中をご覧になりますよね?」

「もちろん」ネイトがまた手を摑んだので、アリスはついて行くしかなかった。ほんとうはマンハッタンに戻り、ヨガパンツに着替えて狭いマンションに隠れていたかった。テイクアウトを頼んで、郊外に引っ越そうと思った一時的正気喪失を笑い飛ばしたかった。

玄関に向かう私道を歩きながら、ベヴァリーはいくつか指摘し(〝アーチの華麗な石……いまではどこを探しても見つからない……建築当時のままのクリスタルガラス……〟)、アリスは目の端に動きを捉えた。二階の左側の窓でカーテンが揺れたのだ。まるで誰かが開けようとしたように。ネイトに摑まれていないほうの手を額にかざし、窓を見あげたがなんの動きも認められなかった。想像の産物だろう。おそらく――疲れが溜《た》まっているのだ、働いていないにもかかわらず。

「ゆうべの電話でも申しあげましたように、家は一九四〇年代に建てられたものです。庭はたしかにかなり荒れていますけど、造園業者に頼めばきれいにしてくれます。あのシャクヤクの見事なこと、ねえ？　前の持ち主が本物の園芸名人《グリーンサム》だったらしいですよ。うちの庭にあんなふうに花を咲かせたくても、あたしにはとても無理だわ」

造園業者。やれやれ。これで二人は正式にあの手のカップルになるわけだ。子どもたちが楽しく遊べて、ゴールデンドゥードル（訳注：ゴールデンレトリーバーとプードルのミックス）が用を足せる青々とした芝生の庭は欲しがるくせに、庭仕事は人任せにするカップル。玄関にちかづくにつれ、アリスの胃が捻《ね》じれた。コーヒーとひと握りの湿気たシリアルしかお腹に入れていなかったけれど、気分が悪いのはそのせいではない。この家と、それにまつわる諸々のこと――とりわけマンハッタンを去ること――が、吐き気の原因だ。ベヴァリーとネイトは家の〝骨組み〟や、いまだに使える独特の音色のドアベルといったユニークな特徴について暢気《のんき》におしゃべりしているが、アリスの喉の奥には胆汁がせりあがってきていた。こっちの不安などおかまいなしで、ネイトはベルを押し、赤いドアの向こうでチャイムが小さく響くと陽気に笑った。

3

アリス

口が達者ないまどきの女も、愛と道理には弱い。懇々と諭す人の話に黙って耳を傾けることができれば――一朝一夕にできるものではないだろうが――自分がつねに正しいわけではないと気付くだろう。

――ウォルター・ガリチャン『現代女性の御し方』一九一〇年

家の中は薄暗く底冷えがするので、アリスは両手を脇に挟んで見て回った。すべてが古臭く、ベヴァリーがプラス要素だと言わんばかりに〝ヴィンテージもの〟と連呼する壁紙には薄い埃《ほこり》の膜が張っていた。リビングルームの道路側の窓辺には古い机が据えられ、真ん中に鎮座するソファーはオフホワイトのシーツにすっぽりと覆われている。

「どちらか演奏されますか？」

「はあ？」ベヴァリーがなんのことを言っているのかわからず、アリスは聞き返した。

「ピアノですよ」ベヴァリーがリビングルームの奥に寄せられた黒いピアノの蓋を開け、鍵盤を叩いた。「埃をかぶっているし音がはずれているけど、いい状態を保っていますよ」

「どっちも弾けないんですよ」と、ネイト。「でも、習えば弾けるようになるかな？」それはどうだろう――二人とも音楽好きというほどではなく、この二年ほどシャワーで歌っているのを聞いたかぎりでは、ネイトは音痴だ。

リビングルームからドアのないアーチ開口を抜けるとキッチンだ。ここもまた旧態依然なのは見ればわかる。桃色に塗られた戸棚、古色蒼然《こしょくそうぜん》たる冷蔵庫はまだ動いており、貨物列車みたいな轟《ごう》音《おん》を発していた。隅に寄せてあるのは、卵形のフォーマイカの天板にクロムめっきの脚のテーブルと、緑がかった青の椅子四脚だ。オープン型のコーナー用食器棚には食器が並べてある――リサイクルショップや骨董市《こっとういち》で見かける、花や渦巻が描かれた乳白色の食器だ。この家は〝現状どおり〟で売りに出されており、つまりは家の中のものすべてをひっくるめた値段ということだ。食器を売ればお金になるかもしれない。なんといっても〝ヴィンテージもの〟なのだから。

「これはなんですか？」アリスはシンクの横に嵌《は》め込まれた長方形の金属板を指さして言った。それをあげて中を覗《のぞ》き込む。

「ああ、ゴミのハッチですよ」と、ベヴァリー。「野菜屑《やさいくず》や皿に残った汚れを掻《か》き落として捨てるためのもの」シンクの下の戸棚を開くと浅い皿――四隅がわずかに錆びている――が現れた。「片付けの最後にこの皿をきれいにするわけ。便利な仕組みで、昔の良いキッチンにはかならずついてましたよ」

「気がきいてるね」ネイトは引き出しや戸棚を開けてみて、扉の裏側についている金属の料理本《りょうりぼん》ホルダーや、戸棚の奥にずらっと並ぶ鍋やフライパンを掛けるフックを見つけた。引き出し式のボードは、ベヴァリー曰《いわ》く、座って料理したい主婦のための作業台だそうだ。

ネイトが一人で舞いあがっているので、アリスは現状に目を瞑《つぶ》り、この家をどんなふうに変えていけるか考えることにした。二人に必要なのはこういう家なのかもしれない。この数ヵ月、夫婦関係がぎくしゃくしていたのは、もっぱらアリスのせいだ。だから、犠牲を払うのはアリスのほうだ。自分には合わない生活だろうと、受け入れなければならない。

ベヴァリーがしつこく言うように、家をわが家に育てあげることに鬱屈したエネルギーを注いだらどうだろう。まず〝ヴィンテージもの〟の壁紙を引っ剝がす。膨大な作業だと思うと泣きたくなるけれど。部屋と部屋の境の壁を倒して広いスペースを生み出せば、窓からの日射しが奥のほうまで届くだろう。アリスが前向きにいろいろ考えているときに、ネイトが、窓辺は書き物にもってこいだ、なんてことをつぶやいた。「デスクの横の本棚にきみが書きあげた小説がずらっと並ぶ様を想像してみなよ」いいわよ。人に合わせるのは得意だ。会社で面倒なクライアントばかり振られたのは、アリスに人あしらいの才能があるからだ。「いつでも、なんでも受け入れる」がモットーだった。

「ジョギングにもってこいの町だよね」ネイトが言う。頭の中には、週末に並んで何キロも走る二人の姿が浮かんでいるにちがいない。チェック、チェック、チェック、ネイトの頭の中には〝やりたいことリスト〟があって、項目にチェックを入れている。ジョギングを再開するのはいいかもしれない。うっかり車道に出ても車に撥《は》ねられる心配なしに、並木道を何キロも走れる。

ベヴァリーが力強くうなずいた。「あら、ちょうど走ってる人が」三人揃って窓から外を見ると、ジョギングする女性が通りすぎていった。ベヴァリーが人を雇ってやらせたのではないかと疑いたくなるほどのタイミングのよさだ。

「もう一度走りたいって、よく言ってたよね」と、ネイト。「少なくとも赤ん坊ができるまでは」

彼がアリスのお腹を撫《な》でた。

「まあ、おめでたなんですか？」ベヴァリーが小さく喘《あえ》いで言った。子どもの誕生ほど家を買い急ぐ理由になるものはないし、子どものいる家はいない家の何倍も見端《みば》がいい。「若い家族にとってこれほど最適な環境はありませんよ。まだご覧にいれてませんが、地下室に大型の洗濯機と乾燥機が備わっていて、赤ちゃんが出す山ほどの洗濯物を洗って干すのに、いちいち外に出ずにすむんです」

「おめでたじゃありません」アリスは即座に、きっぱりと言った。赤の他人の前でその話題に触れて欲しくなかった。彼女の子宮の状態はごく私的な問題だし、子作りに励むことにしたのはつい最近のことだ。

「いまはまだね」ネイトが言い直し、アリスのお腹を最後にひと撫でし軽く叩いて手を離した。おかげでTシャツがへばりつき、ぽっこりお腹を目立たせる。これまでは、苦もなく痩せることができた。グリーンジュースとコーヒーを飲み、骨出汁《だし》スープとスイカだけのダイエットを一週間つづければすっきり痩せられた。体力を吸い取るハードな仕事のおかげで、肉付きをよくするだけのカロリーを摂取する暇もなかった。無職になるとそうはいかない。丸みを帯びた彼女の体を、ネイトはこよなく愛し、痩せすぎの女は妊娠しにくいんだって、とのたまった。そんなこと誰から聞いたの、と尋ねたところ、よく憶《おぼ》えていない、の返事。妊娠関連のサイトをお気に入り登録しているにちがいない——ネイト・ヘイルほど用意周到な人間はいないもの。

「働いてらっしゃるの、アリス？　家の外でってことだけど」ベヴァリーのこの質問にアリスがむっとしたのは、ぐうたらな人間扱いされた気がしたからだ。〝わたし、二十九歳ですよ〞肩をそびやかして言いたかった。〝もちろん働いてます〞だが、いまはもうそうではなかった。また胃が捻じれる。今度は掻きたくても手が届かない痒《かゆ》みを伴う切望のせいで。仕事が恋しかった。段取り、やり甲斐《がい》、給料……高すぎるヒールの靴ですら恋しい。ネイトが出勤したあとの部屋で、それを履いて歩き回るのは自分らしく感じられるからだ。

「広報の仕事をしてたんですけど、最近辞めました。ほかのことに目を向けるために」アリスは言った。

「アリは小説を書いてるんです」ネイトが言う。アリスはシーッと言いそうになった。まだなにも書けずにいることを彼に言っておくべきだった。あるいは、職場でほんとうはなにがあったかを。

小説のひと言でベヴァリーの眉が吊り上がり、口が〝O〞の字になる。仮に彼女に夫がいるとして、その伸縮自在な唇が大好きなのだろう。「まあ、なんて素敵なんでしょう」と、ベヴァリー。「あたしも文章が書けたらどんなにいいかしら。買い物リストと不動産リストがせいいっぱいってところだから」彼女は——ピンクに染まった歯を剝き出して——ニカッと笑い、ネイトは、右におなじですよ、数字と図表を書くのがやっと、と言った。

「どんな内容なんですか？　あなたの小説」ベヴァリーが尋ねた。

「ええと、その、広報の仕事をする若い女性の話です。『プラダを着た悪魔《あくま》』的な」

「まあ、あの映画、大好き！」ベヴァリーが叫ぶ。

「まだ取りかかったばかりだから。どうなることか」アリスはほつれ毛を耳にかけ、話題が変わることを切に願った。

「アリはあまり話したくないみたいです」ネイトが肩を抱いてギュッと握った。「作家は秘密を守らないと、そうだろ、ね？」

「そうですよね」ベヴァリーが大きくうなずいた。「それじゃ、二階をご覧にいれましょうか？」

「どうぞお先に」ネイトが言い、先に階段をあがれと女性二人に手振りで示した。

「作家なんですね……ワクワクするわ、アリス。あたし、読むのは大好きなんですよ」ベヴァリーが足を乗せると階段がギーギーきしんだ。手摺《てす》りをしっかり摑んで振り返る。階段は狭くて急なので、一列になってのぼった。

「どんなものがお好きなんですか？」アリスは尋ねた。

「それこそなんでも。手当たり次第に読みますよ。いちばん好きなのは警察小説」

警察小説ね。へえ。予想外だった。最初に案内されたのは隣家に面したベッドルームだ。大木の枝が窓を塞いで隣家はよく見えない。購入を考えているこの家に比べると、向こうは手入れが行き届いているようだ。

「前の持ち主はどんな方だったんですか？」アリスは尋ねた。三人がいまいるのはもっと広いベッドルームで、シングルベッド二台が置かれており、いちおうカバーがかかっているが、剝き出しのマットレスが脇から覗いている。クロゼットの中は空《から》っぽで、ナイトテーブルにはなにも置かれておらず、トイレにはトイレットペーパーがなかった。

「空き家になって一年ぐらいです」と、ベヴァリー。

「一年？」枯れかかった芝生や積み重なった埃、部屋の墓場みたいな雰囲気、暗い四隅に長い影、鼻をくすぐるかび臭さの訳がそれでわかった。家は見捨てられたと思っているのだろう。家人がミルクを取りに出たきり戻ってこなかった家。「いまごろになって売りに出されたのはどうしてなんですか?」

ベヴァリーはブレスレットをジャラジャラいわせ、咳払いした。「家の持ち主が亡くなり、この家は顧問弁護士に託されました。彼女には家族がいなかったそうです」ベヴァリーはちょっと顔をしかめた。「手ごろな値段になったのはそのせいです。最初はもう少し高い値段だったんですが、買い手がつかなくてね。それで、値段をさげてあらためて売りに出されたってわけ。この値段ならすごくいい買い物ですよ!」

家の改装についての知識がゼロのアリスですら、改装費用が相当かさむためにこの値段になったことは想像がついた。配線も配管もやり直さねばならず、壁を抜くような大がかりな改装をするならアスベストの除去費用もかかるだろう。予算が許すなら窓を作り替えれば電気代の節約になる。どこもかしこも化粧直しが必要だ。

「ほかに知っておくべきことはありますか?」アリスは尋ねた。

ネイトが片足立ちして跳ねると床板がきしんだ。「床材はいいものを使ってるな」彼が言う。アリスが足元の堅木の床に目をやるあいだも、ネイトは跳ねつづけた。「最初からこの床だったんですか?」

「数年前に張り替えたんだと思いますよ」ベヴァリーはフォルダーを開き、最初のページに指を這わせた。「ええ、やっぱりそうです。一九八五年に張り替えてます」

「それでもレトロだ!」と、ネイト。

「ほかには?」浮かれるネイトをとりあえず無視して、アリスは尋ねた。「改装をはじめてみたら、思っていた以上に費用がかかって驚くなんて嫌なので」

ネイトは満面の笑みでベヴァリーを見つめる。これ以上問題が出てこないことを願っているのだ。彼はこの家が気に入り、欲しがっている。

「わざわざ言う必要もないことなんですけど、素敵なご夫婦だし、しっかりしていらっしゃるから、だから、その……前の持ち主が……」声が尻つぼみになる。眉根を寄せ、きれいにマニキュアを塗った爪でフォルダーを叩く。「どうやら彼女は……ここで亡くなったようで」口がへの字になったのは、ヴィンテージの壁紙や張り替えた床板や、立派な骨組みや頭金オプションに話題を戻したいからだろう。

「ああ。ここでですか……どんな状況だったんですか?」アリスは尋ねた。

「癌《がん》だったそうです」ベヴァリーがしょげかえった。ヘイル夫妻はそういういわく付きの物件は買わないタイプかもしれないと、不安になってきたのだろう。

まさにそういう対応をとるべきなのだ。グリーンヴィルもこの家も、アリスやネイトにはふさわしくない。マンハッタンに戻るべきだ——たとえ負け犬の気分を味わわされる街だとしても。「わかりました」アリスは冷気を散らすように腕を撫であげ、撫でおろした。「興味深いお話ですね」

〝興味深い〟はつまり〝由々しきこと〟だと匂わす口調で言った。

「それもだいぶ前のことですからね」ベヴァリーの目には、手数料に羽が生えて、クリスタルガラスの窓から飛んでいくのが見えているにちがいない。

「一年をだいぶ前と言うかしらね、ベヴァリー?」アリスは彼女に倣って口をへの字にし、眉をひそめて見つめた。

「正直に言いましてね、古い家にはなにかしらあるものだし、なにもない家を探そうったって見つからないのが現状なんですよ」

アリスはネイトに顔を向け、また小さく震えながら声を落とした。「どうしてだかわからないけど、不気味な感じがするのよね」

「そう？」ネイトはアリスからベヴァリーへと視線を移した。「不気味って。どっちも迷信深いわけじゃないし。ベヴァリーが言うように、一年も前の話なんだし、幽霊が住み着いているなんて、家に箔《はく》がついていいじゃない」

ベヴァリーはクスクス笑い、ネイトは悦《えつ》に入《い》り、アリスは自分の敗北を認めた。

ネイトが期待に満ちた目で無言の問いかけをしてきた。アリスがうなずくと（小さくでも認めたことに変わりはない）、彼はベヴァリーに言った。「ぼくら、この家に関心がありますよ。おおいにあります」

4

ネリー　一九五五年七月十九日

【オートミール入りミートローフ】

牛挽肉《ぎゅうひきにく》四百五十グラム　／　オートミール　カップ一
中くらいの玉ねぎ　一個　…みじん切り
塩　小さじ一と二分の一　／　コショウ　小さじ八分の一
ミルクまたは水　カップ一　／　卵　一個　…軽く混ぜておく
（アメリカの一カップは二百四十cc）

材料をすべて混ぜ合わせ、脂を塗ったパウンド型に入れ、百五十度のオーブンで四十五分焼く。熱々ならもちろん、冷えてもおいしい。濃厚なトマトスープを合わせるとよい。

ネリー・マードックはデニムのズボンのボタンを留め——夫のリチャードはスカート姿の彼女が

好きだから、庭仕事以外では穿かない——テーブルの上の白と赤の包みのラッキーストライクの封を切り、片手にトントンと打ち付けて一本引きだした。真珠貝《しんじゅがい》を嵌め込んだシガレットホルダーに細い煙草《たばこ》を差して火をつけ、キッチンの買ったばかりの椅子——雲ひとつない夏空のような緑がかった青い椅子——に腰をおろし、一服しながらテーブルの上の最新刊の〈レディース・ホーム・ジャーナル〉誌をパラパラめくった。リチャードからは、煙草をやめてガムを噛《か》め（彼は父から名前とチューインガム製造会社を引き継いだ）、それが無理ならフィルター付き煙草にしろ、そのほうが健康的だから、としつこく言われていた。だが、ネリーはガムをクチャクチャ嚙む音が大嫌いで、ラッキーストライクを愛している。煙草を吸うと声がちょっとハスキーになって、歌に味が出るところも気に入っていた。美声が自慢なのに、その天賦の才能を生かすのが教会かお風呂か、花をあやすときぐらいなのが残念でたまらない。かかりつけの医者も雑誌の広告も、フィルターが喉のイガイガを解消すると言うが、ネリーはそんなことを望んではいなかった。

舌についた煙草の葉を取り、雑誌の『この結婚をどう救う？』と題されたコラムに目を留め、夫、妻、それにセラピストと三者三様の考えに目を通した。夫のゴードンは経済的負担に押し潰されそうなうえ、夫のストレスに無頓着で夕食に高いステーキを出す浪費家の妻に苛立ちを募らせている。妻のドリスは、むっつりと黙り込む夫に無視されていると感じ、夫を振り向かせたいがために高いステーキ肉を買っている。ネリーは椅子に座ったまま脚を組み、煙草の煙を深く吸い込み、結婚生活にどっぷりと十年以上浸《つ》かってきた夫婦に、自分だったらどんなアドバイスをするか想像してみた。たとえば、妻にはこう言う。一週間料理をするのをやめて、夫のストレスが緩和されるかどうか見てみたら。夫にはこう言うだろう。彼女が自分の気持ちを察してくれるのを期待するより、自分から話しかけてみたら。

つぎに、セラピストがどんなアドバイスをしているのか読んでみた。〝お金をかけた夕食は、稼ぎが少なく心配性のゴードンにとって負担でしかなく、ひいては彼女自身のためにもならない。ゴードンは自分の気持ちをドリスに説明する必要はない……それぐらい彼女のほうで察するべきである〟なるほど、良妻ならそうして当然。

ミセス・リチャード・マードックになって一年に満たないネリーは、このアドバイスにフンと鼻を鳴らした。ドリスとゴードンの苦境には同情するけれど、ネリー自身はそんなアドバイスをもらう必要性を感じたことがなかった。十一歳年上のリチャードが、リパークラブで大勢の女たちの中から自分を選び、きみこそぼくの妻だと宣言してくれたのだから、自分は運がいいと思っていた。友だちの夫たちと比べると、リチャードはいちばん魅力的でもなく、熱烈に愛してくれるわけでもないが、彼にもいいところはあった。あの晩、リチャードはネリーを文字通りさらっていった。腕に抱いて自分のテーブルまで運び、彼女の二十一歳の誕生日だと知ると、高いシャンパンと賛美の言葉を浴びせて彼女をすっかりいい気分にさせてくれた。それから二年がすぎて、リチャードが完璧な人間ではないことがわかったが（完璧な人間なんてそもそもいるの？）、稼ぎはいいし、子煩悩な父親になるだろう。妻は夫にそれ以上なにを望む？

シガレットホルダーから吸殻を引き抜き、シガレットホルダーをトントンとやって葉を捨ててから、レモネードをグラスに注いだ。そろそろ夕食の支度に取りかからないと。リチャードは簡単なものでいいと言っていた。胃の調子が悪いのだ。二年ほど前にひどい胃潰瘍を患い、再発を繰り返している。今週は挽肉が安かったのでまとめ買いした。けちけちする必要はないと彼は言うが、ネリーはつましい家庭に育ったので無駄遣いはできなかった。リチャードの実家の金——結婚して四週間後に彼の母グレイスが亡くなったので、いまでは夫婦の金——があるけれど、やり繰りするのが好きだ。

母の聖書——『モダンな主婦のための料理本』——を本棚から取り出す。長年使いつづけたから背表紙《せびょうし》はくたびれ、ページは前に作った料理のしみだらけだった。エルヴィス・プレスリーの最新曲『ハウンド・ドッグ』に合わせて歌う合間にレモネードを飲み、ページを繰って目当ての料理に辿りついた。さんざん作ってきたからページの隅が折れている。『オートミール入りミートローフ』材料リストの横に母のきれいな文字で〝消化にいい〟と書き込んである。

料理本を置き、レモネードを飲み干すと、日があるうちに庭に出ることにした。焼けつくような暑さだから帽子をかぶるべきなのだろうが、日射しを顔で受けるのが好きだった。そのせいでそばかすがめっきり増えた。色白は七難隠すが口癖の姑がいまのネリーを見たら、眉をひそめたにちがいない。だが、気難し屋のグレイス・マードックの顰蹙《ひんしゅく》を買うこともなくなったので、帽子をかぶらず庭に出た。

ネリーと庭は相思相愛の仲だ。彼女の花はよそより早く咲きはじめ、よその庭で花が摘《つ》みがはじまってもまだ咲き誇っていたから、どうやってもネリー・マードックの庭みたいにはならないと近所の人たちに羨ましがられた。

ぜひとも秘訣を教えてとまわりにせがまれるが、秘訣などなかった——剪定《せんてい》や草取りに時間を惜しまず、日向を好むもの、日陰のじめじめした場所に向いているものなど、植物それぞれの特性を理解しているだけだ。なにも特別なことをしているわけではない。だが、それだけではなかった。

母のエルシー・スワンは人より植物とすごす時間のほうが長いという人で、ネリーは幼いころからそんな母と庭ですごした。

日射しがあたたかな季節のあいだ、母は元気で愉快で娘のかたわらにちゃんと存在していた。ところがそんな季節が終わって花が枯れ、庭の土が茶色の腐葉土で覆われるようになると、母は誰の手も届かない殻の中に閉じこもってしまう。だからネリーは冷たく暗い季節を憎むようになった(いまもそうだ)。日がな一日キッチンのテーブルに向かって座る母の虚《うつ》ろな目には、懸命に家を切り盛りする娘の姿は映っていなかった。おまけに、祖母と母を捨てて家を出た祖父の二の舞を父が演じないようにと、なんとか引き留めるのもネリーの役目だった。

心の闇にたまに光が射すと、母は自分が知っている庭仕事と料理のコツをすべて娘に教え込んだ。雪が融《と》け日が長くなると母は自分を取り戻し、しばらくのあいだはすべてがうまくいくように思えた。ネリーと母は切っても切れない間柄で、なんでも言うことを聞いてくれる、若くて面倒くさくない女といるほうが気楽だと父が家を出てからは、母娘の結びつきがいっそう強くなった。

ブラジャーにすっぽり包まれた胸の谷間や、下腹や膝の裏の窪《くぼ》みに汗が溜まって痒くなってきた。ショートパンツを穿けばよかった。二階に行って着替えてこようかと思ったが、いえいえ、その必要はない、と思い直す。〝この暑さが体にはいい〟やさしく歌いながら歩き回り、ハチドリが好んで寄ってくるビーバームの深紅色で筒状の花びらを撫でてやった。「植物だって、やさしく触れてやさしく歌いかけてやらないとね、ネル・ガール」母がよく言っていた。ネリーは母ほどのグリーンサムではないが、花を愛することにかけてはひけをとらない。

草取りをして、ひとしきり花に子守唄を聞かせてから、ハーブの茎を何本か刈り取った。パセリの葉を手袋をした指で揉《も》んでから鼻に当てると、瑞々《みずみず》しく晴れやかな匂いが心を満たした。

キッチンに戻り、パセリを洗ってみじん切りにして、ほかのドライハーブと一緒に肉に混ぜ合わせる。ドライハーブは庭で栽培したものを乾かし、チーズシェーカーに入れて戸棚にしまってある。入れ忘れたものがないか、ミートローフのレシピをときおり見て確かめた。この料理は何度も作ったことがあるが、正確な手順を踏むのが肝心だ。リチャードの好みの、外はカリッと中はジューシーに仕上げるには手抜きができない。

彼の胃の調子がよくなっているといいのだが。朝はほとんどなにも食べられなかった。フェンネルとペパーミントのお茶が効くかもしれない。熱い飲み物を嫌うから、氷を入れて。ペパーミントの葉を切りながらラジオに合わせて歌い、今夜は夕食に間に合う時間に帰ってくれることを願った。素晴らしい知らせがあるのだもの、彼の帰りを待ちきれない。

5

アリス　二〇一八年五月二十六日

良妻の鑑と謳《うた》われるには、外交官や女実業家、優秀な料理人、熟練の看護婦、教師、政治家など、数多《あまた》の役割をこなしたうえ、女の魅力も忘れてはならないのだから、これはもう立派なキャリアといえる。

――エミリー・マッド『女性の最上の役割』〈リーダーズ・ダイジェスト〉一九五九年

ドライヴウェイ、それも自宅のドライヴウェイにバックで入ってくる引っ越しトラックのすさまじいバックアラームに、アリスの頭が悲鳴をあげた。ドライヴウェイは車二台、ぴったり揃えて入れれば三台を収容できる長さがある。ほんの数時間前、アリスとネイトは八階の部屋とトラックを何往復もして全財産を積み込んだ。テトリスのブロックみたいに隙間なく押しこんであった家財道具だが、トラックの荷台には楽々おさまった。

引っ越しの前夜、マンハッタン最後の夜に、アリスの親友のブロンウィンが引っ越しパーティーを開いてくれた。しかも、委託販売店で手に入れたレースのベール付き葬儀用帽子にはじまる全身黒ずくめの装いで。「なにか？　あたしは喪中なの」帽子を見て眉を吊り上げたアリスに、ブロンウィンは口を尖《とが》らせて言った。ブロンウィンはときとして芝居がかる——二人がルームメイトだったころ、オーブンの裏からネズミが走り出てきたと警察に通報したことがあった——が、アリスのことを誰よりもよく知ってくれている人だ。帽子は大げさとしても、気持ちはわかる。一年前のアリスは、都会を離れて〝田舎暮らし〟をする人を鼻先で笑っていたが、物事は、それに人も変わるものだ。というより、アリスのように、人はちょっとした判断ミスで人生を台無しにして、変わらざるをえなくなるものだ。

　ブロンウィンの顔を両手で挟んで、アリスは言った。「死んだわけじゃないのよ。グリーンヴィルなんてちかいじゃないの、ね？　変わるっていいものよ」込みあげる涙を抑え、満面の笑みが不安を隠してくれることを願った。

　アリスの不安を見抜いたブロンウィンが、オウム返しに言う。「変わるっていいものよね。この街は過大評価されすぎだもの」それから、さあ、飲みましょう、と言い、二人でしこたま飲んだ。真夜中すぎに、ブロンウィンの混み合ったリビングルーム——友人たちが蒸し暑い部屋にぎゅうぎゅう詰め——を二人で抜け出し、非常階段に腰をおろしてテキーラの最後の一本をかわりばんこに飲むうち、アリスは呂律《ろれつ》が回らなくなり、ブロンウィンは彼女の膝枕で眠ってしまった。

　そんなこんなで早朝の目覚ましと、空《から》えずきと、コーヒー不足のせいで、口は乾き気分は最悪のまま引っ越し作業を行い、いま、アリスはトラックのバックアラームに悩まされていた。いっそのこと、伸びすぎた雑草だらけのドライヴウェイに横たわり、トラックに轢《ひ》き殺されたい。そうすれば二日酔いとおさらばできる。ベヴァリーがつぎに家を見にきた人にどう説明するのか想像したら、笑いが洩れた。

「なにがそんなにおもしろいの？」ネイトが尋ねアリスを肘で軽く突いた。

「なにも」そう言って頭《かぶり》を振る。「ここにいることが信じられない」

ネイトが彼女をちらりと見る。「大丈夫なの？」

「もちろん。頭がいまにも破裂しそうなことを除けばね」

「かわいそうに」ネイトが彼女の肩に腕をまわしてこめかみにキスした。もう一方の手で自分の顔を擦って明るい日射しに目を細める。サングラスは頭のてっぺんに載っていたが、本人は忘れているようだ。「ぼくもひどい二日酔いなんだ」ありがたいことにトラックがようやく停止し、バックアラームがやんだ。

アリスはサングラスを彼の顔に戻してやった。「運送屋さんに追加でお金を払って荷解《にほど》きまでしてもらえば、ベッドに直行できるんじゃない？」

「一セントだって無駄にできないんだよ」ネイトが言う。口調はやさしかったが、アリスは罪悪感に打ちのめされた。彼は高給取りだし――アリスの給料よりずっと多く、今後もそれは変わらないだろう――数ヵ月以内に、これで最後となる保険数理試験に合格すればさらに給料が跳ねあがる。そのうえ、彼は手堅い投資家で貯蓄家だ。それでも、さしあたっては彼一人の稼ぎで生活しなければならない。

「そうよね」アリスは背伸びして彼にキスした。「あなたをどれだけ愛しているか言ったっけ？たとえけさ、あなたが歯を磨くのを忘れていてもね」

ネイトは手で口を押さえてクスクス笑い、アリスはその手をどかした。

「わたしは気にならない」

彼が急に抱き寄せキスしようとしたので、アリスはキャッと叫んでのけぞった。二人とも掴まるものはないかと手探りし、アリスの手が彼のサングラスのつるを掴んで顔から引き剝がした。ネイトがサングラスを落とすまいと手を離したせいで、アリスは地面に倒れた。二人並んで横たわり、アリスは笑いの発作に襲われた。

「大丈夫？」彼が言い、アリスが頭をセメントにぶつけないよう手で庇った。アリスが身悶《みもだ》えしているのが地面に体をぶつけた痛みのせいではなく、笑いすぎたからだとわかり、彼がにやりとする。

「なんとかね」アリスはつぶやき、ほほえんでサングラスを彼の顔に戻した。ネイトの手を借りて立ちあがり、二人してジーンズについた砂を払い落としているところに、ベヴァリーのレクサスがやって来た。

車から降りた彼女のほぼ剝き出しの腕で、銀のブレスレットがジャラジャラいった。彼女が手を振って挨拶すると、二の腕の贅肉《ぜいにく》が揺れた。アリスは思わず自分の腕を摘まんで肉の垂れ具合を確認し、あとで腕立て伏せをやること、と頭の中でメモした。

「アリス！　ネイト！　こんにちは！」ベヴァリーは荷物を抱えており、包み紙の透明なセロファンが薄黄色のリボンから盛大にはみだしている。「きょうは記念すべき日ですね。ワクワクしてるでしょう！」

ベヴァリーはにっこり笑って荷物をアリスに差し出した。セロファンで包まれた籠《かご》の予想外の重さに、アリスは落としそうになった。

「おっと、気をつけて」ベヴァリーがアリスの手に手を添えて支えた。「おいしいワインを花に吸わせるなんてもったいないわ」ドライヴウェイの舗装の裂け目からタンポポが顔を出していた。タンポポさえ〝花〟と称するぐらいだから、ベヴァリーも庭仕事はやらない口だろう。

「ありがとう、ベヴァリー」アリスは贈り物を腕に抱えていたが、セロファンが顎を擦るので、籠の柄を肘にかけた。「お気遣い、恐縮です」

ベヴァリーは手を振ってアリスの言葉を退けた。「なに言ってるの。大切な日ですもの」そう言うと、ネイトに玄関のカギを手渡した。「ここでならきっと幸せに暮らせますよ。ぜったいにね」

6

アリス

プロポーズされるかどうかはあなた次第――秘訣は、独身でいるより結婚したほうが充実した幸福な人生を送れると彼に気付かせるために、さりげなく常識的な啓蒙活動を展開することです。

――エリス・マイケル『彼にプロポーズさせる方法』〈コロネット〉一九五一年

アリスとネイトは、慣れないマスター・ベッドルームの即席ベッドで、ベヴァリーがくれたワインを飲み干しほろ酔い気分だった。疲れてベッドを組み立てる気になれず、床に直にマットレスを敷き、羽根布団をかぶった。部屋を照らすのは、奥の壁のコンセントに差したベッドサイド・ランプだけだ。体が痛い。頭のてっぺんから足の先まで全身の筋肉が、マッサージを欲している。それが無理なら熱い風呂に浸かりたい。錆の輪ができたアーモンド色のバスタブを思い浮かべ、今夜はシャワーですませることに決めたものの、その元気があるかどうか。窓にはまだブラインドが付いていないが、道路を行き交う車のライトも、近隣の建物の窓から射す明かりもないので、窓から見えるのは信じられないほど暗い空だけだ。それに静けさ。静かすぎる。

ベッドルームのドア脇に置いた箱を思い出し、あたたかな寝床から嫌々抜け出して箱を取ってきた。「あなたにあげたいものがあるの。たいしたものじゃないから、大騒ぎしないでね」段ボール箱から取り出したのは、金色のリボンをかけた長方形の箱だった。羽根布団の上に座り、冷えないようにナイトシャツで膝を隠し、箱をネイトに差し出しほほえんだ。「引っ越し祝い」

彼はびっくりして彼女の脇に座り、箱を受け取った。「なにかな？　ぼくはなにも用意してない」なに言い出すの、という顔で彼を見つめる。

「家を買ってくれたじゃない」

「買ったのはぼくたちだろ」細かな目の紙やすりみたいな無精ひげが生えた顎を、アリスの首筋に擦り付けてやさしくキスする。アリスは敢《あ》えて訂正しなかった。彼の貯金をくずして頭金を払ったことを指摘するまでもない。

「開けてみて」

ネイトが箱を振ると、中で重たいなにかが動く。好奇心を掻き立てられて眉を吊り上げ、リボンをほどき包み紙を開いた。白い箱の蓋を開け、贈り物を包む薄紙を開き、嬉しそうに笑った。

「気に入った？」アリスはにやりとして尋ねた。

彼が二度キスする。「すごくね」磨きあげられた木の柄を右手で握り、目の前の架空の釘をハンマーで打つふりをした。「すごい」ネイトが無骨なハンマーの柄に指を這わせた。〝ミスター・ヘイル〟の文字が彫り込んである。

「よかった、気に入ってもらえて。お揃いっていいと思わない？」アリスはドア脇の段ボール箱からまったくおなじハンマーを取り出した。こっちの柄には〝ミセス・ヘイル〟と彫ってある。

「きみは最高だよ」彼が笑いながらつぶやく。「ありがとう。あとはなるべく指を叩き潰さないようにしなきゃね」

「そうね」アリスは笑い、ちょっと間をおいて言い添えた。「手に余る大仕事かもよ」

「ああ。でも、二人で力を合わせて頑張ろう」彼がアリスの手からハンマーを取り上げ、床にふたつ並べて置いた。「このふたつに洗礼を施すのはあすにしよう」彼に軽く胸を突かれてマットレスに仰向けになると、彼の両手がナイトシャツの裾から入ってきて素肌に手のひらを憩わせた。アリスが震えたのは、部屋の寒さもさることながら、彼の親指がへそのまわりでゆっくり円を描いたからでもあった。

「ぼくらはここで人生を築いてゆくんだ」ネイトがささやいた。「ぼくが養ってゆくからね」


ネイト・ヘイルとアリス・リヴィングストンは、セントラル・パークの貯水池を取り囲むランニングコースで出会った。こちらに走ってくる彼に、アリスは気付かなかった。ランニングシューズについた犬の糞《ふん》を落とそうと必死だったからだ。ネイトは〝本物の〟ランナーだった――GPS時計、縞の反射テープが縫い込んである速乾シャツ、ランニング用ボトルホルダー、無理なく長く走れる人特有の弾むような足取り。アリスがジョギングするのはそのときが二度目だった。その後、ジョギングを楽しめるようになったものの、そのときはジョギングにまつわるすべてを憎んでいた。

ネイトが最初に見たのは、片足で跳ね回るアリスだった――指で靴紐《くつひも》を摘まみ、腕をめいっぱい伸ばして汚れたシューズをぶらさげていた。

「どうかしましたか？」ネイトはペースを落としてちかづいてきた。この先二十年は抜ける心配がなさそうなフサフサの髪の好感度の高い男だった。長く黒いまつげ。ほっそりしていながら、しっかりと割れた腹筋――目に入った汗を拭おうとシャツをまくりあげたので嫌でも目についたし、その日の午後、アリスは彼を部屋に誘い、全貌を拝ませてもらった。

「なにか踏んづけたみたい」アリスは吐き気を抑えた。

「どれどれ、見せてみて」ネイトが手を出したので、アリスは喜んでシューズを渡した。彼は木陰の草地へと移動した。「ところで、ぼくはネイト」ネイトが肩越しに言い、アリスは裸足の爪先を軽く地面につきながらぎこちなくあとを追った。「握手するところだけど、これじゃね」彼がにっこり笑うときれいな歯が覗いた。

「アリス。それと、ありがとう。おかげで朝食を戻さずにすんだわ」

　ネイトはしゃがんで靴底を草に擦り付けた。きっちりと、まるで仕事をするように。アリスはちかくで待つあいだ、片方裸足でアパートに戻る算段をした。ネイトが摑んでいるシューズはどう見てもゴミ箱行きだ。ネイトは靴底を確かめ、もう一度草に擦り付け、ボトルホルダーから小さな水のボトルを取り出した。彼がボトルを絞って靴底に水をかけると汚れた水が滴り落ち、アリスは思わず横を向いて吐いた――部屋を出る前に口に入れたゲータレードとバナナ半分を足元の草の上にぶちまけ、ばつが悪いったらなかった。

　十五分後、二人はちかくのベンチに並んで座っていた。アリスは両足ともシューズを履いて（ネイトは見事に汚れを落としてくれた）。胃が空っぽのままはまずいからとネイトが買ってくれたアイスキャンデーを舐《な》めながら、楽しくおしゃべりした。

「それじゃ、教えてもらおうかな、アリス。きみについて知っておくべき三つのこと」

「そうね。犬の糞を見ると吐くこと以外に？」ネイトは噴き出し、アリスは申し訳ない気持ちになった。

「ごめんなさい。迷惑かけちゃって」

「どんでもない」ぐんぐんあがる気温のせいで融けだしたアイスキャンデーを舐めながらネイトが言った。「おかげできょうのジョギングはめっぽう楽しくなったからね」彼がほほえむ。アリスは胃の弱さを恨みながらも、彼の思わせぶりな軽口にまんざらでもない気分だった。

「で、三つは？」

「ひとつ目。広報の仕事をしていて、きついけど楽しんでいる。ふたつ目。こんな恰好《かっこう》をしてるけど、走るのは苦手」ランニングシューズとジョギングパンツを指さす。「走るのはきょうで二度目なの」

「それで、どう思ってるの？　もっと本格的に走りたいの、アリス……ええと、苗字は？」

「リヴィングストン。それはなんとも言えない」アリスは笑った。「きょうのジョギングは大成功とは言えないもの」

「で、三つ目は？」ネイトはアイスキャンデーを食べ終え、木のスティックを歯のあいだに挟んでベンチにもたれ、彼女をじっと見つめた。

見つめられてアリスは顔を赤らめた。体が火照るのは蒸し暑さのせいでも、運動したせいでもなかった。「三つ目は……ふだんのわたしは、セントラル・パークで見ず知らずの人とアイスキャンデーを食べたりしない」

ネイトのニヤニヤ笑いはかわいかった。「足元に食べたものを吐いた女性に、アイスキャンデーを買ってあげたのははじめてだから、ぼくらはどっちもふだんとはちがう領域に入ってるってことだね」

「おもしろい人ね」クスクス笑いながらつぶやく。甘い氷が融ける速さに追いつこうとしたが失敗し、両手がベタベタになった。

ネイトがべつのボトルを取り出して言った。「両手を出して」アリスがそうすると、ネイトは水をかけてから自分のシャツで拭いてくれた。彼の指がほんの一瞬止まり、それから彼は笑って顔をそらし、ウェストに巻いたボトルホルダーにボトルを戻すことに集中した。

「きみがもう一度走ってみてもいいと思うかどうかわからないけど――シューズがあんなことになって、もうこりごりかもしれないしね」ネイトの妙に真剣な表情がおかしくて、アリスは笑ったものの、胃を手で押さえてたじろいだ。「でも、ぼくは週に数回ここで走っているし、もしきみが危険を冒す気になったら、走り方のコツとか喜んで教えてあげる」

「ジョギング・デートに誘ってるの、ネイト……待って、あなたの苗字は？」

彼が差し出す手をアリスは握った。「ネイト・ヘイル。ランナー。保険数理士《アクチュアリー》、数字を扱う仕事のかっこいい呼び名。困ってる乙女をほっとけないという弱みはあるけど、おおむねいい奴《やつ》だと思う」

三十分後、アリスの部屋でシャワーを浴びながら二人は体を絡ませていた。玄関からバスルームまで、慌てて脱いだシューズやショーツ、Tシャツにスポーツブラ、下着が間隔を置いて落ちていた。アリスは会ったばかりの男を部屋に誘うようなタイプではないが、ネイトはべつだ。アリスには確信があった。

じきにアリスは週のうち大半をネイトの部屋に泊まるようになり、ブロンウィンから、べつのルームメイトを探したほうがいいかも、と言われるようになった。それも嫌味たっぷりに。というのも、ネイトが現れるまで、アリスは男と深い関係になるつもりはないと断言しており、ブロンウィンもおなじ考えで、親友同士であと数年はルームシェアをつづけるものと思っていたからだ。

アリスがブロンウィン・マーフィーに出会ったのはそれより数年前だった。二人は一週間ちがいで採用された広報担当アシスタントで、ボスであるジョージア・ウィッティントンを恐れつつ崇拝するうち絆を強めていった。アリスも〝野心的〟を自任していたが、ブロンウィンの比ではなかった。ブロンウィンにとって、ジョージアも会社も踏み台にすぎず、何年後にウィッティントンのもとで昇進するか、さもなくばさっさと会社を辞めるかを記した年表を作っていた。約束されたはずの昇進が果たせないとわかると、彼女は辞表を提出し、アリスに――すでにルームメイトになっていた――一緒に辞めようともちかけた。しかし、アリスはそれまで積み上げてきたものを棒に振る気がなかった。熱心な仕事ぶりと会社への忠誠心が認められ、じきに昇進すると期待もしていた。いま、ブロンウィンはライバル会社にいて、アリスの倍の給料をもらい、念願の〝広報担当ディレクター〟の肩書を手に入れていた。

「あたしの好みを理解してくれる人を見つけるのって大変なのよね」ブロンウィンが言った。「ネイトの部屋に泊まるのに必要な物を取りに戻ったアリスのあとをついて回りながら。「その人は、オーブンを使いたがるかもしれないじゃないの、たとえばチキンをローストするのに」アリスは友人をハグした――ブロンウィンは下駄箱からはみだした靴をしまうのに、オーブンを使っている。

「すっかり落ち着いちゃってさ」ブロンウィンはアリスのベッドにどっかりと座り、アリスがウィークエンド・バッグに下着を二組突っ込むのを眺めていた。「愉快なアリスが恋しい！　あたしの選択は正しいんだって、いつも思わせてくれたアリスが」

「そのアリスはここにいるじゃない！　あんたってなんでもおおげさに考えすぎるのよ、ブロン。たしかにわたしには恋人がいる。でも、あんたの親友であることに変わりはないし、あんたをぜったいに捨てたりしない。心配しないで」

「そりゃよかった」アリスがTシャツ二枚を畳むのを手伝いながら、ブロンウィンが恨めしそうに言う。「あんたがあたしを差しおいて、『ステップフォードの妻たち』を地で行く、夫に尽くす妻になったら……」

　数ヵ月後、アリスはネイトの部屋に引っ越し、それから六ヵ月経った早朝ジョギングの最中にプロポーズされた。一緒にアイスキャンデーを食べたあのベンチで、彼はランニングショーツのファスナー付きポケットからダイヤモンドの指輪を取り出し、片膝をつき、通りすがりの人たちからやんやの喝采を浴びた。

　アリスはネイトを愛していた。深く。思わぬ展開だったし、過去の経験で男に懲りていたので、正直なところ及び腰だった。ネイトの前に真剣に付き合ったのは、会社の同僚のブラッドリー・ジョセフという男で、魅力的で仕事ができてアリスにぞっこんだったが、蓋を開けてみたら支配欲の塊のろくでなしだとわかった。最初はささいなことだった。彼女のスカートの丈（短すぎる）や、口紅の色（派手すぎる）が好きじゃないと言う程度だった。やがて、彼女が職場の仲間と毎週のように呑《の》みに行くことを嘆くようになり、きみが思っている以上にぼくはこの付き合いを真剣に考えているんだ、と言い出した。そのくせ、彼女の仕事にはまったく関心を示さず、自分が称賛を受けたことばかり話題にした。

最初のうちはアリスも気にせず、彼の態度を多少うぬぼれが強い自信家のそれだと自分に言い聞かせた。やがて事件は起きた。四十度の熱があるから弟さんの結婚式には出られない、とアリスが告げたとたん、彼女が寝ているベッドの頭の上数センチの壁に拳を打ち込んで穴を開けたのだ。アリスはその場で彼と別れたが、おかげで異性が怖くなり一年以上デートもできなかった。ネイトが現れるまでは。

「ネイトのどこがよくてプロポーズを受けたかって？　単純なことよ。ネイトのいる人生は、ネイトのいない人生よりいいものだから」結婚披露宴でアリスは言った。キンキンに冷えたシャンパンのグラスを掲げ、ネイトと手をつないで。彼がキスすると、アリスはがぶ飲みしたシャンパンが彼の唇を濡らし、目を潤ませた出席者たちが拍手し、アリスは思った。〝これ以上に完璧な瞬間は二度と訪れないだろう〟

7

ネリー　一九五五年九月十五日

【チョコレートチップ・クッキー】

ショートニングあるいはバター　カップ一
ブラウンシュガー　カップ四分の三
グラニュー糖　カップ四分の一　／　卵　二個
コンデンスミルク　大さじ一　／　小麦粉　カップ一と二分の一
重曹　小さじ二分の一　／　クローヴ　小さじ二分の一
塩　小さじ四分の一　／　セミスイート・チョコレート　カップ一
ココナッツ　カップ四分の一

1　ショートニングに砂糖を少しずつ加えて混ぜる。
2　卵とコンデンスミルクを一緒に攪拌《かくはん》し、1を加える。
3　小麦粉、重曹、クローヴ、塩を一緒にふるいにかけ、2に加える。
4　チョコレートを小さく切り、ココナッツと共に3に混ぜる。

5　4を大さじで掬《すく》い、脂をひいた鉄板に三センチ間隔で並べてゆく。
6　中火（百七十五度）のオーブンに入れ、十二〜十五分焼く。

ネリーはツードアのクロムイエローのスチュードベーカー――リチャードが選んだ車だが、車体の色はネリーの好みの、母の庭のハイブリッド・ティーローズを思い出させる黄色――の後部座席に鉄板を置いてから助手席に乗り込んだ。両手で黒いドレスのしわを伸ばし、手袋をはめ直し、気を揉みながらリチャードを待った。その日は朝から諍《いさか》いがたえず、彼は家に残っていろと命じた（〝妊婦は葬式に出るべきじゃない〟）が、ネリーは言うことを聞かなかった。体調はいいし、いまは亡き姑の馬鹿げた迷信のせいでハリー・スチュワートの葬式を欠席するわけにはいかない。「わたしが欠席したら、まわりにどう思われるかしら？」ネリーが駄目押しでそう言ったのは、リチャードが世間体を気にするからだ。クッキーを抱えて先に家を出て車に向かえば、彼はついてこざるをえなくなる。

リチャードの運転で教会に着くと、喪服姿の人たちがすでに集まっているのが見えた。ハリー・スチュワートはリチャードの会社のやり手の営業担当で、前週の金曜の朝、通勤電車の中で亡くなった。座席に座り壁にもたれかかっていたので、熟睡しているように見えたそうだ。電車が急ブレーキをかけたせいで、彼は座席から投げ出され向かいの席の通勤客の膝に倒れ込み、その通勤客が彼の異変に気付いた。リチャードより一歳上の三十五歳で、四人の幼い子どもがいる。「心臓発作だった」ネリーにそう告げたリチャードは、見たこともないほど意気消沈していた。ハリーに自分を重ね合わせていたのだろう。ほかの乗客たちが新聞を読んだり、煙草を吹かしたり、月並みなおしゃべりを交わしているあいだ、ハリーは誰にも気付かれずに息を引き取っていたのだ。

ショックを受けた社員たちを慰め、遺《のこ》されたハリーの妻が葬式の手配をするのを助け、葬儀費用をポケットマネーで払ってやったこの一週間、リチャードは自分もいつそうなるかわからない恐怖に塞ぎこんでいた。通勤電車の中で心臓が止まり、一瞬にして死んだのがリチャードだったら、とネリーは想像してみた。ハリーの妻の名前はたしかモード。自分も彼女みたいに教会の階段に立つのだろうか？　教会のバザーで買った刺繍《ししゅう》入りハンカチで目頭を押さえて？　だが、どうしても彼女に自分の姿を重ねられない。彼女の悲しみを想像できないからではなく、モード・スチュワートとは共通点がまったくないからだった。

彼女のかたわらに並ぶ四人の娘たちは、長女から四、五歳の末っ子まで背の順、歳《とし》の順に並んでまるでロシアのマトリョーシカ人形のようだ。モードは結婚相手を選ぶにあたって賢い選択をした。ハリーは子どもたちと妻と神を（その順番で）愛するやさしい男だった。ネリーが彼と会ったのはほんの数回だが、紹介されたときの眼差《まなざ》しのあたたかさと、妻より先をスタスタ歩かずつねにかたわらにいる様子から、やさしい人だとわかった。いま、ネリーはリチャードのむっつりした顔を見て、下腹を不安の虫が駆け巡るような気がした。彼は手で胸の左側を押さえ、ますます顔をしかめた。

「どこか悪いの？」ネリーは尋ねた。

リチャードは聞こえないふりで車から降り、ネリーの側のドアを開けた。階段に立って弔問者を迎えるスチュワート夫人と、泣きべそをかくマトリョーシカ人形みたいな子どもたちに向かって、二人並んで歩いた。葬儀のあいだじゅう、ネリーは艶のある爪を掌に埋めて堪《こら》え、教会の重い扉の外に出てようやく普通に呼吸できるようになった。葬儀は大嫌いだ。遺族が浮かべる悲しい表情が、陳腐でありきたりすぎて我慢ならない。沈鬱な表情、静かにささやきかけるお悔やみの言葉、うっすらと紅を刷《は》いた頰を伝う無言の涙、それを拭う丸めた麻のハンカチ。最前列に座る誰かが堪えきれずに泣き叫び、死者がどれほど大切な人だったかを証明してみせるのを、ネリーはずっと待っていた。せめて小さな喘ぎか切れ切れの忍び泣きでも聞こえれば、あるいは気絶する人の一人でもいれば、ネリーは満足しただろう。祭壇の前に置かれた棺《ひつぎ》に横たわるのが自分だったら、そういう明白な意思表示を讃《たた》えるだろう。だが、葬儀は死者のためのものではない。生者のためのものだ。

　墓地での埋葬の式が終わると、参列者は車でスチュワートの家に向かい昼食をとった。ネリーは後部座席の鉄板に目をやった。クッキーは奇跡的にまだきちんと並んでいた。ランチの持ち寄り料理にクッキーは軽すぎる（見劣りする）のではないか、とリチャードは疑問を呈した。「きみみたいな料理上手がそれじゃもったいない」彼はそう言ったが、本意は伝わってきた。クッキーではマードック家の威厳を示すには力不足だと思っているのだ。

　だが、リチャードは淋《さび》しさを癒す食べ物のことなどなにもわからない。それは女の領分だから。チョコレートチップ・クッキー一枚で気分があがることなど、彼は知りもしない。だいいち、ネリーは通夜に参列した際、チキン・キャセロールをモードの冷凍庫に入れてきているのだ。リチャードはまた胃痛がぶり返し欠席したけれど。その週で四度目の胃痛だった。ドクター・ジョンソンに診てもらうとネリーに約束したのに、そのことをネリーが持ちだすと、きみが心配することじゃない、と言った。きみが心配することじゃないですって！　ネリーは彼の妻だ。ほかに誰が心配するのよ。

モードの家のダイニング・テーブルには、キャセロールやハム、ソーセージ、ゼリーサラダが所狭しと並んでいるだろうから、クッキーは喜ばれるにちがいない。「人は誰でも、チョコレートを食べれば元気になるものよ」母がいつも言っていた。

弔問客でいっぱいのスチュワート家に入ると、リチャードはネリーの背中に手を当ててぴったりと寄り添った。モードはリビングルームの袖椅子で休み、かたわらのテーブルには、驚くほど似通った笑みを浮かべるスチュワート一家の大きな写真が置かれていた。

「まあ、リチャード、ネリー。わざわざお越しいただきありがとうございます」モードの顔は青ざめ皮膚が垂れている。「それから、チキン・キャセロールをありがとう、ネリー。ゆうべはお目にかかれず残念でした、リチャード。体調はよくなられました？」

ネリーの横でリチャードが体を強張《こわば》らせ、服の上から彼女の手首を抓《つね》った。その手を払わない分別がネリーにはあった。

「すっかりよくなったよ」それを証明するかのように、リチャードは必要以上に声をはりあげ、モードにあたたかな笑顔を向けた。「ハリーは立派な男だった。返す返すも残念でならない。あなたと娘さんたちに心からお悔やみ申しあげますよ。なにか必要なものがあったら、遠慮なく言ってくれたまえ。ハリーは家族同然だったんだからね」

こういう場にお決まりの言葉を礼儀正しく交わすと、料理を取ってくるのを口実にダイニングルームへと移動した。ネリーは顔に笑顔を貼り付けてテーブルへと向かい、クッキーが半分しか残っていないのを見ておおいに満足した。だが、手つかずの料理の皿を手に部屋の隅に引っ込んだとたん、浮かれ気分も弾《はじ》け飛んだ。リチャードがまた文句を言い出したからだ。「工場で緊急事態が起きたと伝えろって、あれほど言ったのに」

〝工場で緊急事態〟リチャードの会社が扱っているのはチューインガムだ――いったいどんな緊急事態が起きるっていうの？　言うまでもないが、通夜の客の大半がリチャードの会社の社員たちだから、緊急事態なんて起きるわけがないことは、ネリー同様よく知っている。「ごめんなさい。忘れてたわ」

「忘れてた？」リチャードは皿の角を彼女の胸にぎゅっと押しつけた。痛みを覚え、反射的に体を引くと肘が椅子の背にぶつかり、皿が傾いてブヨブヨのゼリーサラダが絨毯《じゅうたん》の上にこぼれた。

「どうしましょう」ネリーは皿を置き、膝をついてこぼれたものを拭きとろうとした。

「そんなことは手伝いの女の子にやらせろ、ネリー」リチャードの声は低かったが、その口調の意味は聞き間違えようがなかった。

心臓をドキドキさせて立ちあがり、汚れたナプキンを手つかずの皿に放った。

「そろそろ帰ろう」

「まだ駄目よ、リチャード」ネリーは小声で応じた。「来たばかりじゃないの」

「気分が悪いって言えばいい。妊婦ならありうることだ」

「わかった」モードのほうへ行きかけて立ちどまる。リチャードがついてこない。「あなたは来ないの？」

「車をとってくる」彼は口をきつく引き結んでいる。怒っているときの癖で、この数ヵ月、ネリーは何度見せられたことか。サパークラブで出会ったときのリチャードは消え失《う》せ、不機嫌で怒りっぽいリチャードが現れたままだ。病気のことをモードに言ってしまってごめんなさい、ともう一度言おうとしたとき、リチャードの工場の監督が肩を叩いたので、彼はネリーに背を向けると即座に笑みを浮かべ、自信たっぷりに握手した。彼のオンとオフの切り替えの素早さには、いまだに驚かされる。

ネリーはこの機会を捉えてモードのところに戻り、帰る口実を伝えた。「長いこと立ったままでいたので足がむくんだみたい。横になったほうがいいって、リチャードが言うものだから」モードは親切に心配してくれて、熱々のミルクにナツメグを加えて飲むといいわ、帰宅したらすぐに枕を足の下に敷いてね、と言ってくれた。

「それで楽になりそう」ネリーはあたたかな笑みを浮かべた。「なにか必要なものがあったら知らせて、モード。車ですぐですもの」

「ご親切に、ネリー」モードは両手をあげ、見回した。「リチャードはどこに行ったの？」

「車をとりに」

「彼はいい人ね」モードの物思わし気な口調には嫉妬の翳《かげ》が射していた。そこで涙を拭う。「あなたはほんとうに運がいいわ……」彼女の声が掠《かす》れる。握り締めた手をネリーはやさしく包んだ。

「彼を手放しちゃだめよ、わかった？」

そうするわ、とモードに約束してその場を辞し、家の外に出てここでも深呼吸した。だが、リチャードが車を玄関を出たところに回していたことに気付くと、空気がうまく肺に入ってこなくなった。妻を大事にする夫でいい人の彼と結婚できて運がいい。〝彼を手放しちゃだめよ、わかった？〟

リチャードは身重な妻を気遣うやさしい夫を演じているのだから、ネリーも合わせなければならない。足のむくみを証明するようにもたれかかると、彼がやさしく車へと誘導する。肩に回された腕は妻の身を案じて力がこもっている。愛情たっぷりに世話を焼く姿は、家の中から覗く何組かの目にしっかり焼き付けられただろう。これぞ出会ったときのリチャード、いまや懐かしい存在となったリチャードで、束の間《つかま》とわかっていても、その心遣いをネリーは楽しんだ。

ネリーを助手席に落ち着かせ車を出したとたん、彼は不機嫌に戻った。その変化をネリーは感じ取った。涼風が吹いていることはわかっているのに、肌で感じてはじめて身震いするみたいに。彼はひと言も口をきかず、ネリーのほうを見ようともしなかった。きょうはこのままずっと塞ぎこみ、ネリーを叱りつけ、ウィスキーを一、二杯飲んでようやく許す気になり、よい夫に戻るのだろう。本人は自分がよい夫だと信じているのだ。時間をその日の朝に巻き戻せたらどんなにいいか。リチャードにやさしく額にキスされ、膨らみかけたお腹をやさしく撫でられて目を覚ますことができたら。リチャードにはふたつの顔がある。

窓の外を眺めながら、帰ってすぐにポークチョップを解凍したら夕食に間に合うだろうかと考えていると、リチャードが手を伸ばし、ネリーの腿《もも》に指を埋めた。

「アッ!」不意の痛みにギョッとした。「リチャード。お願い。痛いじゃないの」

彼は前を見たまま、ネリーの細い脚を指で締め付けた。「従業員に病気だと思われてはならないんだよ、ネリー」

「だからごめんなさいって言ったじゃない。面倒をかけるつもりはなかったわ。ねえ、お願いだから手を離して」だが、彼の指はいっそう食い込むばかりだ。骨が皮膚を突き破るまで握りつぶしてやるという勢いだった。あすには青あざになっているだろうが、スカートやデニムズボンに隠れて人目に触れることはない。リチャードはおおっぴらに妻を叩いたりしないが、体を痛めつけて青あざを作ったのはこれがはじめてではなかった。もっとも、妊娠がわかってからは怒りに任せてネリーをいたぶることはなくなった。怒りを爆発させたりきつく握ったりするのは欲求不満によるものだと、ネリーは素直に信じていた。リチャードはなによりも子どもを欲しがり、結婚して一年ちかく経ってもネリーが妊娠しないために夫婦のあいだはぎくしゃくしていた。

「おまえを見ていることに耐えられない。車から降ろして歩いて帰らせるべきかもしれない。おまえはどう思う、エレノア？」

妊娠のせいで足がむくみ靴がきつい。「ごめんなさい、リチャード。どうか歩いて帰らせないで」かつてネリーの父親は家から六キロ離れたあたりで車を急停止させ、当時五歳のネリーと母親に向かって車を降りろと言った。父は夕食で飲みすぎて好戦的になっており、後部座席にいたネリーがうしろから運転席を何度も蹴ったことで、父の怒りに火がついた。ネリーと母は暗い道を家まで歩かされ、最後の二キロほどを眠りそうになる娘を抱いて歩いたせいで、母のたった一足のよそ行きの靴のヒールが折れた。父は冷酷な男だったが、リチャードは妻になにをされようとも車から放りだしたりしないと、ネリーは信じていた。妊娠しているのだからなおのこと。

脅迫めいたことを口にしながら、リチャードは車のスピードをゆるめなかったが、彼女がどんなに謝ろうと腿を摑む手を離しもしなかった。不意に胃が激しく引き攣《つ》り、ネリーはあまりの痛みに喘ぎながら体を二つ折りにした。

「どうした？」リチャードの手が腿から離れると、滞っていた血が毛細血管に流れこみ脚がジンジンした。

「それが……自分でもわからなくて」涙を堪《こら》えるのはそこまでだった。痛みはそれほどひどかった。

「病院に連れていく」リチャードは車をUターンさせようとした。

「やめて！　お願い、病院に行くほどじゃないから」ネリーはただもう家に帰りたかった。「おさまってきた。ただの胃痛よ。きのう、庭仕事をついやりすぎて、よく眠れなかったせい」

彼の視線がネリーと道のあいだをさまよい、足はブレーキとアクセルのあいだをさまよった。

「たしかなのか？　顔色が悪いぞ」

ネリーはうなずき、顔色がよくなるよう頰を抓り、できる範囲で上体を起こした。両手は腹に当てたままだ。痛みはたえずぶり返したが、なんとか顔の強張りをといた。「楽になったわ」

リチャードがアクセルを踏み込むと車はスピードをあげた。「それじゃ、家に戻ってきみを寝かせよう」

「ありがとう、リチャード」なんとかそう言った。感謝するいわれなどないが、彼はそれを期待している。痛みに耐えながらも、ネリーは自分の務めは果たした——夫に誓いを立てた妻は、自分の手に負えなくなったことの責任を負って謝らねばならず、自分がどんなに辛《つら》い思いをしようと、夫が暮らしやすい環境を整えねばならない。妻の鑑。

8

アリス　二〇一八年五月二十七日

幸福な結婚生活を破壊するのは、ほかでもない怠惰でだらしない妻である。
　　――ミセス・ドビン・クロフォード〈バス・クロニクル〉一九三〇年

日曜日、ネイトは買い出しに出掛け、アリスは少しでも馴染《なじ》もうと家じゅうを見て回った。都会なら、家を出て二十歩ほど行った食料雑貨店でたいていの物は手に入る。グリーンヴィルでは、ミルクやパンや生活必需品を買い揃えるのに、計画と車が必要になり、それがアリスには不安の種だった。運転に自信がない（ニューヨークに引っ越してから十年間、運転していない）が、ここでは車がないとなにもできない。家を出て二十歩行った先にあるのは交差点だ。

アリスはリビングルームにいて、腰に手を当てて頬を膨らませた。息をフーッと吐いて肩を揺すった。リラックスするためだ。薄暗くて洞窟みたいな部屋に圧倒されそうだ。歩くたびに床板がギシギシ鳴って神経に障る。いつごろ戻るの、とネイトにテキストメッセージを送った。ほんとうは〝家にひとりでいるとおかしくなりそう〟と打ってやりたかったが、〝漂白剤を忘れないで〟と打つに留《とど》めた。

ネイトと一緒に出掛けるべきだった。彼もそう言っていたし。「どこになにがあるか知っておいたほうがいい」彼は言い、買い物リストを手にスマートキーで車のロックを解除した。「月曜からは、こういったことは全部きみがやるんだからね。このあたりの地理がわかっていたほうがいいだろ?」二人で決めたことだった――ネイトは毎日通勤して生活費を稼ぎ、アリスは家事全般を引き受ける。単純な役割分担に聞こえるが、〝家事全般〟が具体的にはなにを意味するのか把握できていない。

頭の中では、これまでどおりの自分のままだ。午前五時にアラームの音で目覚め、カフェインをたっぷり摂取して七時にはデスクに向かっている。クライアントをうまくあしらい問題を処理し、注文しておいたテイクアウトの料理を受け取り、夜に家でネイトと顔を合わせる。冷蔵庫はいっぱいか、バスルームはきれいか、ベッドメイキングはできているか、心配したことは一度もなかった。

キッチンに入る。ほかの部屋とちがって明るくて居心地がいいので、ちょっと気分がよくなった。ゴム手袋をして掃除をはじめた。ガタガタいう冷蔵庫の裏でネズミの死骸ふたつ、それも白骨化した死骸を見つけたとたん気持ちが萎えた。脆い死骸に震える手でペーパータオルをかぶせ、グリーンヴィルでは死んだネズミはコンポストにするのか、ゴミとして出すのかをグーグル検索した。

ネズミを始末したのち、キッチンのあらゆる表面にこびりついた一年分のネバネバを擦り落とす作業にとりかかった。まだカウンタートップといくつかの引き出し――ガタがきていてすんなり開かない――の内側をきれいにしただけなのに、ネイトが戻ってきた。

彼は紙の買い物袋をテーブルに置き、アリスの頭のてっぺんに――キッチンのネバネバがついていないと思われる唯一の場所に――キスし、冷蔵庫のドアを開けてから肩越しに振り返った。「ここにしまうんじゃないよね?」石鹼と水で(彼は漂白剤を買い忘れた)しっかり擦る必要があるが、腐りやすい物の包装を解く前に終えられるとは思えない。

「ネズミの死骸を見つけたのよ」アリスは彼の言葉にムッとしたものの、平気な顔で肩をすくめて言った。カウンタートップはピカピカで、キッチンは爽やかな匂いがする。レモンとラベンダーのオイルがかび臭さを隠してくれた。ネイトが食料品を買いこんでくるのはわかっていたのだから、先に冷蔵庫をきれいにしておくべきだった。自分に腹をたて、ため息をつく。仕事なら、成果を容易に識別し評価できる。(いまだけ)ピカピカのカウンタートップを除き、キッチンを擦ることでなにが得られるのだろう?

「気にすることないよ。あとでやればいい」ネイトは冷蔵庫のドアを閉め、買い物袋のひとつに手を伸ばした。「ハンマーとは比べ物にならないけど、きみに——というより、ぼくたちに——買ってきたものがあるんだ。ある意味、引っ越し祝いだな。目を閉じて」

アリスは目を閉じ、思いがけない贈り物にワクワクした。ネイトが買い物袋をゴソゴソいわせる。

「両手を出して」彼がまた言い、アリスは従った。

開いた手に置かれたのは長方形のあまり重くないものだった。目を開けるとピンクと白の箱が載っていた。白い毛布の下から笑顔の赤ん坊が見つめ返し、まわりを文字が取り囲んでいる。〝いちばん妊娠しやすい二日間を見つけましょう! 勘に頼らずに!〟

「わあ……ありがと」アリスは箱を置いて、買い物袋の中身を取り出した。

「それだけ? 〝わあ、ありがと〟だけ?」ネイトは腕を組み、しかめっ面で眺めている。アリスがカウンターと冷蔵庫を行ったり来たりして食材をしまうのを。「どうかした?」

バターをしまい、つぎにミルクを細い棚にしまって（古い冷蔵庫は信じられないほどスペースが限られている）、尻でドアを閉めた。「なにも。順調よ」

「とても順調には見えないけどな」彼が額にしわを寄せる。「なにがいけなかったの？」

なにがいけないかって？　がっかりしているのだ。引っ越し祝いに排卵日予測検査薬？　買い物袋を畳んでシンクの下のゴミ箱に突っ込んでから答えた。「ただ……その、わたしが期待してたものとちがったから。排卵日予測検査薬って、なんだか差し出がましい気がして」

「差し出がましい？」ネイトは困惑を隠すようにハハハと笑った。リスク分析の専門家だから、将来を予測するのはあたりまえのことだ。予測検査薬は見事に理に適《かな》っている――〝妊娠したいなら、もっとも妊娠しやすい日を知ろうとするのは当然だろ？〟

アリスはテーブルに向かい、箱を引き寄せた。「こういうものって、楽しみを奪ってしまうと思わない？　昔ながらのやり方のどこがいけないの？」

ネイトは口を引き結んだ。「アリ、引っ越しがすんだら試してみるはずだろ？　用意はできてるって、きみは言ったじゃないか」軽く責めている口調だ。たしかにアリスはそう言った。それに、用意はできていると思っていた。年末には三十歳になるし、家を手に入れたし、予備のベッドルームも広い洗濯室もあるのだから、子作りをはじめるのになんの支障もない。だが、アリスにとってそれはいまだに未知の領域で、馴染むのに時間がかかる。家族を増やす話が半年前に持ちあがっていたら、「あと五年は待ってよ」と応えていただろう。子どもが欲しくないわけではない。ほかのもの――〝広報担当ディレクター〟の肩書とか――を先に手に入れたかった。すべてを自分でぶち壊すまでは、そう思っていた。いま、自分がなにをしたいのかまるでわからない。

「ほぼ用意ができていると言ったのよ」急いで言い添える。「たしかにできてるわ！　でも、やるべきことがたくさんあるの。この家で」ほつれ毛を撫でつけ、ポニーテールを結わえたゴムに突っ込んだ。「それに、排卵周期のことで気を揉みたくないのよ」

「わかった、アリス。よくわかった」ネイトがぶつぶつ言った。キッチンをドタバタ歩いて、パンをカウンターの片隅から反対側へと移したり、戸棚の扉を開けてなにも取り出さずに閉めたりと、意味のないことをやった。「水のグラスはいったいどこにあるんだ？」

「シンクの上の棚のいちばん上の右側」せっかくのプレゼントなのだから、気持ちよく受け取ればよかった。おいしいワインか今夜の夕食に選べる分厚いテイクアウトメニューだったらよかったのにとは思うけれど。蛇口をひねって水が冷たくなるのを待つ彼に、うしろからちかづく。「用意はできてるわよ」

ネイトはグラスに水を注いでから振り返った。アリスはやさしくほほえみ、彼がグラスをカウンターに置くと、その指に指を絡めた。「でも、まずはとんでもなくひどい壁紙を剝がし、電気屋を呼んでここをもう少しあたたかな場所にする算段をしない？　すごく寒いんだもの」大げさに震えてみせると、ネイトは態度を和らげ、胸に抱き寄せて背中を撫でてくれた。

「ほんとにいいの？」彼が尋ねる。「つまり、本気でそう思ってるの？　たしかにそういう計画だったけど、無理強いするつもりは――」

「本気よ」一歩さがってテーブルの上の排卵日予測検査薬を取り上げた。「何回分の検査薬が入ってるの？」

「二十回」彼が箱の上部の真ん中を指さした。「実質一ヵ月分だよ」

箱の封が切ってあることにアリスは気付いた。「開いてる」

「ああ、ぼくが開けた。説明書を読んでおきたかったから」

「あなたらしいわね」アリスは笑った。「わかった。あすの朝いちばんで、これにおしっこを引っかけるとする」

ネイトは頭を振った。「早すぎる。まだ排卵周期の七日目だからね。十二日目あたりを目安にするんだ」

「七日目ってどうして知ってるの？」

彼は肩をすくめた。「注意してた」

「へえ」夫が彼女の排卵周期を本人以上に正確に把握していても、驚くことではない。彼はプランナーでありよきパートナーだ——一致団結して物事にあたるのを好む。

「プレゼントは花のほうがよかったんじゃないの？」

「まさか、花なら庭にどっさり咲いてる。これを有効活用する五日後が楽しみだわ」

「それはつまり……練習期間が数日あるってことだよね？」

「ふーん。そうくるわけね」ネイトに促され、おとなしくリビングルームへと向かった。体が汚れているから先にシャワーを浴びたかったけれど、プレゼントに大喜びしなかったことで気が咎《とが》めていた。この数ヵ月、アリスが変化の大波に揉まれてあたふたしていたあいだも、ネイトは変わらずにそばにいてくれた。だから、二人のあいだに不安を持ち込んではならない。

アリスはこの家にもとからあった花柄のソファーに目をやり、よい状態なことに驚いた。「あそこがよさそうね」

ネイトは彼女から目を離さずにうなずいた。あっという間にアリスはブラとジーンズだけの姿でソファーに横たわり、ネイトが体を重ね肘で体重を支えた。彼の下になってようやく満ち足りた気持ちになった。長い一日だった。

「これこそが昔ながらのやり方だね」ネイトが重ねた体のあいだに手を差し込み、彼女のジーンズのボタンをはずした。彼を受け入れやすいよう硬いクッションに沈み込む。彼の指が顔の横から顎へ、首筋へ、そして胸の谷間へと辿りつく。

「愛してるよ、ミセス・ヘイル」指がつけた道筋を唇でなぞりながら、彼がささやいた。

アリスはソファーの袖に頭をもたせた。「わたしのほうがもっと愛してる、ミスター・ヘイル」


月曜の朝、アリスは早くに目を覚ました。七時前なのに、カーテンのない窓から太陽が降り注いでいた。二度寝しようにもできず、〝やることリスト〟を頭の中で作り上げた。〝カーテンが必要。あまりにも静かすぎるから、ホワイトノイズ・マシンも必要かも。それから、あの醜い壁紙を始末する。ついでに騒音を発する小型冷蔵庫や、錆が浮いたバスタブや、隙間風をなんとかする。でも、ソファーはあのままでいい。けばけばしい花柄であっても。ソファーは残す〟かたわらでネイトがため息をついた。

そのため息でアリスは寝返りを打ち、ベッドにひとりきりなことに気付いた。通勤時間が長くなったから、彼はとっくに家を出たのだろう。天井を見あげると、これまで気付かなかった長い亀裂が目に入った。きっとあの亀裂から家がため息をついたのだ。新しい住人が、この家をちっとも大事に思わず、この家が持つたくさんの魅力に気付きもしないことが不満なのだ。

バタンと大きな音が静寂を揺るがし、アリスは飛び起きて羽根布団を抱き締め、心臓をバクバクいわせながらベッドルームのドアを見つめた。あれはドアが閉まった音だ。理に適った説明（開いた窓から強風が吹きこんだ？）を思いつかないうちに、今度はガタンと音がした。ベッドルームのドアの重たい真鍮のノブがはずれて堅木の床に落ち、大きな音をたてて転がり幅木に当たって止まった。

アリスはうめき、枕に頭を戻して腕で顔を覆い、増えつづける〝やることリスト〟にもうひとつ項目を加えた。

9

アリス　二〇一八年六月二日

働いているあいだは楽しいことに思いを巡らせましょう。そうすれば、どんな仕事もより楽で愉快なものになります。

——『ベティ・クロッカーの料理本』改訂増補版　一九五六年

「東部がこんなに寒いこと、すっかり忘れてたわ」アリスの母親は、エリアラグの倍はありそうなラップセーターの前を掻き合わせ、カウルネックに顎を埋めた。「あなた、それでよく寒くないわね」母は娘の服装に顔をしかめた。ジーンズに薄い長袖Tシャツに裸足だ。

「お母さんったら、二十度はあるのよ」戸外は、だ。室内はもっと寒い。エアコンをフル稼働させたぐらいに。といっても古い家にエアコンはない。

「寒いのもあたりまえね。うちを出たときは三十度だったもの」

アリスはコーヒーをグイっと飲んで、つぶやいた。「そうね、カリフォルニアの気候はニューヨークとちがう」母のジャクリンと義父のスティーヴが訪ねてきて一八時間が経過したが、二人ともそのうちの九時間は眠っていた。彼らがサンディエゴに引き揚げる日が、アリスはすでに待ち遠しかった。訪ねてくることを二人になんとか思い留まらせようとした（〝三十ちかい既婚の女が引っ越すのに、両親の助けは必要ないでしょう〟）が、母親はどうしても行くと言い張り、すでに予約したフライトの到着時刻を知らせるメールが届いた時点で、アリスは説得を諦めた。

母は湯気をたてるお茶のマグ、三杯目――アリスがニューヨークでも買えるからと請け合ったにもかかわらず、わざわざ持参した抹茶――をナイトスタンドに置き、ゲストルームの床でディープランジ・ストレッチをはじめた。足を大きく前後に開き、なおかつ上体を上げ下げするストレッチで、ダブダブのラグみたいなセーターを着ていながら驚くほど滑らかに動いている。

「で、休暇一週目はどんな具合？」母が床に敷いたヨガマットの上でストレッチを繰り返しながら尋ねた。

「休暇じゃないってば。仕事を辞めたの、忘れた？」アリスはしかめ面になって仕事のことを考えた。ものすごく恋しい。ブロンウィンと一緒だったあの晩に、口を慎むだけの良識があったならキャリアを撃沈せずにすんだ。

「あら、でも、あたしの言いたいことわかるわよね」母はすんなりとダウンドッグに移った。「あたしがあなたの年ごろには、仕事を辞められるならなんでも差し出す気分だったわよ。広くて美しい家で、一日中ぐだぐだしていられたらってね」

アリスの友人のうち二人ばかりがおなじようなことを言っていた――稼いでくれるネイトがいるんだもの、あなたはラッキーよ――そんな彼女たちでも、好きに使える時間が週に五十時間あったらどうする、と尋ねられたら答えられないだろう。アリスのまわりはみんな働いていた。働かざるをえないのだ。

「つぎになにをするか考えるあいだ、趣味に取り組んでみたらどう」母が言う。「絵を描くとかガーデニングとか。それとも料理なんかどう?」

「そうねえ……」

「真空調理法って聞いたことない?」母はそう言うと、二週間前にこの方法で調理したしっとりやわらかなフランクステーキの話をはじめた。

「ええ、聞いたことある」アリスはTシャツの裾のほつれ糸をグイっと引っ張り、ため息をついた。

「いいこと、子どもが生まれるまでのこの時間を有効に使いなさい」娘にというより友人に助言するようなキビキビした口調だった。母に腹をたててもはじまらない。娘の立場にたって物事を見るような人ではないのだから。

「それに、ひと休みなさい。変化は体に堪《こた》えるんだから」母は逆立ちに移り、アリスは母を逆さから見つめることになる。「ビタミンはちゃんと摂《と》ってる?」

母はなにかというと子どものころのアリスの話をしたがる。季節の変わり目や、中学入学といった環境の変化でかならず喉が腫れたことを持ちだすのだ。「ビタミンは子どもが摂るものよ」お節介を焼かれたくなかった。とくに母からは。

その母は深く呼吸しながらストレッチしている。アリスは目を閉じ、母の大きな鼻呼吸の音に合わせて十数えた。「そんなことないわよ。ビタミンDはこういった日射しの乏しい気候で暮らすには不可欠なの」

「お母さんと仲がいい?」と問われると、アリスはきまって「それが複雑でね」と答える。だいいち外見がまるでちがう。生まれたばかりのアリスを抱く母の写真を見ることがなかったら、DNA

を共有しているとは信じなかっただろう。小柄でカロリー制限しないと太りがちなアリスとちがって、母はすらっと背が高くて筋肉質だ。日に焼けるとロブスターみたいに赤くなるアリス、黄金色になる母。

父親似なのね、とよく言われる。たしかに外見は似ているが、父はずっと不在がちだったので、性格も似ているのかどうかわからない。

両親が一緒に暮らしていた十年間で、父はいろんな仕事を転々とし——機械工、農場労働者、保険の外交員、ヨガのインストラクター——アリスが九歳のある日、造園の仕事に行くと言ってふらっと家を出たきりになった。夕食に戻らず、寝る時間だからとアリスが自室に追われたときにも、戻っていなかった。数時間後、彼女はそっと階段をおり、リビングルームの窓辺の椅子に座って父の帰りを待つうち眠り込んでしまった。日が昇っても、父は戻ってこなかった。母は朝食を作った——目玉焼き、セールで買った酸っぱくなりかけのオレンジジュース。

「パパはいつ戻ってくる？」アリスは尋ねた。

「わからない」母はあたりまえのように答え、目玉焼きを皿に移すことに集中した。「そのうち戻ってくるんじゃないの」

母の気のない返事にアリスは混乱を来《きた》し泣きだした。父は気まぐれだったが、アリスは大好きだった。まだ無邪気だったから、父のよい面しか見ていなかった。父のカイゼルひげが片方ずつ動くのがおかしくて笑ったこと。ドーナツを半分ではなく丸ごと食べさせてくれたこと。アパートのちかくの公共プールで泳ぎを教えてくれたうえ、アリスの切なる願いで水中ティーパーティーまでやってくれたこと。

「泣くのやめなさい」母はプルプル動く目玉焼きの皿をアリスのほうに滑らせた。「朝食を食べて。学校に遅れるでしょ」アリスは流れ出す卵と一緒に悲しみを呑みくだし、母は幼い娘に慰めの言葉のひとつもかけなかった。記憶に残っている中で、それが母に最初に失望した瞬間だった。

父が家を出て一年後、母はフィットネス大会でスティーヴ・デイカンと出会った。母はその数年前からエアロビクスのインストラクターをしており、スティーヴはカリフォルニアでフィットネス・センターをいくつも経営して成功をおさめていた。六ヵ月後、母は荷物をまとめて大陸を横断し、サンディエゴにあるスティーヴのあちこち張り出したランチ様式の平屋に落ち着いた。アリスにとってカリフォルニアは暑すぎたし、季節の移り変わりがなく単調すぎたから、十七歳になると飛行機に飛び乗ってニューヨークに戻り、大学に入った。母を愛してはいるが、ネイトと両親みたいなまっすぐな関係だったらよかったのにと思う。シングルマザーは楽ではなかっただろうが、優先順位を頻繁に入れ替える人間に育てられるのも楽ではなかった。

「ジャクリン、充電器はどこ?」スティーヴが戸口から顔を覗かせた。

「機内持ち込み用バッグのサイドポケット」

「了解了解」スティーヴがアリスに顔を向ける。「よう、おはよう。よく眠れた?」母と同様、スティーヴも六十歳には見えない見事に引き締まった体をしており、Tシャツの中で小麦色の上腕《じょうわん》二頭筋《にとうきん》が盛り上がっている。

「眠れたわ、お気遣いどうも」アリスは立ちあがって彼にハグした。「あなたはどう?」

「ファンタスティック」彼が言う。「作業手袋を取りにきたんだ。きみに訊《き》けばわかるって、ネイトが」

「ええ。どれどれ」ネイトとスティーヴは私道の石を敷き直し、ドライヴウェイを補修する作業を行っていた。アリスとネイトが引っ越してから一週間がすぎ、やるべきことのリストはすごい勢いで膨れあがっていた。「はい、これ」部屋の隅の工具袋から手袋を取り出し、値札を取ってからスティーヴに渡した。

「サンキュー」

「どういたしまして。ママ——養生シートを取ってくる。すぐに戻るから」

母は鼻歌まじりにランジをつづけており、目を閉じたままうなずいた。スティーヴがちかづいて尻を手袋で軽く叩くと、母はパッと目を開けた。

「スティーヴったら！」

彼は笑って妻にキスをし、アリスは二人を残して部屋を出た。

ネイトに結婚を申し込まれた直後の週末に、アリスはサンディエゴを訪れ母に尋ねた——二人ともキンキンに冷やした白ワインで酔っぱらっていたから、母に心を開くことができた——スティーヴといまだに仲よくいられる秘訣はなんなの、と。

「週二回のセックス、最低でも」母はためらうことなく言い、アリスは尋ねたことを後悔した。母は重ねて言った。「それも、ふさわしい相手を選んでね」アリスは自信たっぷり、それにちょっと悦に入ってうなずいた。母とちがって、彼女は最初から男選びを間違えなかった。

「ネイト、養生シートをどこにしまった？」アリスは玄関のドアから顔を出し、寒い室内とちがう日射しのぬくもりにほっとした。

「地下室。左手の隅、自転車のそば」ネイトは言い、額の汗を腕で拭った。手にシャベルを持ったままだ。スティーヴは大きな四角い石を軽々と運んで草の上に置いた。「取ってきてあげようか？」

〝ええ、お願い〟そう思ったけれど首を振った。湿っぽく暗い地下室は恐ろしい。でも、遅かれ早かれおりていかねばならない——洗濯物が溜まっていた。

「なにか飲みたいものある？　コーヒーのお代わりは？　お水のほうがいい？」

「間に合ってる」ネイトが階段の左手に置かれた小さなクーラーボックスを指さした。アリスがドアを閉める前に、二人とも作業に戻っていた。

地下室のライトをつけ、危なっかしい階段を覗きこんでゾッとした。ひとつだけの裸電球の光は行く先を充分に照らしてはくれない。深呼吸するとかび臭い匂いが鼻腔《びこう》を塞いだが、恐るおそる足をおろした。踏み板が年寄りみたいにうめく。ザラザラのコンクリートの床に足をつき、スマホのフラッシュライトに慌てて走り回るなにかが浮かびあがり、アリスはキャッと悲鳴をあげた。安全な物陰を探して右往左往する大きなシミで、洗濯機の下に逃げ込んだ。「もう、やだ」アリスは身震いした。

養生シートは彼が言っていたとおりの場所にあり、アリスはそれを脇に抱えた。湿っぽくて底冷えがして、シミやらなんやらが生息する古い家の地下室から一刻も早く脱出したかった。鼓動が速まるわ、腋《わき》の下が冷や汗でじっとりするわで、慌てて階段に向かったものだから、なにかに躓《つまず》いて前のめりに倒れた。

床の上で息を喘がせる。どこも怪我していないようだが、朝になったら脛《すね》が青あざになっているだろう。床に座ったまま息を整えながら、なにに躓いたのかスマホで照らしてみた。小さな木の台車の上に箱が三つ、ピラミッド形に積み上げられていた。ボール紙のたわみ具合や、角が崩れて丸くなっている様子から、箱は長いこと放置されていたのだとわかる。ひざまずき、いちばん上の箱の文字を読んだ。黒いインクの太く流れるような筆記体で〝キッチン〟と書いてある。

前の住人の物にちがいない。誰かが探しに来るかもしれないので、中身がなんであれこのままにしておいて、ベヴァリーにそう伝えておこうと思った。でも、好奇心に負け、スマホを顎の下に挟んでそっと蓋を開けた。

現れたのはずらっと並んだ雑誌の背表紙で、二十冊以上あるだろうか。いずれも〈レディース・ホーム・ジャーナル〉誌、一九五四年から一九五七年のものだ。一冊抜き出し、台車のへりに腰をおろしてページをめくった。地下室を怖がることも忘れていた。

煙草やストッキング、冷蔵庫、ビール（〝心配しないで、ハニー、ビールは焦がしていないから！〟）の広告は、現代の光沢のある雑誌に比べると色は薄いし、インクは滲《にじ》んでいる。キャセロールの中でオレンジ色のスープからグリルチーズのサンドイッチが氷山みたいに突きだしている絵の、ヴェルヴィータ・チーズの広告には目を疑った。「ひどすぎる」そうつぶやいてさらにページをめくった。

その雑誌を脇に置き、箱をまた覗き込む。並んだ雑誌の下から一冊の本が顔を覗かせていた。それを引っ張り出して表紙を上にする。

『モダンな主婦のための料理本』

古臭い綾目陰影《あやめ》がついた赤い表紙で、タイトルは黒い文字——経年劣化で色褪《いろあ》せている。表紙の縁をぐるりと囲んで中身を示す文字が印刷されている。アリスは首を傾げ、表紙の上端を読み、右側を縦に読み、下端を読み、最後に左側を縦に読んでいった。ロールパン。パイ。ランチョン。飲み物。ジャム。ゼリー。鶏肉料理。スープ。ピクルス。選びぬかれた七二五品。

膝の上に料理本を置く。手の中でずしりと重いが脆い気がして、そっと開いた。扉には持ち主の名が記されていた。エルシー・スワン、一九四〇年。黄ばんだページをめくってゆくと、この時代のバランスのとれた食品の一覧表が目に留まった。乳製品、柑橘《かんきつ》類、緑黄色野菜、パンとシリアル、肉と卵、とくに子どもに摂らせたい魚肝油。栄養が偏らないようにするヒントや、ディナー・パーティーを成功させるコツを記したページもある。最後のほうには〝標準的な牛肉の部位〟を示す牛一頭のイラストがあり、ポーターハウス（訳注：サーロインとリブのあいだの肉で最上級のステーキ）から、おぞましい呼び名〝ロールドネック〟まで、あらゆる部位の挿絵付きだ。

真ん中あたりのページには、ポークパイや牛タンのゼリー寄せ、オートミール入りミートローフのレシピが載っており、なかには〝ヤマアラシ〟と名付けられた料理まであり——牛挽肉と米の団子をトマトスープで煮詰めたもので、とても試してみようとは思わない——それぞれのレシピの余白に消えかかった筆記体でメモが書き込まれていた。〝エレノアの十三歳の誕生日——おいしい！〟とか〝消化によい、バターの量を増やす〟とか。エルシー・スワンが何者か知らないが、この料理本を毎日のように見ていたのはたしかだ。ページには料理が跳ねたり垂れたりしたしみが茶色く残り、アリスのキッチンみたいに料理本が棚の中で忘れ去られはしなかったことの証《あかし》だ。

「アリス?」母が地下室のドアを入り、階段を見おろした。「養生シートは見つかったの?」

「ええ。いま行く」アリスは雑誌を箱に戻し、養生シートを摑んだ。階段に向かいかけて立ちどまり、料理本は持ってあがることにした。母が言っていたように、試しに料理するのもいいかも。料理本を脇に抱え、慎重に階段をのぼり、地下室の薄暗さから逃れられてほっと息をついた。料理本をキッチンのテーブルに置き、表紙をもう一度眺めながら思った。エルシー・スワンもまた、これから数日かけて剝がそうとしている幾層もの壁紙のひとつを選んだ人なのだろうか。

10

ネリー　一九五五年十月十四日

【チキン・ア・ラ・キング】

バター　大さじ六
みじん切りにしたグリーンペッパー　カップ二分の一
さいの目に切ったマッシュルーム　カップ一　／　小麦粉　大さじ二
塩　小さじ二分の一　／　パプリカパウダー　小さじ一
リッチミルク　カップ一と二分の一　…沸騰させる
チキンスープ　カップ一　／　さいの目に切った茹《ゆ》でた鶏肉　カップ三
茹でたグリーンピース　カップ一　／　タマネギのおろし汁　小さじ一
赤ピーマン　縦に切ったもの、カップ四分の一　／　シェリー　大さじ二
付け合わせのトースト

フライパンでバターを融かし、グリーンペッパーとマッシュルームをやわらかくなるまで炒《いた》める。ここに小麦粉と塩、パプリカパウダーを加えて弱火で炒める。ミル

クとチキンスープを加え、弱火でよくかき混ぜながら煮込む。鶏肉とグリーンピース、タマネギのおろし汁を加えてゆっくりかき混ぜる。仕上げに赤ピーマンとシェリーを加える。バターを塗ったトーストを付け合わせに。

「日程を変更したほうがよさそうだ」リチャードが言った。キッチンのテーブルに向かって座る彼の前には、胃の調子を整える卵白ドリンクのグラスが置かれている。胃痛はまたぶり返していたが、ディナー・パーティーを延期する理由はそれではなかった。ネリーは鍋の蓋を開け、レモンとパセリを加えたお湯の中で鶏肉がぐつぐつ煮えているのを見て、満足感を覚えた。もうじき煮あがる。

「きみには無理だよ、ネリー」

「言ったでしょ、もう普通の生活に戻って大丈夫って、お医者さまに言われたって」ネリーは細い腰に巻いたエプロンの紐を締め直し、キッチンを動き回ってボウルと大皿を並べ、ラジオに合わせて歌いながらリストの項目をチェックした。カナッペ。シュリンプカクテル。ハリウッド・ダンク。ロックフォール・ドレッシングで和《あ》えたレタスサラダ。チキン・ア・ラ・キング。ベイクド・アラスカ。延期の選択肢はない。三組の客を招く予定で、一ヵ月前から決まっていたことだ。ハリー・スチュワートが亡くなる前、リチャードが怒って抓った痕が思っていた以上にひどいあざになった車内の出来事の前。ネリーが流産する前から決まっていた。

　リチャードが、〝マードックのガムをニュージャージーからカリフォルニアに至るすべてのソーダ・ショップに置いてもらおう〟と豪語するお偉いさんとニューヨークで会食していたあいだの出来事だった。葬式の翌日のことで、彼は行くのをためらったが、ネリーが大丈夫と請け合ったのでしぶしぶ出掛け、遅くなりニューヨークのホテルに泊まった。だから、ネリーが赤ん坊を失った場面に立ち会うことはなかった。

翌朝、彼は家に戻って流産のことを知り、ネリーに怒りをぶつけた。彼が行くなと言ったのに葬儀に参列したこと、人に頼んで病院に運んでもらわなかったことを責め、彼女の不注意を責めた。もっともそれも、バスタブに丸めて置かれた何枚もの血まみれのタオルをひと目見るまでのことだった。突然の出血だった。あまりにもひどい出血と痛みに、ネリーはバスタブに敷いたタオルの上に丸くなり、すすり泣くうちに眠ってしまった。夜明け前に意気消沈し震えながら目覚め、リチャードが帰宅する前にタオルを洗っておこうと思った。

「なんてことだ、ネリー」リチャードは惨状を目にして真っ青になり、片手を胸に、もう一方の手をバスルームのドア枠に当てた。車内の出来事を思い出し、自分を責めているのだろうか？　脚を力ずくで握り締め、彼女が痛さのあまり体を二つ折りにしたことを思い出しているのだろうか？　そうであって欲しいとネリーは願った。流産の悲しみがそれで少しは癒える。

その後、ネリーは血が染みになったタオルを漂白したが、一枚だけはサテンのリボンで縛り庭の淡いブルーの忘れな草のそばに埋めた。「花言葉は真実の愛、永久の愛よ、ネリー。忘れな草は思い出の花なの」ある日の午後、讃美歌《さんび》を重唱しながら（エルシーはアルト、ネリーはソプラノ）並んで草取りをしていたとき、エルシーが言った。ぎっしり茂った葉を間引きながら、庭の暗く湿った場所を好む繊細な花のことを娘に教えた。「こういう元気な花の陰でよく育つの」エルシーは言い、高い位置で楽しげに咲くチューリップを指さした。「忘れな草は小さくても力強い花なのよ」

普通の生活に戻って大丈夫と医者が言ったのはほんとうだ。ドクター・ジョンソンは休暇でいなかったので、同僚のドクター・ウッドに診てもらった。かつらをかぶった年寄りの医者で、彼女の名前も憶えられないほどだった。流産の二日後に予約を取り、リチャードは付き添おうと言い張ったが、ネリーは――ひとりになりたかったので――わたしより従業員のほうがあなたを必要としているわよ、と言った。「わたしなら大丈夫。医者が言ったことはひと言残らずあなたに伝えるから」

そんなわけで、リチャードはその言葉を信じてブルックリン行きの電車に乗り、ネリーはドクター・ウッドに手にできた軽い発疹《ほっしん》を診てもらった。発疹を診察した彼は、薬局でメクサナ・パウダーを買うように言った。

「赤みと痒みは二日もすれば治りますよ、ミセス・マレー」ドクター・ウッドは処方箋に目をやりながら言った。

「マードックです」ネリーは言った。「ミセス・マードック」

医者が顔をあげると、かつらが少しずれた。「そう言ったつもりだが」

「あら、わたしの聞き違いですね」

「いや、べつにかまわんですよ」医者は震える手でパウダーの名前を書き終えた。「メクサナはおむつかぶれにもよく効きますよ」

「憶えておきますわ」

医者は灰色のゲジゲジ眉をひそめ、彼女に処方箋を手渡して尋ねた。「歳はいくつでしたかね、ミセス・マレー？」ネリーは訂正する気も失せ、処方箋をあとで捨てるつもりでバッグにしまった。必要な情報は手元のカルテに記されているのだから、彼女の歳だって見ればわかる。だが、結婚一年目、しかもこの歳で子どもがいないのだから、好奇の目で見られるのは仕方ない。裁縫サークルや教会のグループ、いろんな月齢の妊婦やスカートを握り締める幼子のいる母親が集まるタッパーウェア・パーティーでも、彼女は不思議がられる存在だった。

「二十三です」ネリーは言い、家族を作るのに早すぎることはない、といったお決まりの意見を聞かされるものと覚悟した。だが、ドクター・ウッドはなにも言わずにうなずいただけだった。「じきに二十四ですな。これを見ると。ドクター・ジョンソンにメモを残しておきますよ。発疹は数日で消えると思いますがね」

マードック家のディナー・パーティーはいつもながら成功をおさめた。ネリーはパーティー、とくにテーマを決めたパーティーを開くのが大好きだったが、夫は彼女ほど熱心ではない。前にハワイアン・ビュッフェを用意して客には受けたものの、リチャードは安っぽいと思ったようだ。「ローストした肉のどこがいけないんだ？」彼は言い、お祭り気分を盛り上げようとネリーが飾ったシダやパイナップルやバナナに顔をしかめた。彼女が造花をつないで一所懸命作ったレイも、みんながするのを見てから嫌々首にかけたほどだった。

今夜、ネリーは何品も料理を用意した。幕開けは野菜の皿だ。バラの花形に切れ目を入れたラディッシュとオリーヴを飾りのついた爪楊枝《つまようじ》に刺したもの。それに庭で採れた新鮮なトマト。カナッペとシュリンプカクテル、ウィンナソーセージとデビルド・エッグ。メイン料理のチキン・ア・ラ・キング。そのころにはみんなが満腹になり、デザートのベイクド・アラスカの登場だ。会話も弾んだ。男性陣はつぎの総選挙やジェネラル・エレクトリック・テレクロンの〝革新的〟なスヌーズ機能付き目覚まし時計を話題にあげ、女性陣はエルヴィス・プレスリーに夢中で、マリリン・モンローとアーサー・ミラーの結婚にまつわるゴシップに話がおよぶと、不釣り合いなカップルだということで意見が一致した。

オーブンの中のベイクド・アラスカの焼け具合を見ようと、女たちがキッチンに集まったときにも、流産は話題にされなかった。ネリーは感謝しながらも憂鬱になった。お腹に子どもを宿したままだったらどんなによかったか。お腹の丸みも、体の奥底から生まれる満足感も、先のことを思ってワクワクする思いも、すべてが懐かしかった。その夜、女友だちの誰一人「元気そうね、ネリー」以上のことは口にしなかった。行儀のよい客は、不都合な話題を持ちだしてパーティーの華やぎに水を差したりしない。

食事が終わると、ジントニックを飲みながら、ネリーは女たちにベイクド・アラスカの作り方を説明し――「アイスクリームをオーブンに入れてなぜ溶けないの?」――リチャードはリビングルームに男たちを案内し、コニャックベースのサイドカーを飲みながら、政治や仕事の話題に花を咲かせた。おいしい料理を腹いっぱい詰め込み、アルコールで顔を赤くして客は引き揚げ、主婦の羨望の的、ディナー・パーティーの女主人としてのネリーの評判はいやが上にも高まった。

みんなが楽しんでくれたようでネリーは満足だったし、愉快なおしゃべりと酒でリチャードも珍しく上機嫌だった。それに、この何週間かではじめて食後に胃の不調を訴えなかった――デザートをお代わりしても制酸薬を呑まずにすんだ。

「よくやった、ベイビー」リチャードが背後に来てウェストに腕を回し、うなじと肩の境目にキスした。「自慢の妻だ」

「まあ、なにが自慢なの？」ネリーはゆっくりと彼のほうに向き直った。ジンでほろ酔い気分だった。

「すべてだよ、あんなことがあったあとなのに」彼はテーブルを指さして言った。デザート皿や飲みかけのワイングラスや丸めたナプキンが散らばっている。彼が体をちかづけてきて、そっと指で首筋を撫でた。「きみには驚かされるよ、ネリー」

彼の正直な誉《ほ》め言葉に気をよくして、ネリーはほほえみ、体を預けてキスした。愛情表現は得意なほうではないが、リチャードの体が変化することに気付いた。「医者は大丈夫だって言ったんだよね、その……ほら、ええと、もとのようになんでもやれるって？」

リチャード・マードックは欲しい物は問答無用で手に入れる人間だと、まわりからは思われている。たしかにふだんはいちいちお伺いなどたてない。だがこの瞬間、彼のためらいや不安をネリーは感じ取った。まるで求婚時代に戻ったようで、ネリーも妙に興奮した。あのころはリチャードといると有頂天になったものだ。彼はネリーを賞をとったバラみたいに大事に扱ってくれた。繊細な花びらを慈しみ、気前よく上等な服や高価な宝石を買ってくれて、着飾った彼女を自慢げに連れ歩いた。

付き合いはじめたころのリチャードみたいにネリーを甘やかしてくれた人は、ほかにいなかった（とくにネリーの父親はひどかった）。ネリーは若くて無邪気だったから、そんなふうに愛される価値が自分にはあると必死に信じ込んだ。

ネリーが恥じらってうなずくと、リチャードはいたずらっぽく笑った。「よし、よし。それじゃ二階に行こうか？」彼は反り返ってネクタイをゆるめたが、視線は彼女に当てたままだった。ネリーは汚れ物が満載のテーブルをちらっと見た。

「いいから、片付けは女の子にやらせればいい」その女の子はヘレンといい（リチャードはけっして名前で呼ばなかった）、つぎの日に掃除に来ることになっていた。ネリーは空いた時間に庭仕事をやったり、隣家のミリアムを訪ねたり、町に買い物に出掛けたりしてすごす。ヘレンが忙しく働いている横で、のんびりくつろぐのは気が咎めるからだ。それに、他人を家に入れるとなると、べつの意味で仕事が増える――見せたくない物を片付けておかねばならない。

「あとから行くわ。その前に書いておきたいものがあるの」

「いまやるのか？」

ネリーは心配していなかった。彼女が服を脱ぎ、最後にほっそりした長い脚からストッキングを脱がせる役を彼に任せれば機嫌は直る。

「あすに延ばせないのか？」

「ガートルードにデザートのレシピを渡すって約束したので、忘れないうちに書いておこうと思うの」

リチャードは口をわずかに開き、酔った目で彼女を見つめた。「長く待たせないでくれよ、バイビー」声が掠れている。

「わかってます」流産する前からリチャードと睦《むつ》み合っていなかった――赤ん坊を失ったことで体も心もひどく傷ついた――が、雑誌に載っているような不感症妻ではない。今夜、夫に体を捧げるつもりだし、ジンの酔いとパーティーを成功させた満足感で彼女自身も楽しめそうな気がしていた。

それに、リチャードに負けず劣らず、ネリーも子どもが欲しかった。早ければ早いほどいい。

　リチャードが二階に引き揚げたので、ネリーは小さなグラスにジンを注ぎ、飲みながらペンを取った。ガートルードに約束したベイクド・アラスカのレシピを書くのはあすにするつもりだ。今夜はほかに書いておきたいことがあった。ジンをもうひと口飲み、紙を手で平らにしてから書きはじめた。

11

アリス　二〇一八年六月八日

忙しく手を動かしているあいだも、頭はちゃんと働いています。考え事は埃を払ったり、皿洗いをしたり、トマトの皮を剝きながらすればいいのです。家族休暇や庭の種蒔《たねま》きの計画はそうやって立てましょう。

――『ベティ・クロッカーの料理本』改訂増補版　一九五六年

アリスは花柄のソファーに座って貧乏ゆすりをしながら、どうすべきか考えようとした。

電話は衝撃の内容だった。ありがたいことに電話がかかってきたのはネイトが出勤したあとで、母とスティーヴは飛行機でカンザス上空あたりを飛んでいるころだった。滞在中ずっと言いつづけたカリフォルニアのあたたかさに、母は刻一刻とちかづいているわけだ。

ようやくひとりになり、ジョギングでもしようか（グリーンヴィルの通りはセントラル・パークほど刺激的ではないが）、そのあとで書き物でもしようかと思っていた。ぐずぐず思い悩むのはいい加減うんざりだから、なんとか自分を鼓舞した。「郷に入っては郷に従え、って言うでしょ。家の中を片付け、夢だったベストセラー小説を書くのよ。それも楽々とやったように見せるの。そんなに難しいことじゃないでしょ、アリス・ヘイル。さっさとランニングシューズを履きなさい。やってみなけりゃなにもはじまらない」

靴下を履いていると電話が鳴り、画面に浮かんだ名前を見て喉が詰まった。咄嗟《とっさ》に無視しようと思った（彼女と話すことはなにもない）が、気がつくとスマホを耳に当てていた。「もしもし？」

「ジョージアよ」

アリスはパッと立ちあがって口を開いたが、言葉が出てこなかった。

「ジョージア・ウィッティントン？」声でわからなかったふりをする。かつてのボスの姿が目に浮かんだ。ウィッティントン・グループの建物の角部屋をオフィスにし、髪は鋭角に切り揃えられたボブ、リーディンググラス（紫のフレームのブランド物）を押しあげて、壁一面の窓から外を眺める姿が目に浮かぶ。窓については文句たらたらだった（〝光がまぶしい〟〝パソコンの画面が見えない〟〝夏は暑くなりすぎ〟）が、彼女のステータスを物語るものだから——そんなに大きい窓のオフィスを持てるのは重要人物だけだから——気に入っていたようだ。

「余計なこと言いました」ジョージアがなんで電話を寄越したの？　もしかして、ああなったことを謝るつもり？　あなたがいないとプロジェクトがうまく回らないのよ、戻ってきてくれないかしら？　そんな想像をしたら愉快になったが、謝罪を受け入れてジョージアを満足させる気はない。

「それが、面倒なことになってね」

クビにされた時点で縁は切れているのだと、ジョージアに言ってやりたかった。

「わたしでお役にたてるなら」アリスは努めて軽い調子で言った。あの出来事が少しも堪《こた》えていないふりで。

「ジェイムズ・ドリアンのことなのよ。彼が訴えた」

「まあ。それは面倒なことになりましたね」アリスはリビングルームをぐるぐる回りながら咳払いした。「あなたにとって」ジョージアにそんなふうに言えて満足だった。ずっと彼女を目標にしてきた。ジョージア・ウィッティントンみたいな偉い人に指導してもらえるなんて自分は幸運だと思ってきた。

ジョージアの怒りが伝わってくる。こんなことにかかずらっている暇はないと言いたいのだろう。ジョージアが不満に思っているのは口調でわかる。五年以上も職場でさんざん耳にしてきたから、条件反射のスイッチが入った。腋の下と上唇にどっと汗が噴き出したのだ。

「あなたに電話なんてしたくなかったのよ。でも、あなたも当事者の一人だから仕方がない」

歩き回る足が止まった。「当事者って?」

「訴状にあなたの名前が入ってるのよ、アリス」

「なんですって? どうして?」アリスは慌てたものの、どうしてだかわかっていた。下腹に恐怖が居座り、ソファーにぐったりもたれかかった。アリスの願いもむなしく、ジェイムズ・ドリアンはあの晩、二人の会話をすっかり忘れるほど酔っぱらってはいなかったのだ。

「彼が訴えたのはウィッティントン・グループだけど、あなたの名前も入っている」

「ジョージア、わたしはもうウィッティントン・グループの社員じゃありませんよ」

かつてのボスは苛立って舌打ちした。「べつの電話を取らなきゃならない。とにかくオフィスに来てちょうだい。証拠開示手続きのことで顧問弁護士と会うことになってるから」

「わかりました」気もそぞろだ。ネイトにどう説明すればいいのだろう。このタイミングでジョージアや弁護士チームと会うのだって不愉快なのに、事態がこれ以上大きくなったらなおさらのことだ。「いつですか？」

「月曜。十一時」

「ジョージア、ほんとう言うとわたし――」

「いいわね。月曜日に」

ジョージアが電話を切ると、アリスは浅い呼吸を繰り返しながら、膨れあがる不安を宥《なだ》めようとした。一陣の風が吹きつけ、家が亀裂から息を吐き出した。Tシャツの上に厚手のカーディガンを羽織っているのに、アリスは震えた。なにかで気を紛らわさないとやりきれない。不思議なことに無性に煙草を吸いたくなった。血に溶け込んで全身を巡るニコチンが苛立った神経を鎮めてくれる。大学時代に煙草を吸いはじめ、ネイトに出会うまでたまに吸うことがあったが、いまは完全に断っている。

玄関ホールのクロゼットを開ける。靴を数足並べ、コートを三枚掛けたらいっぱいになる長方形の狭いスペースだ。セーターを脱ぎ、屈み込んでスニーカーを履いた。バッグから十ドル札を取り出しタイツのウェストに挟んだ。玄関の鍵もかけずに跳び出し、数ブロック先のセブン‐イレブンを目指して走った。

運動不足のせいか、セブン‐イレブンがとても遠くに感じられる。じきに脇腹が痛くなり、帰りは歩くことにした。タイツのウエストに突っ込んだ煙草はかさばり、パッケージの角が皮膚に食い込む。実際に煙草を吸うつもりはなく、手元にあればそれだけでリラックスできると思ったのだ。自分を鼓舞する言葉を、並木道を歩きながら小声で並べてみる。『ジェイムズ・ドリアンは当然の報いを受けただけなんだからね。あんたはジョージアになんの義理もない。ネイトには知らせる必要はない。ジェイムズ・ドリアンは当然の報いを……」

家に戻るころには気持ちが多少楽になっていた。ところが、玄関のドアを開けようとしたらびくともしない。取っ手を握って思いきり右に捻じり、つぎに左に捻じった。〝どういうこと？〟　歩さがり、両手を腰に当ててドアを睨《にら》みつける。鍵を持って出なくてすむように、鍵をかけずに出掛けたのに。たしかにそうしたはずだ。

苛立ちの声をあげながら、もう一度取っ手を掴んで左に回し、右に回し、ドアを肩で押した。びくともしない。「オンボロ屋敷のクソッタレ」彼女はつぶやきながら家の横手から裏へ回った。長い雑草が剝き出しのくるぶしにチクチク刺さった。いいお天気ではある。汗ばむほどの暑さではなく、空気は新鮮で小鳥のさえずりが聞こえる。薄暗くて寒い家の中よりよっぽどいい。〝ほんとうに外は気持ちがいいこと〟

裏庭はかなりの広さがあり、アリスがいまいる場所に立つと——家を背にしてパティオの四角い石の上に立つと——咲き誇る花や緑を楽しめるよう、よく考えられた庭造りがなされていた。木の柵に沿ってバラが植えられ、ピンクと黄色の絶妙な混ざり具合ときたら、花が順番を理解して咲いているとしか思えない。ひっそりと立つ木の小屋には園芸用具がしまってあった——花バサミに鋤《すき》、刈り込みバサミ、伐採した枝や葉を集める紙袋。

タイツに挟んだ煙草を取り出し、プラスチック製のガーデン・チェアに腰をおろした。煙草のパッケージを手から手に持ち替え、裏庭を眺めると花々のあいだからまた雑草が顔を出していることに気付いた。母が滞在中にせっせと草取りをしてくれたのに。庭の手入れを人任せにできるといいのに――とても一人じゃ手が回らない。

「これを全部抜かなきゃならないなんて……」アリスは目をつむり、天を仰いだ。

「こんにちは！」アリスは驚いて煙草を落とした。声がした左のほうを見ると、隣人が立っていた。汚れたシャベルを手に、大きなつばの日よけ帽子からやわらかな白髪がはみだしている。

「正式なご挨拶がまだだったわね」年配の女性は園芸用手袋を脱ぎ、塀越しに手を差し出した。

「サリー・クラウセンよ」

アリスはサッと立ちあがって隣家との境の金網塀へと向かった。「はじめまして、ミセス・クラウセン」握手する。「アリスです。アリス・ヘイル」

「どうかサリーと呼んでちょうだい。ミセス・クラウセンと呼ばれていたのは母のほうだから」彼女が笑うと、顔じゅうのしわが深くなっていい感じだ。「ようこそ、アリス。どちらから越してこられたの？」

「マンハッタンです。正確に言うとマリー・ヒルから」

「まあ、都会っ子なのね。だったら、ここは勝手がちがうんじゃない？」

「そうですね。こういうのをどうしたものか途方に暮れてます」アリスは庭を手振りで指した。

「わたしのガーデニングといったら、学生時代にエスターと名付けたシダを枯らさなかったことぐらいで」

「よかったらコツを教えましょうか。といっても、このバラたちときたら、あたしのこれまでの苦労も献身もおかまいなしだったのよ。花をつけるとは思ってもいなかった」金網塀から顔を覗かせるピンクと黄色のバラの花は、遠目からは水玉模様に見えるだろう。「うちの庭は賞の対象にはならないだろうけど、ありがたいことに、気にするのはあたしとミツバチぐらいなものだから」リリーはウィンクし、この人なら好きになれそう、とアリスは思った。

「ぜひコツを教えてください。こちらには長くお住まいなんですか？」

「長いわね。出たり入ったりしたけれど」アリスは詳しい話を期待したが、サリーはしてくれなかった。日よけ帽子のやわらかなつばが風に煽《あお》られ、サリーは額に手をやって日射しを避けた。「それから、アリスの庭の隅を指さした。「それはそうと、あそこのあの花に触れるときは、かならず手袋をしてね」

アリスはサリーが指さした先に目をやった。「どれですか？」

「キツネノテブクロ。あのかわいい紫色の花、オオバギボウシの横の。人間には毒だけど、鹿除《しかよ》けになるのよ。鹿が触れたがらないから」

「このあたりに鹿がいるんですか？」

「いるわよ。臆病な動物だから、日暮れ時や早朝にしか姿を見せないの。オオバギボウシは鹿の大好物」

毒があると言われても、見た目はまったく無害に見える。花はベル形のスリッパみたいで、茎をぐるっと囲んで仲良く列をなしてぶらさがっている。「これですか？　とてもかわいらしい花」

「そう？」

「この家の前の住人のお気に入りだったにちがいありません。たくさん植えられているもの」日の前の場所以外にも、二か所に群生している。

「そのようね」サリーが言う。「その花には別名があるのよ。あなたも聞いたことあるんじゃないかしら？　ジギタリス・プルプレア」

「さあ、聞いたことありません」

「ジギタリスは心臓病の薬として使われているの」サリーは手袋をはめ直した。「でも、どの部分も――葉も花も茎も――素手で触れると重篤な症状を引き起こす。前に、おままごとでこの葉っぱのサラダを作った子どもを治療したことがあってね。母親が止める前に葉を一枚食べてしまって、一週間入院したわよ」

「マンハッタンのほうが安全に思えてきました」

サリーは笑った。「そうかもしれないわね」

「あなたはお医者さまだったんですか？」アリスは尋ねた。

「心臓専門医。やり甲斐のある仕事だった」

サリーはきっと患者たちに愛されたのだろう、とアリスは思った。

「いまはフルタイムの園芸家でパートタイムのパン屋よ。でも、どっちも上手じゃないの。医術に比べるとね」彼女はアリスが座っていたガーデン・チェアのそばに落ちている煙草に目を留めた。

「差し出がましいことを言うようだけど――この歳になると思っていることが口から出てしまうのよね――煙草はやめたほうがいいわ、アリス」

「ああ、わたし、吸わないんです。吸ってたことはあるけど。だいぶ前の話です」アリスは肩をすくめた。サリーの顔にはやさしさと憐《あわ》れみがふたつながら浮かんでいた。「緊急事態に備えて」

サリーは眉を吊り上げた。「そうなの。で、きょうの緊急事態ってなに？」

「仕事がらみで」ジェイムズ・ドリアンの顔が脳裏に浮かんだ。「たいしたことじゃないんです」

「これまでに喫煙者を大勢診てきたわ。お察しのとおり」と、サリー。「禁煙に成功したのは、ほかに楽しみを見出《みいだ》すことができた人。喫煙衝動を乗り越えるまでのあいだ、気を紛らわせるなにかがあるかどうか」

「貴重なアドバイスをどうも」サリーの目には喫煙者と映ったのだろう。それならそれでいい。アリスを煙草を買いに走らせた原因について説明するのは面倒だから。「なにかお礼をしなきゃ」

「あなたが禁煙するってのはどう？　それで貸し借りなし」サリーは細い腰に手をやった。カーキのズボンはダブダブでウェストまわりにはしわができている。「作業に戻らないと。バラは自分で枝を刈り込んでくれないもの。でも、作業しながらおしゃべりをつづけられたら嬉しいわ」

アリスはにっこりして、サリーが棘《とげ》のある枝を伐《き》るのを眺めた。「さっきは伺えなかったけど、ここに住んでどれぐらいになるんですか？」

「ここは子どものころに住んでた家でね、医学校に行くのであたしがここを出たあとも、母は住みつづけていたの」サリーは剪定をつづけ、落ちた枝を集めて紙の庭ゴミ収集袋に入れた。「三十年ほど前に戻ってきたのよ。母が亡くなったあとにね。ここが売れるまでのつもりだったんだけど。それがそのまま」にっこりする。「住みつづけることになった」結婚しているのか、子どもがいるのか、アリスは尋ねたかった。それともひとり暮らしなのか。

「うちの以前の住人のこと、ご存じでしたか？」

「よく知らないのよ。あたしがここを出たあとに引っ越してきたから。母が奥さんのほうと親しくしていたわ。エレノア・マードック。ネリーって呼んでた」サリーは屈んで下のほうの枝を伐った。歳のわりに動きが軽快だ。「人付き合いをしない人だった。長いことリビングルームで子どもたちにピアノや声楽を教えていたわ。夏になると、開いた窓から子どもたちと一緒に歌う彼女の声が聞こえてきたものよ。美しい声だった」ピアノがあるのはそのためだったのだ。アリスが掃除したのでもう埃まみれではないが、音ははずれたままだ。「それは魅力的な人だったわ。それに、グリーンサムだって母がよく言っていた。おたくの庭のバラを見ればわかるでしょ」

「家の中に比べると、庭ははるかに状態がいいって母が言ってました。植物のことをよく知っている人が丹精込めた庭だそうです」

「ネリーは朝早くから庭仕事をしていたわ。それもほとんど毎日。でも、病気になってからは、庭師を雇ってやらせていたの。彼女が亡くなってからも、手入れに来ていたから、それでいまも美しいのよ」サリーは伐りとったバラを草の上に並べた。「長いこと隣同士で住んでいたけど、挨拶を交わすだけだった。雨がよく降りますね、とか、急に冷え込みましたね、とか言うぐらい。一度、シャクヤクについたアリを落とす方法を教わったことがあるわ。そのときだけよ、まともに話したのは」

アリスは料理本の書き込みを思い出した。〝エレノアの十三歳の誕生日——おいしい！〟「古い雑誌と料理本を見つけたんです。彼女のものだと思うんだけど。あるいは彼女の知り合いのもの。エルシー・スワンという名前、ご存じですか？」

「聞いたことがあるけど、どこで耳にしたのか憶えてないわね。以前ほど頭が働かなくなってね」サリーは上体を起こし、ちょっと反り返って腰をさすった。

「気になさらないで。料理本を持ち主に返せたらと思ったものだから」

「もう必要ないからほっぽってあったのかもしれないわよ」

「そうですね。正式にご挨拶できてよかったです。さて、そろそろ仕事に戻らないと」

「それに、緊急事態を解決しないとね」

「ええ。それもあります」アリスは家に戻ろうとして玄関のドアが開かなかったことを思い出し、ため息をついた。「どうやら締め出されたみたいで。夫が戻るまで、日光浴でもして待たないと」

「裏口の階段横のピンク色っぽい石の下を見てごらんなさい。まだそこにあるかどうか保証はできないけれど、ネリーがたしかスペアキーの隠し場所にしていたから」

アリスは御影《みかげ》石を持ちあげて偽物だとわかった――軽くて中が空洞だ。裏側に小さな蓋があり、中から鍵が出てきた。「あなたが庭仕事をされていてよかった」

「お役にたてて嬉しいわ」サリーが言う。「あなたとおしゃべりできて楽しかったわ、ミス・アリス」

別れの挨拶を交わし、アリスは煙草を拾いあげ、ゴミ箱行きにするとサリーに約束した。知り合ったばかりの隣人をがっかりさせたくない。玄関へと戻り、鍵穴に鍵を差し込み回そうとしたら、ドアがきしんで開いた。まるで最初から閉まっていなかったように。鍵穴に差したままの鍵から手を離すと、ドアが大きく開いた。「どういうこと?」

恐るおそる玄関に足を踏み入れ、左右を見回して誰もいないことを確かめる。ほっとしてドアを何度か開けたり閉めたりを繰り返してみた。ドア枠にへばりついて離れないということはなかった。ドアを開けた状態で鍵をガチャガチャやり、中からかけた状態でドアを閉めることが可能か調べた。何度か試してみたがドアが開かなかった謎は解けないまま、煙草をデスクのいちばん上の引き出しの奥にしまった(ゴミの日の前日にでも捨てればいい)。セーターを羽織り、底冷えする部屋の寒さと闘った――外はいいお天気なのに、室内はどうしてこう寒いの? ノートパソコンはすぐそばにあるのにやる気が湧いてこず、料理本を手にソファーに落ち着いた。

料理本がパラッと自然に開いたページはしみだらけで、料理するときに横に置いていたのがわかる。お気に入りのレシピだったのだろう。ブレッド・アンド・チーズ・プディング。アリスはセーターの前を掻き合わせ、材料に目を通した。パン粉、チーズ、ミルク、卵。それにパプリカパウダー。はたしてあるかどうか。レシピの横に書き込みがある。〝教会から戻って食べるのにぴったり。E.S.〟その下に青いインクで〝スワンのハーブミックスを小さじ一杯振りかける〟とあった。

料理本をキッチンのカウンターに置き、冷蔵庫からバターとミルク、卵、チーズを取り出しパン粉も一緒に並べた。パプリカパウダーは探したけれどなかったので、黒コショウを余分に入れることにし、ハーブミックスの材料の記載がどこにもないので、ドライバジルで代用することにした。都会で暮らす分には、自炊できなくても生きていけるから（まともな卵料理ひとつ作れなかった母親に育てられたし）、アリスはキッチンでは役立たずだった。でも、いろいろできる人間になりたい。だったら、いまが自分磨きの絶好の機会だ。まずはまともな料理を作れるようになること。ウィッティントン・グループのいちばんのお得意さんを任されてきたのだから、ネイトが帰宅したときにテーブルにディナーを並べるぐらいなんてことない。材料を混ぜるだけの簡単な料理でも達成感を得られた。頭の中ででかしたと自分の背中を叩いてやり、キャセロールをオーブンに入れた。

さあ、はるか昔のレシピでどんな料理ができあがるでしょうか。

12

ネリー　一九五六年六月十一日

【忙しい日のケーキ】

バター　二分の一カップ
レモンエッセンスかヴァニラエッセンス　小さじ三分の一
グラニュー糖　カップ一と四分の三
薄力粉　ふるいにかけたもの、カップ二と二分の一
塩　小さじ四分の一　／　重曹　小さじ二
コンデンスミルク　カップ一　／　卵の白身　四個分

1　バターを練ってクリーム状にし、レモンエッセンスあるいはヴァニラエッセンスを加え、つぎに砂糖を加えて混ぜ合わせる。
2　薄力粉と塩、重曹を合わせてふるいにかけ、1を加え、コンデンスミルクと卵の白身も加えてよく混ぜ合わせる。これを十八×三十センチの焼き型に流し込み、百七十五度のオーブンに入れ、六十～六十五分焼く。オーブンから取り出し、二

十〜三十五分冷まし、焼き型からはずす。お好みで糖衣で飾ってもおいしい。

ネリーはケーキキャリアーの取っ手を片手で摑み、空いた手で玄関のドアを閉めた。じきに正午だが、キャサリン・〝キティ〟・ゴールドマン――正午からはじまるタッパーウェア・パーティーの主催者――の家はほんの一ブロック先だから、ゆっくり歩いても充分に間に合う。

空は晴れ渡り微風が心地よく、ミントグリーンのワンピースの裾が揺れて足取りも軽かった。ぺたんこ靴にしたので足も喜んでいる。ほかのみんなはヒールの靴を履いてくるだろうけれど、合わせる必要はない。今夜リチャードが仕事から戻ったら、キトンヒール（訳注：ヒールが細くてエレガントなローヒール）の靴に履き替えなければならないから、それまでは楽をしていたかった。

フロントガーデンの真ん中の小径《こみち》はピンクのシャクヤクが彩を添えていた。ネリーは花に触れ、運よく子どもが生まれたらそうしてやるように、やさしく子守唄を聞かせながらゆっくりと歩いた。脇の小径を飾り、近所の人たちの目も楽しませるのは黄色の見事なバラで、彼女の誇りと喜びだ。じきに二番花を咲かせるための摘花をしなければならない。バラは手がかかるが、かけた分だけ応えてくれる。

バラの植え込みに隠れるようにして白い杭垣《くいがき》が張り巡らされ、その向こうでお隣のミリアム・クラウセンが庭の手入れをしているのが見えた。こちらに背を向け、大きなシャクヤクの茂みに屈み込んで、枝の下のほうの花を伐ってはかたわらの草の上に並べていた。まるで倒れた兵隊みたいだ。

「こんにちは、ミリアム」ネリーは声をかけた。「あなたのシャクヤク、今年は見事に咲いたわね」

「あら、こんにちは」ミリアムの歌うような声は力強かった。五十代後半だが、頭も感覚も歳よりずっと若い。ただ、体は歳相応にがたがきており、上体を起こすのがしんどそうだった。花バサミを握る手は関節炎で節くれだち、指関節はネリーの鏡台の引き出しのノブほどもある。「あなたに褒められるとすごく嬉しいわ。今年の天候がシャクヤクには合っていたんでしょうね」

ミリアムは帽子のひさしをあげてネリーをしげしげと見つめ、眉をひそめた。天気予報では暑くなると言っていたのに、ネリーがカーディガンのボタンをいちばん上まで留めているのを怪訝《けげん》に思ったのだろう。「あなた、変わりはないの？」

「ちょっと寒気がしたもんだから」ネリーは咳払いし、うまく隠せていますようにと願いながらカーディガンの袖口を引っ張った。「でも、大丈夫、元気です」

「それならいいんだけど」ミリアムはネリーとのおしゃべりをいつも楽しんでくれるし、それはネリーもおなじだった。ケーキやクッキーばかりでなく、ちょっと痩せたんじゃない、と気遣ってキャセロールを差し入れしてくれることもあった。夫を数年前に亡くし、ひとり娘のサリーも医学校に行くために家を出たから、ミリアムの料理を喜んで食べてくれる人が家にはいない。医者になろうなんて大望を抱く女性は珍しいから、サリーが家を出る前に引っ越してくればよかった、とネリーは思っていた。夢を実現させ、やりたいことをやるってどんなものかぜひ訊いてみたい。「言い出したらきかない子なのよ」ミリアムは娘のことをそう言っていた。「頼もしいとも言える。娘の人生なんだから、親がとやかく言うことじゃないしね」

ときどきべつの人生を送る自分を夢見ることがあった。これほど窮屈な思いをせずにすむ、子どものいないミセス・リチャード・マードックではない人生。父がミズーリ州に勤め口を見つけ家族で引っ越すことさえなければ、相思相愛だったジョージー・ブリトンと結婚し、いまごろは子どもたちに囲まれ母親の鑑と謳われていただろう。リチャードに出会わなかったら、都会の片隅の、小さなキッチンテーブルと椅子一脚を置けるだけの狭いアパートに住んでいただろう。オーブンを置く場所がないからホットプレートで代用して。設計技師を目指し男には見向きもしない、高校時代の友人ドロシーがそうだった。あるいは、ラジオでコマーシャル・ソングを歌っていたかも。さぞ楽しい毎日だったろう。上の学校に行って音楽教師になってもよかった。結婚こそが快適で楽しい人生につながる道と素直に信じて、相手を見つけることに躍起になりさえしなければ、真の幸福を見出していたかもしれない。

ミリアムが園芸用手袋をはずし無残な手――赤く炎症を起こし指が曲がっている手――を露《あら》わにし、ちかづいてきた。ネリーの手はすべすべで、指は長く、形の良い爪はきれいに磨かれて艶やかだ。

「手の具合はどうなの？」ネリーは尋ねた。見るからに具合が悪そうだが、それでも尋ねずにいられなかった。

「いいわよ」ミリアムはネリーの心配を手を払って退けた。「リンゴ酢で治らないものはないの」

ミリアムが毎晩、あたためたリンゴ酢に両手を浸していることを、ネリーは知っていた。もっとも、娘のサリーは民間療法を馬鹿にしているが。娘がじきに医者になろうというのに、ミリアムは薬嫌いの医者嫌いだった。夫のバートは健康に気を遣い、具合が少しでも悪いと、妻にやいのやいの言われる前に医者に診てもらっていた。それでも、癌が見つかったときはすでに手遅れだった。かわいそうに。

「キティ・ゴールドマンのところで開かれるタッパーウェア・パーティーに行くところなんだけど、ちょっとぐらい遅れてもなんてことないから、手伝いましょうか？」

「ご親切にどうもね、ネリー。でも、あたしなら大丈夫」ミリアムは手袋をちかくの柵に叩き付けてついた泥を落とした。「さあ、お行きなさいな。お土産を持っていくんでしょ」

「母が得意だった〝忙しい日のケーキ〟」ネリーはケーキキャリアーを掲げて見せた。「レモンの糖衣をきせて、庭で摘んだスミレの砂糖漬けを散らしたの」母は特別な集まりがあるとこのケーキを焼き、あっさり味のケーキなら誰の口にも合うでしょ、と言っていた。

「肝心なのはごてごて飾りすぎないこと」が母の口癖で、泡立て器でバターとミルクの糖衣をかき混ぜながら、ネリーに味見させてくれたものだ。砂糖漬けの花を散らすのは〝飾りすぎ〟と言う人もいるかもしれない。でも、エルシー・スワンはそうは考えなかったから、彼女が作るケーキには庭で採れた美しい花やハーブがかならずあしらわれていた。バラの花びらやパンジーの砂糖漬け、摘みたてのミントや半乾燥させたラベンダーをグラニュー糖と混ぜて作るラベンダーシュガーなどなど。花言葉を信じていたエルシーは、ケーキを贈る相手に合わせて花や植物を選んだ。クチナシの花言葉は秘めた愛で、白いヒヤシンスは祈りを必要としている人にぴったり、シャクヤクは幸福な結婚と家庭を祝うのにふさわしく、カモミールは忍耐強さを養ってくれ、新鮮で色鮮やかなバジルは幸運をもたらす。スミレは称賛を意味するから、いけ好かないキティ・ゴールドマンに贈りたくないけれど、スミレの砂糖漬けは〝忙しい日のケーキ〟をいっそうおいしくしてくれる。

「まあ、素敵なお土産だこと、ネリー」ミリアムの心なしか沈んだ声から、ネリーは孤独を聞き取った。理由はちがっても、ネリー自身が孤独だったから身につまされる。「きっと喜んでもらえる」

「あなたの分を残しておくわね。あとで持っていくから、園芸用手袋持参で。待っててね？」

ミリアムが嬉しそうな顔をした。「夕食用にキャセロールを届けるわ。余計に作ってしまったのよ」一人分の料理を作ることに慣れるまで、どれぐらいの時間がかかるのだろう。

ミリアムとバートみたいに長い年月を共に暮らした夫婦が一人になると、二人分を作る習慣はなかなか抜けないものだろう。

「そうそう、出掛ける前に教えてほしいことがあるのよ。アリがつかないようにするコツってなにかある？　キッチンテーブルにシャクヤクの鉢を置きたいんだけど、アリが群がって大変なことになるの。先週なんか、バター容器の中にまで入り込んでいたのよ！」

「入浴させるの」ネリーは言った。

ミリアムが首を傾げる。「入浴。アリを？」

ネリーは悪気のない笑い声をあげた。「シンクにお湯を張って食器洗い洗剤を数滴垂らし、鉢ごと浸けるの。アリがつかなくなるから、シャクヤクは元気を取り戻すってわけ」

「あなた、なんでも知ってるのね」ミリアムは手袋をはめ直した。「あたしたちみたいな花枯《ブラックサム》らしのために、教会で講習会を開いたらどうかしら。きっと大勢集まるわよ」

「できれば秘密にしておきたいわ。教えるのは大好きな隣人にだけ」ネリーはウィンクした。「それじゃ、あとでまた」

「楽しみにしてるわ」と、ミリアム。「パーティーを楽しんでいらっしゃい。キティはキッチンをスマートに改装したそうじゃない」重大な秘密を洩らしてしまったと言いたげに、手で口を塞いだ。

「宝の持ち腐れなのにね。いざとなってもお湯ひとつ沸かせない人だから」

ネリーはクスクス笑った。キティは料理音痴の馬鹿な主婦で知られている（きょうも出てくるのはサンドイッチにゼリーサラダぐらいだろう）。そのくせ口は達者だから、できれば相手をしたくなかった。

「あとで報告するわね」ミリアムを訪ねておしゃべりするのが楽しみだ。タッパーウェア・パーティーなんて、考えただけで気が重くなるからなおのこと。噂《うわさ》好きの女たちがピンクやオレンジや黄色のプラスチックのボウルを囲んで、キャセロール用の食器ひとつで生活ががらっと変わるなんて話をするのだ。ミリアムに別れを告げ、キティ宅へと向かった。腋の下にじっとり汗をかいていた。カーディガンなんて羽織らずにすめばどんなにいいか。だが、どんなに蒸し暑くても、もっともらしい言い訳を何度も口にしなければならなくても、カーディガンを脱ぐという選択肢はなかった。

ネリーがはじめて大事なことで夫に嘘《うそ》をついたのは、彼のシャツの襟に口紅のしみ——ネリーの繊細な唇にはぜったいに合わない毒々しい暗紅色——を見つけた日だった。

タッパーウェア・パーティーの二週間前、日が長くあたたかくなってネリーの庭がようやく目覚めたころだった。シャクヤクは開花の準備を終え、ミリアムのライラックは菫色《すみれいろ》の花をほころばせ、香《かぐわ》しい香りが半ブロック先まで届いた。太陽に届きそうなほど伸びたユリは、火のようなオレンジ色の花をつけていた。その朝は、一刻も早く庭に出たかったので、リチャードの洗濯物は後回しにした——家事の中で洗濯はあまり好きではない。ところが翌朝、大事な会議があるのに〝ラッキー〟シャツ（ネリーから見るとどれもおなじなのに）にアイロンがかかっていないことにリチャードが気付き、彼女の腕を力任せに摑んだ。リチャードの指の形がそのままあざとなって残り、それがなかなか消えなかったので、タッパーウェア・パーティーにカーディガンを着ていかざるをえなくなった。

運命のその朝、リチャードはようやく彼女の腕を放すとシャツを足元に投げつけ、やることをちゃんとやったらどうだと言った。ネリーは膝をついて腕を抱え、リチャードは偉そうに彼女を睨みつけた。ベッドルームの床に膝をついたまま玄関のドアが閉まるのを待ち、リチャードが投げつけたシャツを手にしたとき、しみに気付いた。長いこと見つめるうちにそれがなにを意味するのか気付き、心臓がばくばくいった。

その日の午後遅く、浮気の証拠のシャツを手に彼の職場に電話した。「ウサギが死んだわ」リチャードの部下で浮気相手のジェーンが電話をつなぐと、ネリーは開口いちばんそう言った。「ウサギが死んだのよ、リチャード」

「何だって？　何のことを……？」

「そうじゃないかと思ってたの」なんとか嬉しそうな声を出した。「けさ予約を入れてて、それではっきりするまでは言いたくなかったの、それで、ああ、リチャード……喜んでくれるわよね？」

「喜ぶ？　喜ばないわけがないじゃないか」大喜びでそう言うと、すぐに声をひそめた。「あの、ネリー、悪かった、けさは、その。ときどきえらく人の気に障るようなことを……いや、気にしないでくれ。ぼくを果報者にしてくれたんだからね。とても幸せだよ」声にそれが出ていた。偉く見せようとふんぞり返る彼の姿が見えるようだ。お祝いにボトルを開けてグラスに注ぎ、唇を赤く塗りたくったジェーンに手を振って合図し、一緒に祝ってくれる飲み仲間を呼んでこさせるのだろう。

「わたしも嬉しいわ」ネリーはシャツを握り締めてささやいた。ズタズタに切り裂いてやれたらどんなにいいか。「いままでよく堪《こら》えてくれたわね、リチャード」

リチャードはなによりも子どもを欲しがっていた。家業を継いでくれる息子ならなおいい（ネリーに男女を産み分けられるとでも思っているのか）。その日の晩、彼女に贈ったダイヤのテニスブレスレットがなによりの証拠だ。それに、以前のような親切でやさしい彼に戻っていた。彼はいとも簡単にそういう切り替えができ、恐ろしくなる。

リチャードはネリーの細い手首にブレスレットをつけると、ソファーで楽にしていろと言い、キッチンに立って卵料理まで作ってくれた。もっとも卵は焼きすぎでゴムみたいだったが。彼女が卵に手をつけなかったことにも気付かず皿を片付けると、足の下にもうひとつ枕を入れ、真剣な顔で彼女をじっと見つめた。

「今度ばかりはぜったいに無理しちゃだめだぞ」

「ええ、わかってる」ネリーは言った。「充分に気をつける」

13

アリス　二〇一八年六月十一日

人生は晴れの日ばかりと期待してはいけない。憂鬱な曇りの日がなかったら、妻は親友にもなれることを夫に気付かせる機会を失う。

――ブランチ・エバット『妻がしてはいけないこと』一九一三年

ナイトスタンドの上のスマホの着信音で、アリスは目が覚めた。ネイトが通勤電車の中からテキストメッセージを寄越したのだ。

〝造園業者に電話するの忘れないで。ランチがうまくいくといいね！〟

霞む目を細めてスマホの画面を睨む。八時七分。ぐったりして――ジョージアと顔を合わせる不安、ジェイムズ・ドリアンへの怒り、それに夫に嘘をついた罪悪感が二度寝のチャンスを叩き潰す――天井の割れ目を見つめ、ベッドから出ずにすむことを願った。きょうは病気を口実に人生を休みたい。

ジョージアと会う約束や、そこに至るまでのあれやこれやを告白する気になれなかったので、マンハッタンで編集者の友だちと会って小説を書くヒントをもらうつもり、とネイトに嘘をついた。

「そりゃいい」ネイトは言い、書くほうはどれぐらい進んでるの、と尋ねた。アリスは「ぼちぼちね」と曖昧な言葉を返した。実際にはなにも書いていなかった。

だが、滞っているのは小説ばかりではない。快適に暮らせるよう労力と金を注ぎ込んだにもかかわらず、家はヘイル夫妻に仏頂面を見せるばかりだった。すでに悪いことが六つも生じていた。最初がライトのチカチカで、電気屋に修理費用を見積もらせたらとんでもない額だったので、チカチカのまま暮らすことにした。つぎに階段の軸柱がグラグラしだし、踏み段もふたつ怪しくなり、誤って転がり落ちないよう上り下りには注意が必要となった。そのつぎが、ベッドルームの窓のひとつに鳥が激突してガラスを割る事件——アンティークの二重ガラスで張り替えには大金がかかることが判明。底冷えと隙間風はあいかわらずだから、新しい窓に付け替えようということになったが、そのための予算が残っていなかった。とどめを刺されたのがついきのうのことだった。アリスの手の中でバスルームの蛇口がはずれ、床が水浸しになり、水道屋を呼んだら、日曜の午後だからとバカ高い休日料金を要求された。どこまでも楽天的なネイトですら、厄介な代物を背負いこんだと認めるに至った。

マリー・ヒルでは、狭い部屋に住んでストレスを溜め込んだ都会人が出たり入ったりする音で一週間がはじまったが、グリーンヴィルは静かなままだ。クラクションは鳴らない。街の雑踏も聞こえない。小鳥のさえずりに遠くを走るトラックの音がかさなり……。

アリスはベッドで起き上がった。ゴミの日。

郊外の生活リズムにまだ慣れていない。ゴミは好きなときにガーベージ・シュートに放り込むのではなく、リサイクルできるものとそうでないものに分別し、ふたつの大きなゴミ容器に入れて月曜の朝に出さなければならない。先週はころっと忘れており、ネイトが出掛けるやベッドに戻って眠りこけ、ゴミ収集車が近隣を巡る音にも気付かなかった。暑い日がつづいたこともあり、満杯のゴミ容器はガレージで悪臭を放っている。だから、つぎの月曜は忘れずに出そうと自分に言い聞かせた。

前の晩に床に放りっぱなしだったジーンズに足を突っ込み、急いでファスナーをあげ、セーターを頭からかぶって階段を走りおり、グラグラする踏み段に不用意に足をついて転がり落ちそうになった。サンダルを突っかけて玄関のドアを開けると、ゴミ容器がドライヴウェイの端にきれいに並んでいるのが見えた。ジーンズのポケットでスマホが振動した。

〝ゴミ容器は出しておいた。きょうは遅くなるからね――勉強会〟

アリスはすぐに返信した。〝造園業者に電話するね。寝ないで待ってる。キス〟

乱れ放題の髪を手櫛《てぐし》で梳《す》いて絡まりをほぐしたら、指輪に引っ掛かって何本か抜けた。そうしながら芝生に目をやる。芝生は長く伸び、タンポポやほかの雑草があちこちに顔を覗かせていた。

「おはよう、アリス」サリー・クラウセンが玄関先から声をかけてきた。「ゴミ収集はいつも八時十五分なんだけど、八時半ちかくになることもあるのよ」そう言いながらガレージの扉を開けた。「リスやアライグマに荒らされるから、出すのをギリギリまで待つことにしてるの」ガレージの中に消え、大きなゴミ容器を引っ張って出てきた。「とんでもなく散らかすからね。アライグマは賢いから始末に負えない。鍵のかかった蓋だって器用に開けるんだもの」

「まさか」アリスは言った。「さあ、わたしがやりますよ」サリーからゴミ容器のハンドルを受け取る。「これひとつだけ?」

「ええ。ありがとう」サリーはベージュのスラックスにネイビーブルーのベルトを締め、七分袖の明るいブルーのブラウスという姿で、白髪を低い位置できれいなお団子にしている。首には細いシルクのスカーフを巻き――ブルーとグリーンの水玉模様――全体のバランスがよくお洒落《しゃれ》だ。それにひきかえアリスは、よれよれのジーンズにしわくちゃなコットンセーター。

ゴミ容器を引っ張ってサリーの家のドライヴウェイを歩くと、一歩ごとに容器が腿に当たった。横を歩くサリーに訊いてみた。「お尋ねしたいことがあって。造園業者を使ってませんか？」

「夏のあいだ、アルバイトで作業してくれる若者が二ブロック先に住んでてね。都会の大学に通ってるんだけど、夏休みのあいだは実家に戻ってるの。彼の番号をお教えするわね。妥当な手間賃でよく働くわよ」

「庭仕事って、わたしにとってはフルタイムの仕事だから」ゴミ容器を置いて両手をジーンズに擦り付けた。「ぜひ番号を教えてください」

「すぐにお教えするわよ。コーヒーを飲む時間ある？」

ジョージアとドリアンと弁護士たちの姿が浮かぶ。彼らと顔を合わせるまでに二時間しかない。

「ご一緒したいんだけど、約束があって。あすはどうですか？」

「いいわよ」

アリスは芝生に顔をしかめた。「庭仕事が好きだったらどんなによかったか」

サリーがうなずく。「きっと自分でも驚くわよ。長く庭仕事をやることで人は成長するの」

ゴミ収集車が角を曲がってやって来た。騒々しいブレーキの音がおしゃべりの邪魔をする。後部から飛び下りた男にサリーが手を振ると、男も手を振り返した。「おはよう、ミズ・クラウセン」

男はつけていたイヤフォンの片方をはずし、野球帽のつばに挟んだ。短く刈った顎ヒゲに笑うと浮かぶえくぼのせいで若く見えるが、実際はいい歳なのだろう。

「おはよう、ジョエル。お嬢さんたち、どうしてる？」

「元気にしてるよ。エヴァは靴紐の結び方を練習してて、マディーはきのうのサッカー試合に勝ったんだ」

「すごい！」サリーは嬉しそうに手を叩いた。まるで孫たちの活躍を喜ぶように。「ジョエル、こちらはアリス・ヘイル。最近、ご主人とここに引っ越してこられたのよ」

「はじめまして、アリス」と、ジョエル。「この界隈《かいわい》にようこそ」手早くゴミ容器の中身を空け、片方ずつ手に持った。「これを元の場所に持っていってあげましょうか、お二人さん？」

「ありがとう、自分でやれますから」アリスは言い、ゴミ収集車の後部に飛び乗るジョエルに手を振った。「感じのいい人ですね」

「ええ、それはもう」サリーがスカーフの端をいじくりながら言った。「それにハンサムでしょ。ゴミの日が楽しみなのよ」

アリスは笑い、サリーのことをもっと好きになった。

スカースデイルの駅まではブロンクス川を渡ってすぐで、車で五分とかからなかった。運転にだいぶ慣れてきた。ハンドルを握ると緊張するドライバーにとって、郊外は道が広いし走っている車ものんびりしているからストレスが溜まらない。駅にちかい駐車場に車を入れ、古風で趣のあるスカースデイルの街並みに目を見張る。店舗の正面は煉瓦や石造りで色鮮やかな日よけ《オーニング》が影を作り、アンティーク調の街路灯《がいろとう》は旗で飾られていた。木々の配置も見事だし、芝生はきれいに刈られている。カフェのオープンテラスには白いパラソルがいくつか置かれて、照りつける日射しから客を守っている。この町はなんと整然としているのだろう——それに比べてアリスのいまの人生ときたら。

電車はあっという間にアリスをマンハッタンへと運び、一時間後にはブロードウェイにあるウィッティントン・グループのビルの前に立っていた。スーツにいちばん高いヒールの靴で武装して、ドアを抜ける勇気を掻き集める。特大のコーヒーと、この数ヵ月現実逃避してきたという事実のせいで、胃酸が出まくり胃がでんぐり返る。なんとか鎮めようと深呼吸してみたものの効果はなかった。仕方がないから胸を張り、大股でドアを潜った。

「あら、アリスじゃないの」ウィッティントン・グループのオフィスに通じる重いガラスドアを押し開けると、受付のスローン・マッケンジーが声をかけてきた。彼女の甘い笑顔が作りものだということを、アリスは経験から学んだ。「あなたが来たことをジョージアに伝えるわね」

スローンがジョージアに電話するあいだ、アリスはかたわらに立って彼女のまっすぐすぎる髪を眺めた。ウェーブひとつ、ほつれ毛ひとつ見当たらない。頻繁に美容院に通ってブローとワックスで手入れを怠らないスローンを、雨が降るとくるんとはねる毛先をいじくりながらアリスは羨ましく思ったものだった。ほんの数ヵ月前までここで働いていたのに、いまや完全な部外者だし、久しぶりに手を通したスーツが窮屈でならない。

「じきに来るそうよ。なんなら椅子に掛けて待ったら」スローンが言った。

「立ったままで大丈夫。ありがとう」爪先が痛いし、左の踵《かかと》に靴擦れができているし、正直トイレに行きたかった。コーヒーのせいで尿意を催しており、スカートの情け容赦ないウエストに締め付けられ胃が張っていた。もう一度深呼吸したらファスナーが弾け飛ぶにきまっているから、座るなんてもってのほかだった。

「お好きにどうぞ」スローンは肩をすくめ、アリスが来たときにやっていた仕事に戻りタイプを打ちはじめた。ソーシャルメディア向けの書類か、同僚に渡すメモだろう。〝いま、あたしの前に誰が立ってると思う?? アリス・ヘイルよ!! 見られたもんじゃないわよ、ついでに言っとくけど!!〟

アリスはブロンウィン——二日ばかりシカゴに出張している——にテキストメッセージを送り、スローンに負けず忙しいところをアピールしようとしたが、最後まで打ち終える前にジョージアが現れた。

「よく来てくれたわね」ジョージアの口調から不快感が滲み出る。最後に顔を合わせてから五ヵ月がすぎたが、どちらも相手を憎たらしいと思っていることは見え見えだった。「あたし宛ての電話はつながないように」

スローンは、わかりました、と言い、アリスに同情の笑みを寄越したが、いかにも嘘っぽかった。アリスは気を取り直し、靴擦れの足を引き摺りながらジョージア——彼女のヒールもかなりの高さだ——についていった。案内されたのは、アリスが使っていた部屋にちかい広い会議室だった。ダークスーツの男女がすでに席についていた。弁護士だろう。テーブルには見るからに干からびたペストリーが載った小さな皿が出ていた。

ジョージアには紹介の労を取る気がないようなので、アリスは二人をトウィードルディー（女のほう）とトウィードルダム（男のほう）と呼ぶことにした。マザーグースに出てくるそっくりな小太りの兄弟だ。「本題に入る前に言っておくけれど、ここで話し合われたことは他言無用にしていただきたい。あなたにもできるわよね……今度こそ」ジョージアに睨みつけられ、アリスは縮みあがりながら椅子に腰をおろし、スマホを伏せてテーブルに置いた。

女性弁護士のトウィードルディーが先に口を開いた。「ジョージアからすでに聞いていると思いますが、ミスター・ドリアンが訴状にあなたの名前をあげています、ミセス・ヘイル。彼が主張するところでは――」

「アリスと呼んでいただいてかまいません」

女性弁護士はうなずき、先をつづけた。「彼の主張によると、ホテルの一室で彼は個人的な話をした。ホテルの部屋代を支払ったのは、彼が雇っている会社で、彼はそこと秘密保持契約を交わしていた」

アリスは咳払いして動悸《どうき》を鎮めようとした。「わたしは業務から離れて数ヵ月になりますが、広報係と酔って交わした会話が免責特権の発言に相当するんですか？」弁護士たちは彼女の発言を無視し、ジョージアはぶつぶつ言った。アリスだって契約用語ぐらい知っている。

「アルコールに関してですが」トウィードルダムが目の前の書類をめくりながら言う。「ジェイムズ・ドリアンが言うには、水を――繰り返し――頼んだのに、ミセス・ヘイル、ええと、アリスは代わりにウォッカを飲ませた。スピーチするとき緊張しなくてすむから、と言って」

「嘘っぱちです！」アリスは身を乗りだし、サーフボードみたいなピカピカのマホガニーのテーブルを平手で叩いた。このテーブルを囲んでどれほどの時間をすごしたことだろう。不愉快な会議の最中だというのに、懐かしさが込みあげてきた。

「アリス、落ち着きなさい」ジョージアはため息をつき、男性弁護士のほうを見た。〝わかるでしょ、こんなのを相手にしなきゃならないのよ〟と言いたいのだろう。

「ミスター・ドリアンは、言ってもいないことをあなたに吹聴《ふいちょう》されたと主張しています。彼は教え子の、ええと――」書類に書かれた名前を探す。「ロバート・ジャンセンを、新作を書くにあたって、ファクトチェックとちょっとした調べ物をやらせるために雇ったのに、あなたは彼の役割を曲解した。あなたもおなじぐらい酔っていた、と彼は言っています」

「もう一度言います。嘘っぱちよ!」弁護士とジョージアに囲まれ、アリスは頭がクラクラしてきた。「ジョージア、ジェイムズがどんな人か知ってるでしょ。彼は酔っ払いです。わたしはなんとか彼を素面《しらふ》でいさせようと頑張ったんです」閉じた目に指を押しあて三つ数え、スカートのファスナーが持ち堪《こた》えられる範囲で深呼吸したものの、頭のクラクラは治らなかった。話をつづけると自分の声の弱々しさにガックリきた。「もっとも、あなたはわたしにこう言いましたよね。『彼のお守りをしてちょうだい。彼をご機嫌にしておくためならなんだってやりなさい』」

トウィードルディーが書類から顔をあげ、眉をひそめた。「それはどういう意味なんですか、ジョージア?」

ジョージアは手を振った。「どういう意味もなにも。アリスは危機的状況に陥るとなんでも大げさに言う癖がある」

アリスは弁解しようにも男性弁護士に先を越された。

「アリス? 最後の部分を詳しく説明してもらえますか?」

「つまりですね、ジェイムズ・ドリアンは酒好きだから、好物のウォッカとバーボンをつねに用意しておけ、と言われたんです」

「誰に言われたんですか？」

「ジョージアに。でも、それが綱渡りなんで、ジェイムズは飲みすぎると触り魔になるんです、おわかりでしょ？」トウィードルダムは眉を吊り上げ、トウィードルディーを見つめ、トウィードルディーは身を乗りだしてアリスを射るような目で見つめた。

「触り魔って？」女性弁護士は目を細めた。

アリスは戸惑い、女性弁護士を見つめ返した。そんなことも知らないの？「つまり、やたらと触ってくる人。酔えば酔うほど、彼の両手が膝とかいろんなところに伸びてくる可能性が高くなる」

「アリス、ジェイムズ・ドリアンは、あなたの明白な同意なしに、好ましくないやり方で言い寄ったということですか？」

アリスは噴き出した。「本気で尋ねてるんですか？」ジェイムズ・ドリアンが触り魔だということは社内の秘密でもなんでもない。もっと言えば、ニューヨークの出版業界では誰でも知っていることだ。

「なんらかの性的不正行為が行われたとしたら、状況は変わってくるな」トウィードルダムが言うと、メモをとっていた同僚はうなずいた。アリスは空気が一変したのを感じた。ジョージアは水筒の蓋をいじくりはじめた。開いたり閉じたりしながらアリスを見つめる。表情は読めない。

「まずいことはなにも起きなかったんだから」ジョージアが言う。「雇い人をそんな状況に陥らせたりしませんよ。ジェイムズ・ドリアンは酒好きの威張り屋だけど、性的不正行為？　するわけない」

アリスはかつてのボスを睨んだ。「ジョージア、なに言ってるのよ。それが事実じゃないことは、あなただってわかってるくせに」

長い沈黙が訪れ、やがて女性弁護士が言った。「話してもらってないことがあるんじゃないんですか？」

ジョージアはため息をつき、水筒の蓋を開け、付属のストローで水を飲んだ。彼女はプロだ。どうしたら失地回復できるか策を巡らせているのだ。

「ジョージア？」女性弁護士が声をかける。

なんと返事をするのだろう。アリスはストローで水を飲む元上司を眺めているうち、その顔に柄にもない不安げな表情が浮かぶのを目にした。ちらっと浮かんだだけだし、彼女をよく知らない人間なら気付かないだろう。けっして動揺しないジョージア・ウィッティントンがうろたえている。なるほど、ジョージアはこの数ヵ月のあいだに社内で力を失い、なんとか挽回しようと必死なのだ。いい気味、とアリスは思った。

14

アリス　二〇一八年一月九日

聞き上手になること。彼の悩みを聞いてあげなさい。あなたの悩みなど、それに比べれば些細《ささい》なものだから。

——エドワード・ポドルスキー『結婚生活における性』一九四七年

年明け早々の出来事だった。ウィッティントン・グループのいちばん大事なクライアント、メガヒットを飛ばすベストセラー作家のジェイムズ・ドリアンが、またしても文学賞をとり、名前を呼ばれたときにちゃんとステージにあがれるよう世話をする役割が、いつものようにアリスに回ってきた。

ウィッティントン・グループは、ジェイムズの控室用に授賞式が催されるホテルの部屋をとった。授賞式を前にした彼の緊張をほぐすためだが、彼が式に遅れないためでもあった。ジェイムズは控室に入ったときすでに酔っており、アリスのスカートの下の引き締まって滑らかな脚にあからさまな関心を示した。ジェイムズ・ドリアンには二十五年連れ添った妻がいるが、それは問題外だった。いまの地位に当然ながら付随すると本人が思っているパワーを愛し、将来性のある若手作家の作品に推薦文を書いて悦に入るだけならまだしも、不適切な場所に手を置く権利が自分にはあると思い込んでいるのだから質《たち》が悪い。

「彼のそばを離れないで」アリスが体を張った仕事に出掛けようとすると、ジョージアが吠《ほ》えた。

「なんでも彼の言うとおりにするのよ」まさか文字通り〝なんでも〟与えろと言っているわけではないと思いながらも、ジョージアだからそれもありかと思わないでもなかった。なにしろ仕事となると非情になる人だ。

　ドリアンのことも、彼のエゴも、彼の湿っぽい手もそれほど気にならなかったが、ジョージアが数ヵ月来匂わせてきた昇進はおおいに気になっていた。〝広報担当ディレクター〟そのタイトルを手に入れれば、ドリアンに煩わされることはなくなるし――下っ端のマネージャーに押しつければいい――給料もかなりあがる。タイトルも昇給も喉から手が出るほど欲しかった。だが、その前に、与えられた仕事をやり遂げなければならない。ドリアンを授賞式会場に送り込むまで、世話しなければならない。

「さあ、隣においでよ」ドリアンがホテルの部屋のソファーを叩いて言った。「きみも一杯飲んで」アリスはクリスタルのグラスに水を注いで彼の隣に座った。彼が顔を寄せてきたので、バーボンの匂いのする息がかかる。アリスの剝き出しの膝に片手が乗った。悲しいことだがこういうことに慣れていて、気にしなくなっていた。

「あと五分で下に降りないと、ジェイムズ」アリスは水を飲んだ。「とりあえず、これを最後の一杯にしませんか？」彼の手の中のグラスに目をやると、危なっかしい角度に傾きいまにも琥珀《こはく》色の液体がこぼれそうだった。

「なあ、アリス」呂律が回らない。「おれの気分をよくしてやるようにと、ジョージアに言われてるんだろ」彼はグラスを空にして薄い唇をピシャピシャいわせた。「それに、まだ充分飲んじゃいない」彼がグラスを差し出すので、アリスはしぶしぶお代わりを注ぎに立った。

グラスを渡すと、彼はまたソファーを叩いた。アリスはため息を殺して座り、彼は掌を腿の上に置き、のんびりと指をスカートの縁に差し込んでつぶやいた。「いい感じだろ？」

「下に行く前になにかほかにご入り用のものはありますか？」アリスは力強くきっぱりと言った。

ドリアンの指が腿の上でだるそうに円を描く。「ジェイムズ？」

「ジョージアはきみに用心すべきだな」彼は手を腿から離して指を振り、白髪交じりのもじゃもじゃ眉を吊り上げた。「きみは広報として彼女の倍は優秀だし、彼女を蹴落とすつもりでいるんだろ」彼が手で払う仕草をしたので、酒がアリスの膝にこぼれた。慌てて立ちあがると、スカートに溜まった酒がこぼれた。

「やだ、もう」スパークリングウォーターのボトルを開け、リネンのナプキンを湿らせてスカートを叩く。ドリアンは知らん顔で、しゃべりつづけ、グラスを振り回した。

「きみは書くほうもいける。先が楽しみだ。きみに用心しなきゃならないのはおれのほうかもな」

彼は自分の冗談をおもしろがり、グラスを口にしながら得意げに笑った。

「そんなことないですよ」アリスは話半分に聞いて言葉を濁した。ジェイムズは酔うと誰彼かまわず褒める癖があり、口先だけなのは長く付き合えばわかる。

「きみを気にいってるんだ、アリス。きみにはほかの連中にないものがある。すごいキャラクターを創造できる。見た目はやわらかくてやさしいけど……」彼の指が伸びてきたが、アリスはうまくかわした。彼は立ちあがり、揺れながらアリスの胸骨を指で突いた。痛みを感じるほど強く。「だが、中身となると。ちがう。中身は固い。計算高い。秘密を持っていて、ぜったいに人に見せない。おれにはわかるんだな」

アリスが一歩さがったので指が離れた。「図星だろ？」ジェイムズ・ドリアンにはうんざりだった。なにもディレクターのタイトルを待ち望む必要はない。とっくに手に入れてもいいぐらいだ。それだけのことはやってきた。

「きみの秘密をひとつ話してくれないか、アリス」

クラッチバッグの中でスマホが鳴った。ガラスのコーヒーテーブルの上でクラッチバッグが揺れている。きっとジョージアからだ。

「秘密なんてありませんよ」

「誰だって秘密のひとつやふたつはある！」彼女に反発され、ドリアンは大喜びだ。さらに食いついてくる。「きみが話してくれたら、おれの秘密を教えてやる」

二人のやり取りはいつもこんな調子だった。ドリアンは求められたとおりにやることが嫌いで、ゲームを微妙に変えようとする。数週間前にも似たようなことがあった。ジョージアと彼のエージェントをまじえたディナーの席で、彼のつぎの冒険について話し合っていた——一年前から書くと約束しながらいまだに果たしていない戯曲についてだった。ジョージアがお化粧直しに立ち、エージェントが電話をかけるので席をはずしたとき、ドリアンが言い出したのだ。恐怖を覚えた出来事を話してくれたら、自分も話すと。アリスが飛行機事故にまつわる嘘話を披露すると——恐怖を覚えたことはあるが、それを口にするわけがない——それに比べるとおれの話はお粗末だ、と彼は言った。そんなことだろうと思った、とアリスは言ってやりたかった。

「そろそろ行かないと。秘密を打ち明けあうのはあとにしましょう」

彼は口を尖らせ、腕を組んだ。「仕事ばかりで楽しみがないと、ジェイムズはとても退屈な男の子になっちゃう」

彼はバーボンのお代わりを自分のグラスに注ぎ、べつのグラスにも注いでアリスに渡した。いつもなら夜が更けないうちはウォッカだけを飲んでいる彼が、こんなに早くからバーボンのお代わりをしたら授賞式を台無しにしかねない。

「わたしが秘密を打ち明けたら、一緒に下に行くと約束してくださいますか？」

彼はバーボンをグイっと飲み、うなずいた。

「わかりました」アリスはグラスに口をつけた。バーボンが舌を焼いたが味わっている余裕はなかった。「十六のときに隣の家の猫を轢き殺して、宅配便の運転手がやったとまわりには言いました」バーボンを一気に飲み干したので、目が潤んだ。「わたし、猫アレルギーで。だから事故でもなんでもなかった」

ジェイムズは唇に小さな笑みを浮かべながら、アリスをじっと見つめた。「ほんとうに？」

「ええ」まったくの事実ではない。猫を轢き殺したのは高校の友だちで（免許取り立てで、ドライヴウェイをバックで出ようとしてスピードを出しすぎたための事故だった）、近所の年寄りに罪をかぶせた。だが、ドライヴウェイには防犯カメラを取り付けてあるから嘘をついてもばれる、と父親に諭され、友人は白状した。

「ほらな？」ドリアンはグラスでアリスを指しながら言った。「きみの内面は固い。そして、そのことを考えるだけでおれのナニは硬くなる」まるでアリスに聞かれることを想定していないような静かな口調だった。だが、アリスには聞こえたし、部屋を出たくなる気持ちを抑えるのに大変な努力を要した。

「それじゃ、それを飲み終わったら下に行きましょう」アリスのスマホは鳴りつづけていた。すでに時間に遅れていた。ジェイムズ・ドリアンにだって、アリスの昇進を阻止する権利はないはずだ。

「おれの秘密、知りたくないのか?」グラスを空にする彼の瞼が重たく垂れさがってきた。クソッ。授賞式をなんとか切り抜けるためには、彼に水を何杯も飲ませなきゃならない。「すごい秘密なんだぜ」

「そうですか」アリスはクラッチバッグを摑み、スマホをチェックした。ジョージアからだった。

「話してください」いま下におりていくところ、と短いテキストメッセージをジョージアに送った。どうせたいした秘密じゃないと思ったので、ろくに聞いてもいなかった。自分のすることなすことすべて受けると思い込んでいる男だ。才能ある作家であることは認めるが、それ以外の彼はアップグレードを要する人間だ。

「まあ座れ」彼がつぶやいた。そんな時間はありません、すぐに行かないと、とアリスは言うつもりだった。だが、好奇心に駆られてソファーに座ってしまった。彼がまた腿に手をやったので、スカートの生地越しに肌がチクチクした。

「ジェイムズ」警告する口調で言った。スマホがまた鳴った。「で、その秘密というのは?」彼の指とジョージアのしつこいテキストメッセージの両方に、アリスは苛立っていた。

「ああ、それがすごいやつなんだ」彼の手が上のほうへと滑った。

「やめてください」アリスは歯を食いしばって堪《こら》えた。そうしないと彼の顔に唾を吐くか、思っていることをそのまま口にしていただろう。二人のあいだに緊張が走り、ジェイムズは肩をすくめて手を離した。

「なあなあ、気を楽にしろよ、アリス」彼がソファーから立ちあがり、強風に煽られる旗のように揺れながら全身が映る鏡の前まで行った。「それがさ、おれの本、『凋落《ちょうらく》』」彼は鏡を見ながら蝶ネクタイを直そうとしたが、余計に斜めにしただけだった。『凋落』は八年前に出版された彼の代表作で、彼を高い評価は受けつつも売れない作家から、世界的に有名な受賞作家に押しあげた。

「それがなにか？」アリスはじれったさを堪《こら》えた。ジョージアは怒り心頭だろう。なんとか早く切りあげ、ジェイムズの蝶ネクタイを直そうとかたわらに立った。

するとと彼はもたれかかってきて両手をアリスの肩に置き（片手はいまにも胸に触れそうだ）、なんとか上体を起こそうとした。アリスは顔をしかめながらも、体に力を入れて彼の体重を支えた。それから、問いかけるように眉を吊り上げた。

「おれが書いたんじゃない」彼が不意に手を離したので、アリスはよろけた。すると彼は手を叩いて言った。「それじゃ、行こうか」

「待ってください。あなたが書いたんじゃないって、どういう意味ですか？」アリスは体勢を立て直して尋ねた。だが、彼はポケットを探りながらぶつぶつ言うだけだ。彼女の注視など気にも留めない。「ジェイムズ、どういう意味なんですか？　あなたが書いたんじゃないって」

「おれは書いてない。アイディアはおれが出した。あらすじもだ」そうでしょうとも。「だが、大学のクラスの学生の一人――ロビー・ジャンセン――が、なんとしても単位を取りたがっていたから、金を払って書かせたんだ。彼は金に困っていた。そうじゃなきゃ単位をやってなかった。ところが、彼には才能があった。すぐにわかったさ」彼が指を一本立てた。「彼なら書けると思った。粗削りだが才能があった。思慮分別には欠けていたが、素晴らしい作家だ」

「ジョージアはそのことを知っているんですか？」

「なあ、いいか、アリス。きみを見るおれの目が間違っていたとは言わせるなよ」彼は皮肉っぽい笑みを浮かべた。そう、ジョージアは知っていたのだ。その言動をコントロールできない作家とは仕事をしない人だし、コントロールするためには秘密を握っている必要がある。

アリスは身じろぎもせず彼の話を理解しようと努めた。彼の代表作――〈ニューヨーク・タイムズ〉が〝壮麗でありながら狡猾《こうかつ》な作品、アメリカ文学の古典となるにちがいない〟と評した作品――を実際に書いたのは、借金を抱えた二十歳そこそこの大学生で、ジェイムズ・ドリアンがめったに与えないAグレードをなんとしても取りたがっていた。

ドリアンは口に指を当てて、シーッと言った。「誰にも言うなよ、かわいいアリス。いつかそのうち、おれと共著で本を出そうじゃないか。小説を書きたいんだろ？」そんなことを彼に言った覚えはなかった。「驚いた顔するなよ。きみみたいな女の子は小説を書きたがるもんだ。ミニスカートも野心も見え見えなんだよ」アリスは口を引き結び、鼻持ちならないジェイムズ・ドリアンに、勝手な想像でものを言うなと言ってやりたいのを堪《こら》えた。だが、物書きになりたいという野心に関して、彼の言うことは間違っていなかった。自分の名前が表紙に印刷された本を折に触れ思い浮かべてきたし、広報の世界に飛びこんだのも、いつか自分の本を出せるかもと思ったからだった。

「二人で素晴らしい作品を物しようじゃないか」彼はズボンの前をいじくりながらまた揺れ出した。

アリスは顔を背けた。「用を足してくる。すぐに戻るからね」

ドリアンは授賞式をなんとかこなした。意識が朦朧《もうろう》としたドリアンをリムジンに押しこんだあと、ジョージアは意味ありげな顔をアリスに向け、ほほえみながら言った。「これでチケットを手に入れたわね」

アリスは帰宅するとベッドルームに飛びこんでネイトを起こし、昇進が決まったと告げた。彼も喜んでくれた。「それだけのことをしてきたものね」ネイトの言葉にアリスはうなずき、手に入れた力と達成感に酔った。その勢いのままベッドで彼をたっぷり悦《よろこ》ばせてあげた。


だが、後日、大失態を犯した。あまりにも愚かだった。いまだにどうしてあんなことをしてしまったのか理解に苦しむ。

文学賞授賞式の翌日、アリスはブロンウィンとショッピングに出掛け、友人の結婚式に着るドレスを選び、隣り合った試着室でドレスを着てみた。店の閉店時間が迫っていた。親友のブロンウィンにはジェイムズ・ドリアンのことでさんざん愚痴ってきており、そのときも試着室にほかに誰もいないと思い、『凋落』にはゴーストライターがいたとうっかり洩らした。ただし、事実かどうかわからない、と付け加えることは忘れなかった——酔っぱらったジェイムズの言うことはあてにならない——が、もしほんとうのことだったら？　文壇の巨匠が転がり落ちるかもね、と二人して意地悪く笑いのめし、ドレスを見せっこしようと試着室を出たところで、ほかにも客がいたことがわかり青ざめた。同年代の女性で、二人をちらっと見て試着室をあとにした。アリスは呆然《ぼうぜん》とブロンウィンの手を握り締めた。「どうしよう。彼女に聞かれたと思う？　彼の名前を口にしたっけ？　クソッ。わたし、彼の名前を口にしたよね？」してないわよ、しなかったと思う、とブロンウィンは請け合ってくれた。もし口にしてたとしても、誰が気にする？　二人は買い物をすませて夕食をとり、翌朝にはそのことをすっかり忘れていた。

翌日、アリスの仕事ぶりが認められ、ジョージアから昇進らしきことを告げられた——給料は数千ドル上乗せされ、窓のあるオフィスが与えられ、ジェイムズ・ドリアンのお守り役からじきに解放される。ただし、「当面はいままでどおりの仕事をつづけてね、アリス」ジョージアが言った。「彼はあなたを気に入ってるのよ。彼がご機嫌だとこっちも助かる」

アリスはがっかりし、それから怒った。ディレクターになる話はどうなったのか、と尋ねた。「だから言ったでしょ。いままでどおりの仕事をつづけてって。それで、一年以内にはなんとかする」ジョージアはそう言うと電話を取り、アリスをオフィスから追い出した。一年？　そんなに待てない。

ジョージアのオフィスに戻り、電話が終わるのを待った。無断でオフィスに入り、電話の邪魔をするのは当然の権利だと言わんばかりに。

「ジェイムズ・ドリアンは『凋落』を自分で書いてません」アリスは穏やかに言った。膝の上で手を組んだのは、震えているのをジョージアに気取られないためだった。「でも、わたしが思うに、あなたはすでにご存じなんですよね」

「いったいなんの話をしてるの？」

「教え子の一人に金を払って書かせた。ロビー・ジャンセンとかいう学生に。才能があると見抜いていたから」アリスは畳みかけた。「こないだの夜、ジェイムズがぶちまけたんです。酔っぱらって、いつものように口が軽くなっていた」内心では震え上がっていた――ジョージアにこんな物言いをしたことがない――が、毅然《きぜん》とした態度を崩さなかった。

「誰にも言わないわよね」ジョージアのいつもの虚勢は影を潜めていた。胸を張り表情を固くした。

「言うわけがない」

「ええ、それは、たぶん。でも、あなた次第ですよ」アリスは身を乗り出し、ジョージアの視線を受け止めた。

「なにが望みなの、アリス?」

アリスはデスクに腕を乗せ身を乗り出した。デスクの上にあった書類が、汗ばむ掌にへばりつく。

「約束の昇進。ディレクターに」

「だめよ」

「だめ?」アリスは困惑した。うまくいくはずだったのに。

「だめよ、アリス。あなたの脅迫に乗るつもりはない――うちの最大のクライアントを脅迫することも許さない。どうしてあなたを昇進させないかわかる?」

アリスはジョージアを見つめた。心臓がバクバクいっていた。

「あなたはそこまで優秀じゃないから。いまはまだね。それなりの成果をあげないと。そのことは前々からはっきり言ってきたわよね、アリス」

なにも言い返せないままジョージアのオフィスを出ると、トイレに直行した。吐くことも、ワッと泣くこともできなかった。震えながら顔に水をかけ、落ち着きを取り戻したところで、気分が悪いので早退するとスローンに告げた。顔は真っ青だし目は充血しているから、仮病には見えなかったろう。羽根布団をかぶって数時間は電話に出なかったが、四度目にかかってきたときにはしぶしぶ応答し、ジョージアの金切り声を浴びた。「いったいなにをやらかしたの、アリス？」

わけがわからずベッドを出た。「なんの話ですか？」

なんとも運が悪いことに、あの晩、試着室にいた女は〈ニューヨーク・ポスト〉の記者だった。しかも、アリスのおしゃべりをすっかり聞いていた。そんなことってある？　ジョージアの罵声を聞きながら、アリスは思った。その記者の上司の編集者がジョージアとは持ちつ持たれつの関係だから、記事にする前に連絡をくれたそうだ。記者はすぐにロビー・ジャンセンに連絡をとり、話の裏を取った。ロビー・ジャンセンは自分の努力が報われる日がきたと大喜びだ――とりわけデビュー小説が出版されたばかりだから（しょぼい宣伝しか打ってもらえなかった）、なんであれ話題になりさえすればいいのだろう。

ジョージアはたった三分で電話を切ったが、捨て台詞《ぜりふ》がこれだった。「あんたはクビよ、アリス。私物は送るから」あれよあれよという間に最悪の事態を迎え、アリスは呆然とするばかりだった。腰をおろしたものの、ショックのあまりさらに二分ほどスマホを耳に当てたままだった。キャリアは終わった――ジョージアはマンハッタンの広報業界に顔がきくから、どこも雇ってくれないだろう。〈ニューヨーク・ポスト〉に記事が掲載されたら、アリスが仕出かしたことが周知の事実となる。気が動転していたが、ひどく恥じ入ってもいた。うっかり口を滑らした結果がこの先ずっとついて回るのだ。黒いパンツについたペットの毛みたいに。夫を含めみんなに知られてしまう。夫はいまのところアリスを賢くて才能ある人間だと信じているし、試着室で噂を広めてアリスにさらなる打撃を加えたりはしない。そうだ、記事が出る前に先手を打たなくちゃ。いますぐ。仕事でさんざんやってきたことだ。失敗を最小限に抑える。手始めはネイトだ。

　翌日の早朝、ネイトが眠っているあいだに狭いベッドルームを抜け出すと、ボウル一杯分のソリアルを詰め込み、バスルームのドアを開けっぱなしにしたまま喉の奥に指を突っ込んだ。吐いているのがネイトに見えるように。心配してやって来た彼に、アリスは言った。ジョージアにいじめられ、約束の昇進を反故《ほご》にされたから会社を辞めた。あれほど彼女に（ジェイムズ・ドリアンに）尽くしてきたのに、交渉の余地なしと言われた。人を育てようとせず出る芽を潰す社風に耐えられないし、ストレスで胃がボロボロよ。

　案の定、ネイトは心配顔で人事部に訴えたらどうかと励ましてくれた。アリスは彼の申し出をやんわりと退け、不誠実なこの業界に見切りをつけて新しいことをはじめる、と宣言した。きみの才能を正当に評価してくれないような会社は辞めて正解だ、とネイトは言ってくれた。さすが夫の鑑。「きみは才能があるんだからね」とつぶやきながらタオルを冷水で濡らして絞り、便器にしがみつくアリスのうなじに当ててくれた。「いいときに辞めたのかもしれないね。前から話していた本を書けばいい。それに、ほら……子作りをはじめるのにもいい頃合いだよ」嬉しそうな口調だった。彼にとって人生は単純明快。こっちが駄目ならあっちへ移ればいい。アリスにもすんなりそれができると信じているようだ。しまった、やりすぎた。気持ちがガクンと落ち込み、アリスはまた吐いた――今度は無理せずすんなりと。

　記事が掲載されると、アリスのスマホにメッセージが殺到した。長年ちかくで仕事してきて、ジェイムズ・ドリアンが詐欺師だと知らなかった？　このままですむと彼は思ってるの？　ブロンウインからは刺々《とげとげ》しいテキストメッセージが届いた。アリスが彼女の電話を六回無視したからだ。〝試着室にいたあの女の仕業??〟仕方がないのでブロンウィンには正直に話したが、真相を突きとめるまではなにも——誰にも——言うなと釘を刺しておいた。すでにネイトに嘘をついたし、事態をこれ以上複雑にしたくなかった。

ジェイムズ・ドリアンは文学界の人気者から社会ののけ者へと一気に転落した。賞の返還を求められたばかりか、最新作は出版社の出版計画からはずされ、ロビー・ジャンセンから損害賠償を求める訴訟を起こされる始末だ。アリスは〝自分から辞めた〟説を死守した。〈ニューヨーク・ポスト〉の暴露記事に彼女の名前は出ず（ささやかな奇跡）、匿名の情報源という扱いだったからだ。

「まったく、あのとき辞めて大正解だった」記事を読んだネイトは言った。アリスが一枚嚙んでいるなんて思ってもいない。「巻き込まれずにすんでよかったね」

いまから思うと、あれは他愛のない嘘だった——実際のところ、嘘をついたのではなく、省略しただけにすぎない。ネイトにほんとうのことを言ったほうがよほど楽だった。アリスはポカをやっただけ、ちょっとした判断ミスが雪だるま式に大惨事になっただけ。ところが、彼女の中で妙な警戒心が頭をもたげ、プライドも邪魔して、すんなりほんとうのことが言えなかった。嘘で固めるしかなくなり、自分で自分の首を絞めることになったのだ。もっとも、アリスは秘密を守るのが上手だ。それが自分のためになるなら。

15

ネリー　一九五六年六月十一日

【チーズ・プディング】

ソフトパン粉　カップ二　／　ミルク　カップ四
バター　大さじ一　／　重曹　小さじ四分の一
パプリカパウダー　少々　／　おろしたチーズ　カップ二
卵　五個　／　塩　小さじ一
コショウ　小さじ四分の一

鍋にソフトパン粉、ミルク、バター、重曹、塩、コショウ、それにパプリカパウダーを加えて沸騰させ、そこにチーズと軽く溶いた卵を加える。これを脂を塗ったキャセロールに流し込み、バットに載せてお湯を張り、百七十五度に予熱したオーブンに入れて一時間、湯煎焼きにする。

リチャードの帰宅が遅いと夕食が冷めてしまう。困ったものだ。もっともネリーは、冷蔵庫から出してすぐの冷たいチーズ・プディングが好きだ。それに、ひとりの時間が持てるのが嬉しかった。とはいえ、二時間ほど前、ミリアムと一緒に〝忙しい日のケーキ〟の残りを食べたばかりで食欲がなかった。だが、リチャードはテーブルにあたたかい料理が並ぶことを期待するだろうから、キャセロールにアルミホイルをかぶせて熱を閉じこめた。

今夜の食事は、母が日曜の昼食用によく作ってくれたメニューだ。教会から戻って食べるメニュー。賢い主婦がありあわせの材料でちゃちゃっと作る料理。ネリーはそれにひと手間加えるのが好きで、摩《す》りおろしたローズマリーかセージを小さじ一とか、庭で採れたハーブを加える。母のレシピで作った自家製ハーブミックスを保存しているチーズシェーカーの蓋を開ける。中身は半分ほどに減っていたので、〝補充すること〟と頭の中にメモしてからテーブルに出した。あす、ハーブを摘んで乾燥させなければ。

車の音がしたので、リチャードのデザート用にケーキを切り取り、砂糖漬けのスミレを散らした。もっとも、彼は気付きもしないか、気付いたとしても褒めてくれるわけがない。

「ネリー？」彼の声がした。玄関のドアが閉まる。ネリーはケーキの上で手を止めた。彼の声色から機嫌がいいかどうか聞き分けないと。それが難しいこともある。

「ベイビー？」よい兆候だ。彼が好きな呼びかけの言葉。今夜はご機嫌だ。帰りが遅くなったのはそのせい。ジェーン。というより、ジェーンのぴったりしたセーターや、ミニスカートからこれ見よがしに覗かせるストッキングに包まれた長い脚のせい。

「キッチンにいるわ」ネリーは返事をしてアルミホイルをはずし、チーズ・プディングを切り分けパセリで彩を添えてテーブルに置いた。その横にケーキを並べ、スミレが左上にくるよう皿をずらす。リチャードがキッチンに入ってきたとき、ネリーはカクテルを作っていた。彼に頬を向ける。うつむいてキスした彼から、嗅ぎ慣れない香水の匂いがした。

「調子よさそうだね、ネリー」そう言うと、ネクタイがチーズ・プディングに触れないようタイピンをさげた。ハーブミックスをプディングに振りかけ、たっぷりの量を二口《ふたくち》食べて酒を飲んでようやく、ネリーの皿が空《から》なことに気付いた。フォークで皿を指す。「きみは食べないの？」

「ちょっと吐き気がするの」ネリーは言った。

彼が眉をひそめた。「ジョンソン先生に薬を出してもらったら？　ダン・グレイヴズが言うには、マーサがひどいつわりに苦しんでいたとき、薬を処方してもらってよくなったそうだよ」マーサ・グレイヴズはキティのパーティーに来ており、ネリーの妊娠を知っているような口ぶりだった。気分がすぐれないから、とネリーが料理に手をつけないでいたら、マーサが膨らんだお腹を両手で撫で、ほっそりしているネリーを羨ましそうに見つめて言ったのだ。「あなたはお腹が目立たないくらいいわね。あたしね、前につわりで医者になんとかいう薬を出してもらって、びっくりするぐらい効いたわよ！」マーサが笑ったのは照れ隠しだったのだろう。「効きすぎだって、誰かさんは言ってるけど」マーサの〝誰かさん〟が夫のダンを指すことぐらい、ネリーは知っている。自分の子どもを身籠った妻の体形をあげつらう男は許せない、と言ってやりたかった。そう言う代わりに、元気そうだしとてもきれいよ、と言うと、マーサは嬉しそうに頬を染めた。

「薬を出してもらう必要はないと思うわ」ネリーは言った。「夕方、ミリアムと一緒にコーヒーを飲んでケーキも食べたものだから。あとでなにか摘まむわ」ほんとうは煙草を吸いたかったが、リチャードは食事中の喫煙を嫌うから、レモネードをグラスに注いでちびちび飲んだ。

「お仕事のほう、どうだった？」ネリーは尋ねた。いつもの食卓の会話だ。

「順調だよ。いつもどおり。遅い時間の会議につかまってね」リチャードは業務の一部始終に目を光らせているので、遅くまで働くことが多かった。彼の嘘を妻は信じていると思い込んでいる——ぼくのやさしくて無邪気なネリー。妻というのは、夫の服についたほかの女の匂いを嗅ぎ分ける。その〝会議〟がガムとはまったく関係ないと想像するほど、妻が賢いと——それとも馬鹿だと——思うことなどあるだろうか。

「チーズ・プディングが冷めきってないといいんだけど」料理を頬張る夫を見つめながら、ネリーは言った。「アルミホイルをかぶせておいたけど、オーブンから出して時間が経っていたから」

リチャードは食べるのをやめ、無表情になった。が、すぐに表情を和ませた。帰宅が遅かったことをそれとなく責める妻の態度に、目くじらをたてることはないと判断したのだろう。「この上に載ってるやつ、好きだな。赤いの。香りがいい」

「パプリカよ。気に入ってくれて嬉しい」

「それで、きみのほうはどうだったの、ネリー？」リチャードはプディングを頬張ったまま尋ねた。

「なにしてすごしてた？」

「庭仕事を少しして、キティ・ゴールドマンのタッパーウェア・パーティーに持っていくケーキを焼いたの。ほら、ゆうべ話したでしょ。あなたのためにとっておいたのよ」ネリーはケーキを指さしたが、彼は見もしない。

「ああ、ゴールドマンの家に行くの、きょうだったのか。それで、新しいキッチンはどうだった？」

彼をよく知らない人なら、リチャードは話の流れでそう言っただけだと思うだろう。だが、ネリーにはわかる――彼はキティの夫のチャールズ・ゴールドマンが嫌いだ。「彼はご機嫌取りだ」ネリーがチャールズの名をはじめて口にしたとき、リチャードはぼそっと言った。さらに、チャールズの繁盛している金物屋を〝安っぽい物しか置いてない〟と切り捨て、そこで買い物をせずにわざわざスカースデイルまで車を飛ばす始末だった。彼がどうしてチャールズ・ゴールドマンを目の敵にするのか、ネリーにはわからない。おそらく根底には嫉妬があるのだろう。

リチャードもかなり成功したほうだが、チャールズはその上をゆく。ハンサムな男で、店は繁盛しており、愛妻家でもある。人前でも手をつなぎ、妻が部屋に入ってくるたびに、なんてきれいなんだとささやきかける。キティにはもったいない夫だ――彼女ときたら噂話好きでおもしろみがなく、意地の悪さでは誰にも負けない。きょうのパーティーでも、マーサが妊娠して体重が増えることを嘆くと、キティはすかさず言った。「どうぞ座ってむくんだ足首を休めてらっしゃい、あたしがお料理を取ってきてあげる」それから料理を盛った皿をマーサに渡し、聞こえよがしに言ったのだ。「あなた、体形を気にしてるみたいだから、デビルド・エッグははずしたわよ」デビルド・エッグはマーサの好物でわざわざ作って持ってきたのに。野菜とゼリーサラダだけが盛られた皿を受け取ると、マーサは口ごもりながら「ありがとう」と言った。穴があったら入りたいという顔で。

リチャードの質問を軽く流したかったのは、うちのキッチンも改装しようなんて彼が言い出すのが怖かったからだ。いまのままのキッチンを愛しており、自分の城のキッチンをいじられるのは人生を根扱《ねこ》ぎにされるようでぜったいに嫌だった。

「正直に言うとね」リチャードの皿にプディングのお代わりをよそいながら、ネリーは言った。

「ひどいものだったわ。デザインも色も、すべてが安っぽいの」実際のところ、ゴールドマン家のキッチンはかなり素敵だった。ひどいものなのはそこにいる人たちだ。それでもネリーがパーティーに出掛けるのは、ほかにやることがないからだ。庭仕事や家事をこなせばそれなりに時間はとられるが、おしなべて家にいるのは退屈だった。人の家を訪ねるには手土産が必要で、手作りすれば気分が晴れる。

「きょうはもう休むといい。横になって足をあげてね」リチャードが顔をしかめる。「手伝いの子に毎日でも来てもらったらどうなんだ。その体で無理して働くのはよくない」

ネリーは笑顔を作った。手伝いのヘレンに一日中いられるのは気が重いし、自分でできることを金を払ってやってもらうのは気が咎める。リチャードには料理や庭仕事の楽しさが理解できないのだから、困ったものだ。

「そういえば、おめでたの話はまだ誰にもしないはずだったわよね」ネリーは窓を開けに立ったついでに、キッチンの引き出しからラッキーストライクとシガレットホルダーを取り出した。「マーサとキティにはわたしから話すつもりだったのに」つまりは、誰にも話すつもりはなかったということだ。騙すのはリチャードだけでいい。戸棚から灰皿を取ってシンクに置き、深々と煙を吸い込んだ。

「リチャード、そんなに嫌な顔をしないで」ネリーはもう一服した。「ジョンソン先生が吸っても大丈夫ですって。それで気持ちが落ち着くならかまわないそうよ」

リチャードは両手をあげて椅子にもたれかかった。「ジョンソン先生がそう言うなら、ぼくはかまわない。おめでたのことは当分伏せておくってことだったよね、ごめん、電車でダン・グレイヴズと一緒になって、きみのことを訊かれたもんだから黙っていられなくてね」

リチャードは席を立ち、ネリーのそばに来て抱きあげカウンターに座らせた。「なあ、機嫌を直してくれよ、ベイビー。おめでたいことなんだから、話したっていいじゃないか」

「そうね。公表すべきよね」ネリーは言い、なんとか表情を和らげた。「べつに怒ってないわよ」

彼は両手で彼女の膝を開いて、その隙間に腰を押しこんだ。抗《あらが》わなかった（抗ってどうなる?!）。だが、彼のほうが体を固くし、ためらいながらわずかに体を引いた。危険は冒せないと思ったのだろう。両手は尻の丸みにあてがったまま、スカートの上からやさしく撫でる。「大丈夫なのかな?」

「わたしは毀《こわ》れ物じゃないわよ、リチャード」ここは折れたほうが楽だから、シンクに置いた灰皿にシガレットホルダーを載せ、カウンターに両手を突いて落ちないように支えた。それで体が密着し、彼が熱く張り詰めたものを押しつけてきた。

「きみはいつだってぼくをその気にさせるね、ベイビー」彼が腰を動かしながら首筋にキスした。唇は熱くねばついている。香水の匂いはいっそう強くなり、吐き気を催させるほどだ。つわりを口実にやめてと言おうかと思ったとき、リチャードがうめいた。興奮して声をあげたのではない。彼が体を離し、ネリーはカウンターの上で脚を開いたままで、シンクからは煙草の煙が立ち昇っていた。

「リチャード?　どうかしたの?」

彼は顔をしかめて体を丸めた。「なんでもない」食いしばった歯のあいだから言う。「胃潰瘍が悪さをしやがった。たいしたことない」

ネリーはカウンターからおり、煙草を一服してから火を消した。リチャードの胃潰瘍は慢性化していたが、この数日はとくに具合が悪そうだった。医者に行けと口を酸っぱくして言っても、これしきのことで医者に行けるか、と意地を張るばかりだ。「アルカセルツァーを呑めばいっぱつで治る」が口癖になっている。この発泡性制酸剤で痛みが治まらないと、おなじく制酸剤の水酸化マグネシウムやビスマス剤の出番となる。

「卵白ドリンクを作りましょうか?」作り方は暗記しているが、料理本を開いた。彼の胃の調子が悪くなるとよく作っている。「横になってて。作って持っていってあげるから」

リチャードはうなずき、お腹を抱えて苦しそうに呼吸した。

「さあ、行きましょう」ネリーは彼に寄り添ってキッチンを出た。彼はうめきながら緑色のベロアのソファーに横になった。用心のためバケツを横に置いてやる。キッチンに戻り、卵を割って白身と黄身に分け、黄身はあす使うから小さなガラス容器にしまった。ロータリー式の泡立て器で白身を角が立つまで泡立て、レモンの搾り汁と大さじ山盛り一杯の砂糖を加えてよく混ぜ合わせる。

「お風呂に入ってくるわね」ネリーは卵白ドリンクをリチャードに渡して言った。「欲しいものがあったら大声で言って」

リチャードはしかめ面でコップに口をつけた。顔は青ざめ、全体にうっすらと汗をかいており、髪の生え際と上唇には珠《たま》の汗が浮いていた。ベルトとネクタイをゆるめて、見るからに具合が悪そうだ。

「ありがとう、ベイビー」痛みのせいで消え入りそうな声だ。「風呂にゆっくり浸かるといい。ぼくなら大丈夫」

ネリーはベッドルームのクロゼットからローブを取り出し、バスタブにお湯を張った。それからドアに鍵をかけ、服を脱いで鏡の前で全身をチェックした。平べったいお腹、赤ちゃんが中で育ってお腹が迫《せ》り出すことはない。乳房は高い位置で張り詰め、ブラジャーのぬくもりを奪われたせいで乳首はツンと立っていた。肌は滑らか、庭仕事で日に当たった部分がわずかに焼けている。お湯に体を沈め、両足を開いてバスタブの角に沿わせる。腰で前進して蛇口にちかづいていくと膝が深く曲がり、お湯が渦巻いて腿のあいだを撫でた。リチャードはこんなふうに愛撫してくれたことがない。刺激を受けて下腹が疼《うず》き、それが全身に広がって四肢が震えだす。お湯になぶられ敏感になった体は、頭のてっぺんから爪先まで震えた。頭をのけぞらせると髪が扇のように広がり、つい洩らした声がお湯の流れる音にかき消された。

十日後――彼のべつのワイシャツの襟の口紅のしみを擦り落としたのち――流産したことを告げると、リチャードは案の定、悲嘆に暮れ、柄にもなく涙を流した。ネリーは、ざまあみろと思いながらも哀れを催した。よりによってこんな重大なことで夫に嘘をつくような妻にはなりたくなかったが、もとはといえば彼が悪い。どうせすぐまた妊娠するだろうから、罪悪感も長くはつづかなかった。子どもができれば、ジェーン（あるいは彼女に取って代わった誰か）や彼女の趣味の悪い口紅も忘れ去られるだろう。

今回、リチャードは、前の流産で血みどろのタオルを見た記憶が甦《よみがえ》ったのか、問いただすことはせず、「たしかなのか？」と言っただけだった。ネリーは、そうよ、と言い、医者に診てもらうと約束した。それは口先だけで、スカースデイルの薬局、ブラックス・ドラッグズに出掛け、鮮やかな赤い口紅を試しにつけてみて、人の夫にちょっかいを出す権利が自分にあると信じて疑わないのは、どういう類の女だろうと思いを巡らせた。けっきょくやさしいシーシェルピンクの口紅と、冷えたコカ・コーラの瓶を買った。霜がついた緑のグラスに残る指の痕は、リチャードが彼女の腕につけた指の痕に似ていなくもなかった。

16

アリス

二〇一八年六月十一日

女性の性的反応はあまりにも散漫なので、興奮していることに自分でも気付かないことがよくあります。女性が望んでいる以上に男性が激しく求めてきたからといって、責めてはいけません。女性の反応に刺激を受けた結果なのですから。

——エヴリン・デュヴァルとルーベン・ヒル『結婚したら』一九五二年

弁護士の鋭い質問に、ジョージアはようやく答えた。「いいですか、アリスならジェイムズ・ドリアンをうまく扱えることはわかってましたから。そうじゃなきゃ、彼女にああいう仕事はやらせませんよ」

そこでアリスは繰り返した。ジェイムズ・ドリアンがどういう人間か、ジョージアはよく知っており、そのことについて何度も話し合ってきたことを。事実、ジョージアがはじめてアリスをジェイムズ付きにしたとき、はっきり警告していた。「彼はお酒と、妻以外の若い女が好きよ」

アリスがこの言葉を口にするとあたりはしんとなり、それからみながいっせいに喋《しゃべ》り出した。ジョージアはアリスを、わざとらしくて幼稚だと決めつけ、アリスの記憶違いだと暗に匂わせた。弁護士二人はジョージアに、ジェイムズ・ドリアンから性的暴行を受けたという訴えがほかにもあったのか、とそっけなく質問した。アリスは誰にともなくトイレに行ってきますと言って席を立った。個室にひとりになると、ブロンウィンにまたテキストメッセージを送ろうとして、会議室のテーブルにスマホを置いてきたことを思い出した。

席に戻る。ジョージアの顔は苛立ちで張り詰めていた。アリスに責任を押しつけるつもりだったのだ。相当な理由（秘密をばらしたこと）があって解雇した不良社員のアリスに責めを負わせようとしてしくじった。力を持つ男たちが手厳しいハッシュタグをつけられて評判を落とし、不適切な行為が白日のもとに晒《さら》されている時代に、性的不正行為が宙に浮いたままでは、ジョージアに選択肢はなかった。

アリスのことが世間に知られれば、ほかにも名乗りをあげる人が出てくる——ジェイムズ・ドリアンの餌食になったのは彼女だけのはずがない。ジョージアだって経験があるだろう。それに、彼は大学と出版業界で長いキャリアを築いており、彼の代理を務めるのはウィッティントン・グループが最初ではなかった。ジェイムズ・ドリアンとジョージアが糾弾されるのは愉快だけれど、アリスにも非はある。無傷ではいられない。同情されるだろうし、もっと良心的な会社から誘いがくるかもしれない。女を食い物にする権力者にどう対処すべきかという論争も巻き起こるだろう。それに、彼女が一方的に被害者なのかという疑問も呈されるだろう。〝ジェイムズと会うのに、アリスはなぜミニスカートを穿いていったのか？　ドリアンの評判を知っていながら、ホテルの部屋に二人きりになることになぜ同意したのか？　どうして彼に酒を出しつづけたのか？　彼女自身は酒をどれぐらい飲んだのか？　どういうことになるか予想がつかなかったのか？〟

これ以上事を荒立てるつもりはない、とアリスが言うと、ジョージアはほっとした顔をした。ジェイムズと彼が起こした訴えに関しては、彼はかなり酔っていたが、彼女の腿に勝手に触れたことを忘れるほどではなかった、という線で交渉に持ち込むことになるだろう。

「帰ってもよろしいですね？」アリスは荷物を片付けはじめた。

「ええ」女性弁護士が、ご足労いただいて、と強張った笑みを浮かべて言った。「ほかに疑問が生じたら連絡します。この番号でよろしいですか？」彼女が携帯番号を読みあげたので、アリスはうなずいた。ジョージアはアリスを追って部屋を出てきて、取ったメモを確認する弁護士たちを部屋に残しドアを閉めた。

「出口ならわかります」アリスは言った。あと一分でもジョージアと一緒にはいたくなかった。

ジョージアはうなずき、きつい口調で言った。「きょうは来てくれてありがとう」

アリスは途中で振り返り、スマホを表にしてジョージアに画面を見せた。ジョージアは目を見開き、画面とアリスの顔を交互に見た。アリスは赤いボタンを押して録音を停止し、ヴォイスメモ・アプリを閉じてからスマホをバッグにしまった。「きょうの出来事の順番がわからなくなったら、どうぞおっしゃってください。あなたの記憶をあらたにしてあげますから」それから、顔をあげ胸を張って廊下を進み、受付のデスクの前を通り、スローンの心のこもらぬさよならと靴擦れを無視し、この数ヵ月間ではじめて自分を取り戻した気になった。

「ランチはどうだった？」その晩、ネイトが尋ねた。アリスはエルシー・スワンのしみだらけの料理本をそっとめくっていた。つぎの日、サリーと飲むコーヒーに添えるケーキを焼くつもりだった。〝バナナ・ブレッド？　オートミール・バー？　チョコレートチップ・クッキー？〟お菓子作りは気が張る作業だ――正確さが要求される――から、簡単にできるのがいい。

「ランチって？」アリスはシュガー・クッキーに意識が向いていたので生返事をした。だが、そこにはいまや見慣れたエルシー・スワンの文字で〝まずい〟と書いてあったので、ページをさらにめくり、ブラウニーのレシピに目を通した。

「編集者の友だちとの。きょう、マンハッタンに行ったんでしょ？」

「そうよ、ごめん」アリスが食料貯蔵室にココアがあったか調べているあいだ、ネイトは冷蔵庫から炭酸水を取り出した。ココアはないのでブラウニーは作れないが、チョコレートチップならあった。「楽しかったわよ。彼女がべつの約束で時間が取れなくて、コーヒーを飲みながらちょっとお喋りしただけだったの。でも、そのあとブロンウィンとランチしたわ」嘘がすらすら出てきたが、口にしたとたん後悔した。きょう一日なにをしていたか、正直に話せばよかった。なんといってもジョージア・ウィッティントンに一矢報いることができて大満足だったのだから。だが、それを話せばもっと重大な事実を打ち明けなければならない。だが、白状しなければ、プロとしてあるまじき失敗を葬り去れる、よって安泰だ。

「どこに行ったの？」ネイトが瓶からじかに飲みながら尋ねた。

「なに？」アリスは伸びあがって小さな箱やスパイスの瓶をおろした。〝重曹、シナモン。あった。クローヴは？〟戸棚に手を突っ込み、奥のほうにある瓶を引っ張り出す。〝クリームタータ。またシナモン。やった。粉末クローヴ〟「ああ、イタリアンのお店に行ったのよ。七番街の」

「トラットリア・デッラルテ？」ネイトがうなる。「ロブスター・カルボナーラを食べたの？　ロブスター・カルボナーラ、食べたいなあ」

「ええと、食べた」瓶や箱やチョコレートチップの袋をカウンターに並べ、ネイトと目を合わせられずレシピを再読した。赤らんだ頬やぎこちない笑みを見たら、なにかあったと思うだろうから。

「なにを作ってるの？」ネイトは粉末クローヴの瓶を手に取った。気付いていないようだ。

「チョコレートチップ・クッキー」アリスは引き出しから必要な物を取り出した。ボウル。木のスプーン。計量カップ。引き出しの中に新品のエプロンを見つけ、頭からかぶった。「冷蔵庫からバターを出してくれる？」

バターは岩みたいに硬かった。表面を指で押すとバターを包む銀紙がわずかにへこんだ。「やわらかくなるまで待たないと」

「おろしたらいいじゃない」

「チーズおろし器で？　おろせるの？」

ネイトはうなずいた。「うちの母に教わった。不思議とうまくいくよ」

「へえ、そうなの？」食器洗い機——キッチンにある唯一の新しい家電——からチーズおろし器を取り出し、料理本のレシピに忠実に従って作りはじめる。

「チョコレートチップ・クッキーにクローヴを入れるなんて聞いたことない」ネイトが言い、アリスが量って加えてかき混ぜるのを眺めた。「そのレシピ、どこで見つけたの？」

「地下にあった料理本」アリスはレシピから目を離さない。「あすの朝、サリーとコーヒーを飲む約束なんだけど、手ぶらで行けないでしょ」

「きみが年配の隣人のためにありあわせの材料でクッキーを焼くなんてね。郊外の暮らしが案外合ってるんじゃない」ネイトは喜んでいるようだ。スープの缶を開けるのも面倒がっていたアリスが、家庭的な女へと舵《かじ》を切り替えたとでも思ったのだろう。背後からウエストに腕を絡め、うなじにキスし、エプロン姿のきみはセクシーだとかなんとかつぶやいている。

「そんなことしたら材料をちゃんと量れないじゃない。失敗したらあなたが食べるんだからね」アリスは彼の腕からするりと逃げながらも、笑顔を向けることは忘れなかった。

滑るバターをチーズおろし器に押しつけ、指を擦らないよう気をつけておろした。「それはそうと、ノートパソコンなしでよく仕事ができたわね？」

「なんのこと？」ネイトは顔をしかめ、呼び出し音が鳴るスマホに意識を向けた。

「あなたのノートパソコン。うちに置き忘れたでしょ？」バターをおろす作戦はうまくいき、三角のおろし器の中にバターのかけらが溜まっていった。

「ああ、問題なかった」彼は画面をスクロールしてからスマホを尻ポケットに突っ込んだ。「会議つづきだったから。でも、試験勉強のときはドリューのを使わせてもらった」

「ドリューって？」ネイトの同僚たちの顔を思い浮かべてみたが、その名前の人は浮かばなかった。

おろし器をシンクに置き、バターでベトベトの指をお湯で洗った。

ネイトは頭を振る。「彼女が働くようになってまだ二ヵ月だから」

「ドリューって女性なの？」

「ああ。ドリュー・バリモアだってそうでしょ」

アリスはべたつきが残る指をペーパータオルで拭った。「ドリュー・バリモアに似てるの？」

彼はにやにやして彼女の背中を叩いた。「いや、似てない」

「わかった、それじゃ出ていってくれる？　おろしたバターに突っ伏して眠ってしまう前に、クッキーを仕上げたいから」じきに十一時半で、ネイトが帰宅して一時間半しか経っていない。仕事と試験勉強でこのところずっとこんな感じだ。

「はい、はい」ネイトは彼女の頬にキスしてリビングルームに消えた。電気をつけ、床をギシギシいわせて歩き回り、ソファーに落ち着いて勉強のノートを開いたようだ。

アリスはおろしたバターをボウルに移し、重曹を加え、賞味期限切れのチョークみたいなチョコレートチップを振り入れた。ジョージアとのやりとりを思い出し、下腹がしくしく痛んだ。彼女はいまもショックを引きずっているのだろう。アリスを見くびった罰だ。

ウィッティントン・グループの弁護士から電話が入ったのは数時間前の夕飯時で、ネイトはどうせ遅いからと、アリスがひとりキッチンでトマトとチーズのサンドイッチを食べ終わったところだった。電話には出なかったが留守電にメッセージが残されており、ワインのグラス片手にチェックした。ジェイムズ・ドリアンは告訴を取り下げ、一件落着したという内容だった。弁護士は連絡先の番号を言い添えていたが、アリスはメッセージを消去した。

数時間経ったいま、きょうのやりとりを反芻《はんすう》したり、ジェイムズ・ドリアンの件が片付いてほっとしたり、サリーに食べてもらうクッキーが焦げないように見張ったりすることに気を取られ、部屋の寒さが和らいでいることに気付かなかった——カーディガンはきのうからデスクの椅子の背に掛けたままだった。もう必要ない。

17

アリス　二〇一八年六月十二日

とっておきのやさしい笑顔や礼儀正しさは、誰よりもまず夫に向けよう。よその人のためにとっておかないで。

――ブランチ・エバット『妻がしてはいけないこと』一九一三年

夫婦喧嘩《げんか》が勃発したのは、真夜中すぎ、クッキーをオーブンから出したすぐあとだった。お互いに言いたいことをぶつけあってそれで終わる喧嘩ではなく、無言のままベッドに入り、距離を置いて背中を向けあう類の喧嘩だった。発端は、アリスが熱々のクッキーをクーリング・ラックに移しているところに、ネイトがコーヒーを淹《い》れようとやって来て、うんざりしてため息をついたことだった。

「どうかした?」アリスは顔をあげて尋ねた。

「べつに」彼はよそよそしかった。「疲れてるだけ」

「わたしもよ。これがすんだら寝るから」

「ただちょっと――」彼がまたため息をつき、アリスはクッキーからネイトへと視線を移し、あとの言葉を待った。

「先に片付けたほうがいいんじゃない？」彼が言った。

アリスはキッチンを見回した。クッキー種がへばりついたボウル、バターでベトベトのチーズおろし器、飛び散った小麦粉。チョコレートチップの袋は口が開いたままで、スパイスの瓶のまわりに中身がこぼれており、シンクには汚れたミキサーの羽根が放ってある。カウンターには卵の殻が転がっている。キッチンはひどい有様だが、片付けを翌朝に延ばしたところでなんの不都合がある？「いまやらなくたっていいでしょ」

ネイトはむっとしたもののうなずき、コーヒーミルと豆を戸棚からおろした。ところがそれらを置く場所がない。卵の殻と小麦粉が散らばるカウンターの前で、彼はわざとうろうろし、なんとか置いた。アリスはカチンときた。

コーヒーミルと豆を取り上げて押しつけると、彼は腕に抱き取ってよろっとなり、眉をひそめた。アリスは猛然と汚れ物をシンクに積み上げ、布巾を濡らした。

〝彼は働きすぎで、疲れて怒りっぽくなってるの。収拾がつかなくなる前に、あなたが折れなさい〟そう自分に言い聞かせたものの、なにも言えず、食器洗い洗剤を汚れたボウルに注いでお湯を流した。涙で目がチクチクする。唇を引き結ぶ。

「アリ」ネイトはコーヒーミルと豆をテーブルに置き、彼女の肘に手を置いてやさしく引っ張った。

「ごめん。ストレスが溜まってて……もういいよ。あしたでかまわない」

〝あしたでかまわない？〟そう、汚したのはアリスだ。でも、マリー・ヒルでは、ネイトも後片付けをやっていた。アリスがやることのほうが多かったにせよ——あのころは、どちらかが相手に指図するなんてことはなく、対等な関係だった。

「いいえ、わたしこそごめんなさい」声が震えていた。ネイトの手を振りほどいて、チョコレートチップやスパイスや砂糖を片付けた。「つぎはもっと手際よくやる」

「どうだっていいよ」ネイトはつぶやき、両手で目を覆った。胸が痛む——彼はめいっぱい働いたあと試験勉強までしている。夜遅くに、卵の殻や小麦粉や汚れたボウルに邪魔されることなくコーヒーを淹れられる、片付いたキッチンを望んでなにが悪い？「ぼくたち、なんで喧嘩してるの？」

「わからない」アリスはつぶやいた。泣いたら喧嘩は負けだ。それでも、意地を張って彼と顔を合わせなかった。アリスとちがい、ネイトは専業主婦の母親に育てられた。家を出た息子の洗濯を引き受け、毎晩午後七時に夕食を出すような母親だ。彼は懐かしそうに子ども時代の話をするし、至れり尽くせりの母親を崇拝してはいるが、妻におなじことを求めているとはアリスも思っていない——それとも、愚かな思い違い？

ネイトはテーブルに向かって座り、コーヒーミルのコードを本体に巻き付け、豆の袋の口を閉じた。「アリ……ぼくのほうを見てくれよ、頼む」

アリスが顔を向けないでいると、彼は切れぎれに息を吐いた。「もういいの。ここを片付けたら寝るから」

彼はさらに二分ほどぐずぐずしていた。アリスが彼の存在を無視してボウルを洗って拭くのを、じっと眺めていた。それからぼそっと言った。「くだらない」立ちあがり、キッチンを出ていった。ほどなく、アリスも二階にあがった。喧嘩をエスカレートさせた自分に愛想が尽きたが、仲直りする気力もなかった。眠れないままベッドに横になっていると、二時間ほどしてネイトがやって来た。

だが、アリスは目をぎゅっと閉じたままでいた。朝がた、彼が首筋に顔を寄せて「ごめん」とささやき、アリスも謝ったが気持ちは晴れなかった。

「わたし、淋しいのよ」

彼はアリスを抱き寄せ、夕食は家で食べると約束した。勉強はそのあとですればいい――アリスもおいしい料理を作ると約束した。「片付いたキッチンもね」と言い添えると、彼はやさしく笑った。わたしたちは大丈夫、と自分に言い聞かせた。ネイトは起きてシャワーを浴び、ひとりベッドに残ったアリスは、彼の体のぬくもりを失って寒く感じながら思った。いまの二人の生活に赤ん坊はしっくりおさまるのだろうか。ネイトは仕事でずっと家を空け、アリスはいつもひとりぼっちだ。〝四角い穴に丸い釘をおさめるようなもの〟

「なにが入ってるのかしら。シナモンじゃないわよね」サリーが言い、クッキーをもうひと口食べた。「母のチョコレートチップ・クッキーを思い出させる味なのよね。最後に食べたのはいつだったか思い出せないほど昔だけど」

アリスはにっこりした。「クローヴですよ。古い料理本に載っていたレシピ。ほら、地下で見つけた料理本。エルシー・スワンという名前が記されていた」アリスはコーヒーを飲んだ。サリーが淹れたコーヒーはとてもおいしい。「そこに載っていたレシピをいくつか作ってみたんです。楽しかった。料理はもちろんお菓子作りだって得意じゃないけど、手作りの楽しさはわかります」

「手作りに敵《かな》うものはないって、母がいつも言ってた」サリーはクッキーの最後のひと口を口に入れ、ああ、おいしい、とつぶやいた。「エルシー・スワンはネリーのお母さんかもしれないわね。名前に聞き覚えがあるし、料理本って親から子へと引き継がれるものでしょ。新妻への結婚プレゼントとして、とかね。新生活を支えてくれるように。なんの準備もなく結婚する人は大勢いただろうし」指についたクッキーの屑を払い落とし、アリスのマグを覗き込んだ。「お代わりをいかが？」

「もちろん」サリーがコーヒーのお代わりを淹れに立ったので、アリスは立ちあがり、リビングルームを見て回った。若いころのサリーの写真があった。癖っ毛はいまより長くてダーティーブロンドだ。彼女と腕を組んで一緒に写っている年配の女性は、いまの彼女に瓜二《うりふた》つだ。ただし二十五歳ほど若い。食器棚や暖炉にも写真が飾られている——すべてサリーの写真で、年代も職場もまちまちだ。赤茶けた大地の上で笑顔の子どもたちに囲まれた写真には、隅に〝エチオピア、一九八三年〟の文字があった。群青色の帽子とガウン姿で医学校の額入り卒業証書を抱えた若いサリーの写真。暖炉の上には飛行服に丸くて分厚い飛行眼鏡をつけた写真もあった。

「ひょんなことからスカイダイビングをやったのよ」サリーがかたわらに来て言った。「ニュージーランドで、七〇年代、なんでもやってみようの時代だった」

アリスはほほえみ、写真に目を戻した。家族写真は一枚もない。好奇心に勝てず尋ねた。「子どもを持たなかったんですか？」

サリーは頭を振ったが、憂う気配はなかった。「結婚さえしなかったわ。子どもを持つのにかならずしも結婚する必要はないけどね。仕事が子どもだったの」エチオピア時代の写真を指さす。「八〇年代には〝国境なき医師団〟に加わり、もっぱらアフリカですごした。心遣いや愛情を必要とする子どもがたくさんいて、あたしは自分の母性的なエネルギーをその子たちに注いだ」

二人は暖炉に向かい合わせに置かれた布張りの椅子に戻った。「自分にふさわしい男性が現れたら結婚していたかもしれないけど、医療に全身全霊を捧げていたし、それ以上に魅力的で満足感を与えてくれる人は現れなかった。あなたは、結婚してどれぐらい？」

「この十月十五日で丸二年です」アリスはミセス・アリス・ヘイルになった、秋にしては珍しくあたたかかった日を思い出した。ストラップレスのシースドレスに、軽くウェーブのかかった髪を光沢のある真珠のピンで留めて、うっすら汗をかき、惚《ほ》れぼれと見つめるネイトの横で、自分は美しいと思えた日だった。あのころは、すべてがとても意味のあることに思えた。

「あなたとネイトは子どもを持ちたいと思っているの？」

「ええ。なるべく早く」アリスは肩をすくめた。「でも、家の修繕って体力を消耗するものですね。それに小説に取りかかっているし。生活するって手間もお金もかかるもんだなって思っています。時間だけはたっぷりあるのに、おかしいですよね」

　サリーがアリスを見つめた。じっくり観察するように。「あなた、まだ若いんだもの。家族を作る時間はたっぷりあるじゃないの。それで、どんなものを書いているの。第一作なのかしら？」

「そうです。じつを言うと、あまり進んでいないんです」疚《やま》しさが込みあげた。〝ほんとうは、ひと言も書いていないんです〟と言うべきだ。書こうとしてはいた。というか、思っていたよりもずっと難しいことがわかった。書きたいと思ったからって書けるものではないのだ。

「作家のスランプってやつ？」

「そんなようなものです。閃《ひらめ》きが降ってくるのを待っているというか。あるいは、ミューズが現れてくれるのを」

「おもしろそうな仕事なのね、書くことって。想像力だけでひとつの世界を創り上げることができるんだものね」サリーが笑うと目のまわりに深いしわが寄った。「創造性のかけらでもあれば、引退後に執筆生活もありだったかも。誰だって人生の黄昏時《たそがれどき》には趣味のひとつも持たないとね」

「いまからだって遅くないですよ。長く医療の現場にいらしたんだから、逸話には事欠かないだろうし。世界を旅して回って。ひょんなことからスカイダイビングをやって」

「そうね、スカイダイビング。じつは高所恐怖症なんだけど、あの日はそれを忘れさせてくれるものがあった。一種のブラウニー――特別な材料で作られた。あたしの記憶がたしかならね」サリーはクスクス笑った。

アリスの歳に、サリーは世界を旅して命を救い、〝一種のブラウニー〟つまり覚せい剤の助けを借りて飛行機から飛び出した――そのころの女性がめったにやらないことばかりだ。後片付けのことで夫と喧嘩するより、若いころのサリーみたいに生きるべきじゃないの？「執筆って言えば、そろそろ戻らないと。とても楽しかったです。ありがとう、サリー」

「こちらこそおいしいクッキーをありがとう。あたしが作ると裏側がかならず焦げるのよ」玄関のドアを開けてくれたサリーにハグすると、やさしく返してくれた。「執筆がはかどるといいわね、アリス。創作のミューズが見つかりますように。それとも、彼女があなたを見つけてくれますように、かしらね」

数時間後、アリスはノックの音で飛び起きた。ソファーでうたた寝していたのだ。コーヒーテー

ブルにはエルシー・スワンの料理本が開いたまま載っていた。夕食に作ろうかと思った〝パイリッ
プル・チキン〟のページだった。立ちあがると、膝の上から数冊の〈レディース・ホーム・ジャー
ナル〉誌がバラバラと落ちた。寝ぼけたまま急に立ちあがったのでアドレナリンが噴出し、鼓動が
速くなった。めまいを振り払い、雑誌をまたいで玄関へと急いだ。
　玄関先にはサリーが立っていた。輪ゴムをかけた手紙の束をふたつ持っている。
「こんにちは」アリスは髪を撫でつけた。ひどい恰好でないといいけれど。「お入りくださいな。
調べ物をしていたの。ほら、本のための」
「ありがとう、でも、テニスのレッスンに行くところなの」サリーは白いテニスウェアを着て、肩
からラケットの入ったキャリーバッグをさげ、白髪にサンバイザーを載せている。「あなたが料理
本を見つけたって言ってたから、それで母の遺品を調べてみたの。エルシー・スワンという名前に
聞き覚えがあったものだから。もしマードック夫妻が越してくる前に住んでいた人だとしたら、母
が写真を持ってるんじゃないかと思って。あの当時は近所付き合いが盛んだったのよ」
　アリスは手紙の束を受け取った。封筒は年月を経て黄ばみ劣化している。「地下室を漁《あさ》ってたら
これがあったの。すべてエルシー・スワン宛てだけど開封されていない。差出人住所はあなたがい
ま住んでる家で、E.M.となっている。エレノア・マードックのイニシャルじゃないかしらね」ア
リスは首を傾げて封筒の住所を読んだ。手書きの文字はすべて右側に傾いでいる。
「母がどうしてこれを持っていたのかわからないけど、あなたの興味をそそりそうだから。家の来
歴が多少でもわかるといいわね」
　手紙はすべて封がされたままで、不思議なことに消印がなかった。「ありがとうございます。す

ごい物が手に入ったわ」

「どういたしまして」サリーが言う。

封筒の住所に指を走らせると、思いがけずゾクッとした。「いいんですか？　お母さまのものでしょう……」声が尻つぼみになったのは、返したくなかったからだ。十通以上ある手紙の中身を無性に知りたくなった。

「あたしが持っていてもなんの役にもたたないもの。いまからはあなたのものよ」

アリスはにっこりした。「この中に物語があるのかも。わたしの本に使える。投函されなかった謎の手紙？」

「そうね、ミューズがあなたの前に現れたのよ、きっと」サリーが言う。そこへタクシーがやって来た。「あたしが呼んだタクシーが来たわ。行かなくちゃ。頑張ってね、ミス・アリス」


アリスはソファーに戻り、すっかり弾力を失った輪ゴムをはずし、最初の束のいちばん上の手紙を手にした。ふとためらったのは、他人の――たとえもう亡くなっている人であっても――私信を勝手に読むことに疚しさを覚えたからだが、好奇心には勝てずに封筒のふたに指を差し込んだ。糊《のり》が乾燥していて簡単に剝がれた。薄いクリーム色の便箋二枚を開いて読む。レターヘッドにはエレノア・マードックと印刷されていた。

一九五五年十月十四日

愛するお母さんへ

　穏やかな日がつづいていますね。お元気でおすごしのことと思います。まるで七月中旬のように小鳥たちがさえずり、あたたかい日がつづくおかげでうちのダリアはまだ咲いています。つぎに会いに行くときには持っていくわね。こちらもつつがなく暮らしています。植物を休ませる冬に備えて、一日の多くを庭ですごしています。いつもの年より雨が早く降ったせいでナメクジが大発生し、かわいそうにオオバギボウシの葉は穴だらけです。お酢を噴霧したり、砂糖で道を作ったりしましたが、どちらも効き目はなく、庭が受けて立つべき挑戦のひとつと受け入れるしかありません。

　今夜、うちでディナー・パーティーを催し、大成功でした。メインをチキン・ア・ラ・キングに、デザートをベイクド・アラスカにしたら、アイスクリームがオーブンで焼けるなんて、とお客さまたちは感心しきりでした。何人かにレシピを書いてあげるつもりです。

　リチャードは工場で忙しくしていますが、苦労が絶えないみたい。ついこのあいだ、営業担当の一人が亡くなり、社員一同大変なショックを受けました。彼のプレッシャーを和らげてあげようと、できるだけのことをしていますが、それでも足りない気がします。彼の胃潰瘍がまたぶり返しました。卵白ドリンクは痛みを和らげるのに効いているようです。医者に診てもらったらいいのに、男の人って意固地だから。このへんで手紙を切りあげて寝ないと。リチャードが起きて待っているので、そうそう待たせられません。忍耐力は彼の強みではないとわかりました。

　このところがっかりすることが多くて、でも、じきに素晴らしいニュースをお知らせできるわ！　いまはまだ黙っていないと、びっくりさせられないもの。もうじき会いに行きますね、お母さん。わたしは元気で自分を大事にしているので、どうか心配しないで。

あなたを愛する娘、ネリーより　キスキス

18

ネリー

一九五六年七月二日

　ネリーが必要に応じて摘花作業や草取りをしなかったせいで、庭は大変なことになっていた。大雨が一週間ちかくつづいたので庭仕事ができず、立ちあげ花壇は水浸しだ。なにしろ彼女は〝療養中〟なのだから――作り話の流産のせいで家に引きこもらざるをえず、リチャードは彼女の一挙手一投足に目を光らせていた。

　でも、植物は待ってくれる。リチャードが出勤すると、ネリーは家の掃除をすませ、買い物リストを作り、庭仕事にかかった。膝が泥まみれになろうが、棘で引っ掻き傷ができようがおかまいなしで、剝き出しの脚に這いのぼる虫を叩き潰しながら草取りをしていると、口笛のひとつも吹きたくなる。お天気もよく、久しぶりに前向きな気分になれた。

　リチャードとの仲もうまくいっているので満足だった。このところリチャードは気を遣い、二週間つづけて夕食の時間に帰ってくるし、けさは後片付けまでしてくれた。もう慣れっこになった鼻につく香水の匂いも、ワイシャツや上着についてこなくなった。彼女の体に触れる手もいままでになくやさしい。体のあざが消えると、夫を軽蔑する気持ちも薄らいだ。彼の親切な態度がいつまでつづくかわからないが、とりあえずつづいてくれることを願っていた。マードック夫妻にバラ色の日々が訪れるのかもしれない。

そんな楽しい思いに耽《ふけ》りながら、庭の中でもとくに伸び放題の区画で作業をしていたので、リチャードが背後に立つまでその声に気付かなかった。

「エレノア」怒鳴り声がして、ネリーは飛びあがった。

さっと振り返って手袋をした手を額にかざした。

「リチャード、いったいどうしたの」手を胸に当てる。「驚かせないで」刈り取った草を手に持ったまま立ちあがる。草を捨て、ショートパンツを引っ張る。彼は妻が脚を剝き出しにすることを嫌うからだ。「ここでなにしてるの？」

わたし、時間の感覚を失った？　じきに夕食の時間なのかも……でも、太陽は真上にある。あと数時間は戻らないはずなのに。「気分が悪いの？」

リチャードが睨む。怒っているのだ。筋肉が震え出し、アドレナリンが全身を駆け巡って逃げる準備をする。

「なんなの？　どういうこと？」たぶんこれは想像の中の出来事。たぶん――

ガツン！

拳が頰と顎を直撃し――衝撃で頭が横に飛び、食い縛った歯が擦れ、耳がガンガン鳴り――気絶しそうになった。こんなふうに殴られたのははじめてだ。それに、顔を殴られたこともなかった。顔のあざは誤魔化しきれないからだ。ネリーは喘ぎ、震える手を頰に当てた。ヒリヒリする頰に手袋が擦れる。耳鳴りはおさまったが、痛みは引かない。

「きょう、誰と出会ったかわかるか？」リチャードがそばに――すぐそばに――立って尋ねた。ネリーは身を守ろうとわずかに体を丸めた。足元に移植ゴテがある。いざとなったらさっと拾い上げられるだろうか。

彼の質問に頭《かぶり》を振るだけで、声が出ない。日射しはあたたかなのに、体が激しく震えた。

「ドクター・ジョンソンだよ。ブルックリンに娘が住んでるって知ってたか？」また質問。ネリーは頭を振った。「婚約したばかりなんで、訪ねて行くところだって。それで、列車の座席に並んで座った。たっぷりおしゃべりしたよ」

リチャードはそこで口をつぐみ、園芸道具をしまう小屋へと歩いた。深く根を張って厄介なタンポポを掘り出すのに使うシャベルが入口に立てかけてある。頰に手を当てたままのネリーのかたわらに戻ってくると、彼はシャベルを勢いよく地面に突き立てた。「おもしろい男だ。自慢話がすぎるけど、信頼できる。おまえにひどくご執心みたいでさ。発疹がおさまったかどうか気にしていた」

寒気が全身に広がり感覚がなくなった。それからの展開は聞かなくてもわかる。そう、ドクター・ジョンソンはプロだから、ネリーが診察に訪れた理由を人に明かしたりしない。だが、夫はべつだ。妻の病状を知る権利が夫にはある。

〝ネリーのことが心配でしてね〟スカースデイルを出発してスピードを増す列車の中で、リチャードはドクター・ジョンソンに言ったのだろう。〝心を痛めてるんですよ〟彼が言うと説得力がある。顔色が悪く、額にうっすら汗をかいているのだから。〝二度とああいうことが起きないようにするには、どうしたらいいでしょうかね〟

リチャードの心配そうな表情や口調に、ドクター・ジョンソンは戸惑ったにちがいない。ネリーを診た同僚のドクター・ウッドが診断ミスを犯したのではないか。年寄りは頑固だから困る、さっさと引退すればいいんだ。〝発疹がひどくなったんですか？〟彼はリチャードに尋ねたのだろう。

〝メクサナが効かなかったんですかね？　秘書に電話するようネリーに言ってください。もう一度診てあげますから〟

そこで会話は途切れた。〝発疹？〟リチャードはようやく言った。ドクター・ジョンソンに負けず劣らず戸惑っただろう。

〝ええ。彼女の手の〟ドクター・ジョンソンは答え、さらに汗をかいたリチャードに疑わし気な目を向ける。具合が悪いのはリチャードのほうなんじゃないか、と医者は当然思う。診察予約を取ってください、と言ったにちがいなく……。

〝流産ですよ〟リチャードの声が小さいので、医者は彼のほうへ体を傾ける。〝そりゃあもうひどい出血で……〟

ドクターの戸惑いは薄れたものの、夫婦のもめ事に巻き込まれるのは避けたいだろうから、頭を振ったにちがいない。〝申し訳ないが、リチャード、あなたがなにを言っているのかわかりません〟

リチャードはガム工場に出社しなかった。列車が駅に着くとドクター・ジョンソンに別れを告げ、さてどうしたものかと考えあぐねながらホームを歩き、つぎの列車で引き返した。そしていま、殺さんばかりにネリーを睨みつけていた。

ネリーは片方の手袋をはずした。リチャードに手を見せるためだ。発疹の痕は残っていない。「すっかりよくなったわ。ほらね？　でも、心配してくださるなんて、ドクター・ジョンソンもご親切なこと」手を突き出す。腕の震えが伝わってまるで風に揺れる葉っぱみたいだ。リチャードは傷のないその手をやさしく撫で、屈んでそっとキスをし、それから、ついさっきまでやさしい動きをしていた指を、ネリーの親指と人差し指のあいだの弱い部分に強く押しつけた。骨をバラバラにしそうなほど強く握り締める。

「おまえは嘘をついた、ネリー」ますます強く握り、親指を捻じる。ネリーは悲鳴をあげた。「赤ん坊はほんとうにいたのか？」

「嘘はついてない」ネリーは手を振りほどこうとしたが、リチャードがギュッと握って放さない。「赤ちゃんを失ったのよ、リチャード。ほんとうよ。あの血を見たでしょ！　バスタブの中の、体の血を拭いたタオル！　でも、あなたの言うとおり。ドクター・ジョンソンに診てもらわなかった。自分を恥じていたからよ、リチャード。わたしを裏切った体を恥じていた。わたしたちをまた裏切った体を」彼は手を折るつもりだ。「すごく痛い。お願い。放して」

「いまさらおまえの言うことなんて誰が信じる？」彼はそれでもネリーの手を放した。

ネリーはよろめき、リチャードはシャベルを引き抜くと庭を歩いた。ネリーは最初怪訝に思っただけだったが、丹精込めたバラを掘り出すつもりだとわかりパニックに陥った。だが、彼の意図はちがった。気がついて心臓が止まりそうになった。

「なにするつもり？」恐るおそる彼のほうに足を踏み出した。

彼は聞いていない。シャベルで土を掘り、熱したナイフでバターを切るように忘れな草を切り刻んだ。

「やめて！」ネリーはリチャードに飛びついて腕を引っ張った。リチャードは彼女の手を煩《うるさ》い蠅を叩くように叩き落とすと、作業に没頭した。「お願い、やめて、リチャード、お願いだから」聞く耳を持たない。土を掻き出し、花を踏みにじる。

「おれは見たんだ、おまえがあのタオルを埋めるのを」リチャードはハーハー言いながら言った。

「おまえの血なんかじゃなかったんだ。肉屋で手に入れたんだろ。ちがうか？　嘘ばかりついてきたんだろ？」

「嘘じゃない」ネリーは嗚咽《おえつ》で喉を詰まらせた。「赤ちゃん……わたしたちの赤ちゃんはあのタオルの中にいるのよ、リチャード。信じないなら掘り出せばいい。わかるから」

彼が動きを止めた。荒い息に肩が上下する。シャベルにもたれかかり、柄に頭を乗せた。「おまえはきょうおれに恥をかかせたんだ、ネリー。許せない」

「ネリー？　どうかしたの？」隣家の裏庭にミリアムが現れ、植木バサミを手に柵に寄り掛かった。

リチャードは見るも無残な忘れな草に目をやった。シャベルを置いてミリアムのほうに歩いて行ったのは、彼女の視界を遮りネリーの姿が見えないようにするためだ。「ミセス・クラウセン、ご機嫌いかがですか？　木を刈り込むにもってこいの日和ですね」

「そうね」ミリアムは横に動いて、ネリーの様子や、リチャードが庭になにを仕出かしたかよく見ようとした。夫婦のいざこざなんて聞いても見てもいないことを匂わすように、いつもの陽気な調子で言った。「ネリー、ねえ、ちょっといいかしら？　忙しいようならまたにするけど。例のアリに手こずりっぱなしなのよ。うちのシャクヤクがそれはもう哀れな状態でね、親しい友人に贈る花束を作らなきゃならないっていうのに」

シャクヤクが盛りをすぎて萎《しお》れはじめていることを、リチャードは知るはずもない。ミリアムはネリーに救いの手を差し伸べてくれたのだ。「ええ、喜んで」ネリーは言った。「リチャードもわたしも用事をすませたところだから」

彼はネリーを睨んだものの、ミリアムに顔を向けたときにはにこやかな表情に戻っていた。まるでスポットライトが当たったように。「どうぞ、ネリーでお役にたつなら」だが、ミリアムは騙されない。「あとは任せたよ」彼が言う。「ネリー、今夜は夕食までに戻れそうにない」

ネリーはうなずき、顔の筋肉を総動員して笑みを浮かべた。「行ってらっしゃい」

彼は園芸道具小屋にシャベルを戻した。「ああ、行ってくる」それからミリアムに向かって親しげに手を振った。「ちかいうちにまた、ミセス・クラウセン。アリをうまく退治できるといいですね」

彼は家に入ってドアを閉め、ネリーはようやく息をついた。

ミリアムはほほえみを浮かべたままだが、声から心配しているのが伝わってきた。「ネリー、あなた、怪我したの?」

ネリーは頰を擦った。「いつから聞いてたんですか?」ミリアムになにを見られたのか考えたくなかった。その一方で、きょうの出来事が、マードック夫妻の結婚生活のなごやかなひとコマに書き換えられないための証人が欲しかった。

「心配しないで」ミリアムが言った。境界の柵の扉を開け、声をひそめた。「うちにいらっしゃいな。湿布を作ってあげるわ。それから一緒にコーヒーを飲みましょう」

ネリーはためらった。コーヒーはありがたいし、ミリアムの居心地のいいリビングルームでおしゃべりすれば、嫌なことをひとときでも忘れられるだろう。だが、リチャードは狭量で腹黒いから、怒りの矛先をミリアムに向けないとも限らない。妻がミリアムにすべてを打ち明けたとわかったら……「それはいい考えとは思えない」家のほうを振り返る。リチャードの鋭い視線を肌で感じる。

ミリアムは舌打ちしておびえるネリーの言葉を一蹴した。「いい考えにきまってるでしょ」それから顔をしかめた。この人は一部始終を見聞きしたのだ、とネリーは思った。「ひどい男よ。ひどすぎる」ミリアムがささやき、ネリーを庭に招き入れた。

「わかってます」夫婦喧嘩ですっかり消耗し、ミリアムにもたれかかった。「それでも、わたしの夫だから」

「彼はあなたにふさわしくない。いまにきっと彼はひどい目を見るわよ」

19

アリス　二〇一八年六月十三日

家事をちゃんとこなしおいしい料理を作れる能力は、むろん妻の必須条件だ。家庭において、妻は己の技量にそれなりのプライドを持ってよい。家族が消化不良を起こすような環境では、幸福は花開かないのである。

——アルフレッド・ヘンリー・タイラー牧師『性的満足と幸福な結婚』一九五一年

一九五五年十月中旬の日付のある一枚目の手紙は、ネリー・マードックが母に宛てたものだった。エルシー・スワンが彼女の母親であることがこれでわかった。アリスから見ると退屈な手紙だ。ベイクド・アラスカなるものを供したディナー・パーティー。庭のナメクジ。夫のリチャードの胃潰瘍が再発したこと。数週間ほどあとに書かれた二枚目と三枚目の手紙にも、おなじように退屈な日常が綴られていた。

がっかりだ。アリスは手紙を置き、ブロンウィンに電話したが留守電につながった。折り返しテキストメッセージが届き、終日会議だからおしゃべりはあとで、と書いてあった。会議が恋しい。というか、仕事に追われ時間があっという間にすぎたあのころが恋しい。忙しさこそがアイデンテイティの拠《よ》り所《どころ》だった。ジョージアと渡り合って得た自信はすでに消えて、根無し草の頼りなさに逆戻りだ。一流企業の優秀な広報担当でなくなった自分は、いったいなんなのだろう？　いまだになにも書けぬ小説家、見込みのない園芸家、素人料理人。

ため息をついてスマホ――このごろでは、ネイトとブロンウィンと母以外からのメッセージで画面が明るくなることもない――を手紙の束の上に置き、ベイクド・アラスカとはどんなデザートか調べることにした。料理本の目次を見て、真ん中へんのページを開くと、ドーム型のレイヤードケーキの写真が載っていた。レシピによると主原料《しゆげんりよう》はアイスクリームと卵白とスポンジケーキだ。〝客を感動させる！〟エルシー・スワンの文字でそう書いてある。さらに〝斬新で美味〟の文字も。その下にはネリーのメモが（手紙のおかげで彼女の筆跡だとわかる）。〝大成功！　グレイヴズ夫妻、ラインハルト夫妻、スターリング夫妻を招いたディナー――一九五五年十月十四日〟

【ベイクド・アラスカ】

二十二センチの丸形卵黄スポンジケーキ
ストロベリーアイスクリーム　二クォート（約二・二リットル）
大きめの卵の白身　六個分
クリームタータ　小さじ二と二分の一
砂糖　カップ一

1　スポンジケーキを作り、冷ましておく。
2　ストロベリーアイスクリームを丸いボウル（スポンジケーキより二・五センチ小さいもの）に詰め、冷凍庫に入れておく。
3　テーブルに出す直前に、卵白とクリームタータを混ぜて攪拌してメレンゲを作り、砂糖を少量ずつ加えメレンゲに艶が出て硬くなるまでさらに攪拌する。
4　鉄板に冷めたケーキを載せ、アイスクリームが入ったボウルを上にかぶせ、ボウルだけ取り除く。
5　ケーキとアイスクリームをメレンゲで隙間なく覆う。
6　二百六十度に予熱したオーブンに入れて三〜五分、メレンゲがうっすら茶色くなるまで焼く。
7　大皿に載せてすぐにテーブルに出す。

スマホをチェックすると（メッセージは入っていない）三時ちかいことがわかった。夕食の支度をする前に一時間は書くつもりだったから、料理本を開いたまま置いてデスクに向かった。少しでも書き進めないと。

ノートパソコンのキーボードに手を乗せ、なにか閃くのを待った。ジョージアとの邂逅《かいこう》を思い返そうとした――『プラダを着た悪魔』的小説の題材としてこれ以上のものがある？――けれど、気がつくと、水曜の午後をネリーはなにをしてすごしたか想像していた。手紙を読むかぎり、彼女がやっていたのは主婦の仕事の三本柱《さんぼんばしら》、掃除に洗濯に庭仕事だけだ。どんな感じなんだろう。掃除してミートローフをオーブンに入れさえすれば、家族の期待に添える生活というのは。その単純さに安心感が得られるのだろうか？　それとも、それしかやることがなくてがっかりなの？

ネリーのことは脇に置き、無理に指を動かし言葉を並べ、文章を作り、なんとか最初の二ページを書きあげた。だが、読み直して顔をしかめ、すべてを消去した。意気消沈してノートパソコンを閉じ、キッチンに戻った。

まずはメインの鶏肉料理だ。鶏もも肉をパイナップル＝バーベキュー・ソースに漬け込みながら考えた。ベイクド・アラスカをデザートに出したら、ネイトはびっくりするだろう——アイスクリームが大好きだから。マリネした鶏もも肉を冷蔵庫で寝かせ、手を洗ってエプロンをつけ、ベイクド・アラスカに取りかかった。

夕食のこともだが、ネイトに打ち明けたいことがあり、ずっと心に引っかかっていた。デザートの材料を揃えながらどう切り出そうか考えた。子作りを数ヵ月先に延ばしたい、ということを。彼女はまだ三十歳前だ。ネイトはがっかりするだろうが、こっちの立場になって考えて欲しい。サリーが言っていたように、二人ともまだ若い。

冷凍庫にアイスクリームが必要量あるか確認する。ストロベリーアイスはなかったが、チョコレートアイスなら一クォートある。ケーキのほうは出来合いのエンテンマンのパンで代用することにし、鉄板の上に丸形になるように千切って並べた。アイスクリームはカチカチだったので冷凍庫から出し、数分後にスプーンで掬って食べてみて、まだ硬いのでさらに数分おいた。待つあいだに料理本をめくり、あの時代に人気があったらしいゼリーサラダのレシピを読んでゾッとした。レモンゼラチンにツナ缶ってどうよ。

十五分後、アイスクリームの上のほう三分の一を食べきり、やわらかくなった残りを小さなボウルに詰め、冷凍庫にしまった。デスクに戻り、窓の外を眺めているうちに一時間がすぎた。本は少しもはかどらない。

ネイトは六時半、遅くとも七時には戻るはずだった。一時間経っても戻らないのでテキストメッセージを送った。

〝帰宅途中？　夕食をオーブンから出すところよ〟

返事はなかった。八時半になってもネイトは戻らなかった。アリスは憤慨しながらワインのお代わりを注ぎ、焼きすぎなうえすっかり冷めてしまった鶏肉とパイナップルの塊を突いた。電話をしても留守電につながる。苛立ちが心配に席を譲った。電車の遅れや事故のニュースをチェックする。ない。駅から自転車で帰ってくる途中で車に撥ねられた？　不安でいたたまれず、ワインを飲みながらリビングルームを歩き回る。様子を見に行くべきか迷ううち——ワインをグラス二杯飲んでいるから運転はできない——テキストメッセージが入った。

〝ごめん。試験勉強が長引いて、食事はすませた。夕食はまたの機会に〟

返信を丸々一分間見つめていた。〝またの機会に？〟オフィスにドリューといるネイトを想像する。毎日やるべきことがたくさんあって、食事はテイクアウトですませ、ひとしきり仕事に集中すると冗談を言って笑う。家で夕食を作って待つ妻のことなど、ネイトはすっかり忘れていたにちがいない。

ネイトの思いやりのなさに怒りをぶつけるつもりで、卵白を艶やかに角がたつまで攪拌した。カチカチに固まったアイスクリームのドームを、やっとのことでパンの上に移した。生来の不器用ながら、卵白のメレンゲでアイスクリームを包んでフワフワの雲みたいにしようと奮闘し、夫が帰ったらなんて言ってやろうか考えた。

〝電話の一本もくれればよかったのに。心配したのよ〟

〝ドリューと楽しい時間をすごしたんでしょ？〟

〝またの機会に？　妻との夕食をまたの機会にもないもんだわ！〟

〝パイナップル・チキンが冷めていても気にしないでね……それから、わたしはいますぐ子どもを持ちたくない〟

ぶつくさ言いながら、屈み込んでオーブンの中のメレンゲのドームの様子を窺《うかが》った。四分後、メレンゲの角は金色になったものの、土台のパンの下から茶色い液体が染み出して溜まりを作った。すぐさまオーブンから出し、ぐたっとなったメレンゲを突いた。ネリーが〝大成功！〟と太鼓判を捺したものとはほど遠い。食べ物には見えない。大きなキッチンナイフで、ドームの表面をスライスし即座に皿に移した。メレンゲはなんとか形を留めているが、スライスした瞬間、中のアイスクリームが崩れ落ちた。ナイフで片側を押さえようとしたら、反対側が崩れたので諦めた。

シンクの前に皿を持って立ち、ベイクド・アラスカを食べながら真っ暗な裏庭を覗いた。皿とフォークを洗わずにデザートの残骸と並べてカウンターに置き——数時間後にネイトが帰宅するころには、融けたチョコレートアイスクリームの海にパンの島が浮かんでいるだろう——心を決めてベッドに入った。

20

ネリー　一九五六年七月七日

【ミントソース】

粉砂糖　大さじ一と二分の一　／　湯　大さじ三
ミントの葉　みじん切りにしたもの、カップ三分の一
マイルドなワインビネガー　カップ二分の一
緑の着色料　二滴

湯に粉砂糖を融かし、冷めたところでミントの葉とワインビネガーを加える。緑の着色料も加えて一時間半置く。冷たいまま供する。
この材料でカップ一杯のソースが作れる。

ハーブを収穫するのに最適なのは朝露が消えるころだ。ネリーはやるべきことのリストを作り、ハーブガーデンから作業に取りかかった。日が昇り、リチャードがまだ眠っているあいだに、料理

バサミでハーブの葉や茎を切った。あとで乾燥してミックススパイスにする。ローズマリー。セージ。パセリ。ディル。レモンバーム。ミント。マジョラム。擦り傷ができないよう園芸用手袋をした手でチョキ、チョキ、チョキと、器用に切ってゆく。

リチャードに殴られてから一週間ちかく経ち、ネリーはこの結婚生活をよく言えば持続不可能、悪く言えば危険と結論づけた。サパークラブで出会ったリチャード――彼女に心遣いと贈り物を惜しみなく与え、幸福は摑み取りさえすればいいと信じさせた魅力的な男――はもはや存在しない。結婚式の夜、リチャードは焦るあまり新妻の美しいペールブルーのナイトガウンを引き千切り、優美な貝ボタンをポップコーンみたいに吹き飛ばし、荒々しく挿入してきた。その瞬間に幻想は消えた。リチャード・マードックの妻になるとはこういうことなのだと、ネリーは思い知った。結婚生活でなにより大事なのは、彼に寄り添い、身の回りの世話をし、少しずつ自分を切り売りすることだ。彼が求めるのは、いつも身ぎれいにして、熱々の料理をテーブルに並べ、頭痛や生理を言い訳に使わずおとなしく脚を開く女だ。自分の意見は口にせず、十数枚あるワイシャツを真っ白に洗いあげ、ほかの女の口紅のしみをきれいに取り去る女だ。それでもネリーは子どもが欲しかった。我慢を強いられつづける生活であっても、これまでの努力が無駄になるのはたまらなかったからだ。

リチャードと別れるのはそう簡単ではない。経済的にも社会的にも大きな代償を払わねばならない。だからこそ計画が必要なのだ。

作業の成果に満足し、立ちあがって反り返り凝った筋肉を伸ばした。きょうも晴れそうだ。まだ中に入る気になれず、煙草を一本抜いて口に咥《くわ》えた。芝生の上に座ってのんびり煙草を燻《くゆ》らせた。ハーブは足元の布巾の上に積み上げてある。

あすの日曜日はリチャードの三十五歳の誕生日だ。彼の好物、ラムチョップのミントソースかけはきょうのうちに作っておこう。それに添えるのはマッシュポテトとグリーンピース、ピーチコブラー。とっておきのドレスに香水をつけ、嘘っぽく見えない笑顔を作ればなごやかな夕餉《ゆうげ》になるだろう。

伸ばした脚が日に焼ける。煙草を吸いながら決心した。月曜日に決行。施設にいる母に会いに行かねばならなくなったとリチャードに告げる。以前、自分も行くとリチャードが言い出したときには、母は認知症が進み、知らない人と会うと興奮して手がつけられなくなるから、と言い訳して思い留まらせた。だから、彼はネリーの母と会ったことがなかった。小さな旅行鞄《かばん》ひとつで出かける。鞄にはへそくりの入った封筒を忍ばせておく。

母の教えどおり賢く倹約してきた。買い物に行くと値引きされている物だけを買い、余った金を雑誌の背表紙に隠した。リチャードもそこまで検《あらた》めようとは思わない。彼が酔っぱらったり、胃の痛みで意識が朦朧としているときに、服をクリーニングに出すと言ってはポケットから小銭を集めてそれもへそくりに加えた。服やきれいな小物や生活必需品を買うのに銀行から金を引き出すとき——リチャードは家のことはすべてネリーに任せていた——必要な金額より多めに出すことにしていた。そうやってけちけち貯めて、びっくりするほどの額になった。

そう、月曜にリチャードを置いて家を出る。まず母に会いに行く。それからのことはなんとでもなるだろう。ネリーは立ち直りが早いし能力があるからなんとかやれるはずだ。愛する家と丹精込めた庭、親友のミリアムと別れるのは辛い。でも、彼女に決心をつけさせたのはほかでもない、ミリアムだったのだから、きっとわかってくれるだろう。

「あなたは美しいわ、ネリー。それに頭がいい」リチャードに殴られたネリーを救い出し、コーヒーを淹れながらミリアムは言ってくれた。「それに、なんといっても料理上手！　こうと決めたらできないことはないわよ」

「そう言ってもらえて嬉しいわ、ミリアム」ネリーは言った。体の震えはおさまっていたが、顎はまだズキズキしていた。ミリアムはカモミールの湿布剤を作ってくれた。あたためたアップルサイダー・ビネガーに乾燥させたカモミールの花を浸け、それを搾ってガーゼで包んだものだ。気持ちが休まるよい香りの湿布を頬に当てた。「でも、ほんとうにそうなのか心許ないわ」

ミリアムは顔をしかめ、ネリーを見つめた。その眼差しから、ネリーの境遇に同情はしても憐れんではいないことがわかった。「困ったときはあたしを頼ってくれていいのよ。いつでも話し相手になるから」

ネリーはうなずき、あたたかなコーヒーカップを片手で包んだ。彼女を頼ることはけっしてしないとわかっていた。そんなことをすればリチャードをますます怒らせ、彼女に危害が及ぶだろう。「あたしだっていつあなたの世話になるかわからないでしょ。風邪ひいて寝込むかもしれないし、リウマチがひどくなってお湯も沸かせなくなるかもしれない」

「あなたが友だちでよかった」ネリーはミリアムの手を摑んで軽く握った。

「多少の蓄えはあるのよ」ミリアムはサイドボードの引き出しに手を伸ばした。取り出した分厚い封筒には黒いインクでネリーの名前が記されていた。ミリアムは前々からこの封筒を用意していたのだと思うと、ネリーは自分の不甲斐なさが恥ずかしくなった。

「これを受け取ってちょうだいな。あなたの役にたちたいの」その申し出だけありがたく受け取るけれど、ミリアムのお金をもらうわけにはいかない。年長者の彼女がどんなに強く言おうと。蓄えなら自分もしてきたから、とネリーはやんわり断った。大金ではないが、リチャードと別れて暮らすには充分な額だ。

煙草を吸い終わると十時になっていた。ハーブを干してミントゼリーを作ったあとで買い出しに行っても、夜に出掛ける支度をする時間はある。グレイヴズ家のディナー・パーティーに招待されていた。リチャードはこの一週間機嫌が悪かった。ゴールドマン夫妻とグレイヴズ夫妻は仲がよいから、〝ご機嫌取り〟チャールズも招かれているはずで、リチャードは彼とにこやかに接するのが嫌でたまらないのだ。ネリーだってキティと顔を合わせるのは嬉しくないが、マーサとのおしゃべりは楽しいし、なんといってもリチャードと二人きりにならずにすむ。

あとは日曜――彼の誕生日――を切り抜ければいいだけだ。教会から戻って昼食をすませたら、リチャードは近所の男たちとボウリングに行く予定だった。そのあいだにディナーの準備をし、その夜は彼を王さま扱いして疑われないようにする。翌朝、病んだ母を見舞うと偽り家を出る。リチャード・マードックの顔を見るのはそれが最後だ。

パティオの石畳で煙草を揉み消し、ハーブを持って入ると、束にして干すあいだ息ができるよう紐でゆるく結んだ。新聞紙に布巾を重ね、それを冷蔵庫の上に敷いてハーブの束をそっと並べた。それからリチャードの誕生日ディナーのためのミントソース作りをはじめた。新鮮なミントに香りづけの緑のハーブを加えてみじん切りにした。砂糖をお湯に融かし、冷ますあいだに一服した。冷めた砂糖液にみじん切りにしたミントとハーブとワインビネガーを加え、緑の着色料で色を際立たせる。カップ一杯のソースがなんとかとれたので、ジャムの瓶に注ぎ入れて冷蔵庫の奥に寝かせた。

その日の夕刻、二人はそれぞれの思いに浸りながら黙々と出掛ける支度をした。最後の最後にネリーは靴を替えた。選んだドレスにはヒールの高い靴のほうが合うと思ったからだ。彼女が靴を履き替えるのを、リチャードはポケットに手を突っ込み、むすっとした顔で見ていた。彼女がヒールの高い靴を履くと目の高さがおなじになるので、気に入らないのだ。だが、彼はなにも言わず、手振りで先に行けと合図してベッドルームを出た。ネリーが階段の上に立ったとき、リチャードは半歩うしろにいた。ネリーは足元を見つめ、履き替えてよかったと思った。脚が長く見える。

そんなことでうぬぼれている暇があったら、周囲にもっと目を配り気をつけるべきだった。不意にバランスを失い足を踏み外した。勢いがついて止まらず、ぬいぐるみの人形みたいに階段を転げ落ちた。リチャードはすぐうしろにいたはずなのに、彼女が落ちるのを手をこまねいて見ていた。

21

アリス　二〇一八年七月十二日

自分からはなにもせず、夫が幸せにしてくれると期待してはならない。彼を幸せにすることに最善を尽くせば、おのずと自分も幸せになれる。
——ブランチ・エバット『妻がしてはいけないこと』一九一三年

〝ずっと疎遠だった父親の葬式にどんな服を着ていくべきか！〟ゲストルームのベッドの上に広げた黒い服の数々を眺めながら、アリスは思考停止に陥っていた。手近にあるスカートとジャケットを取り上げ、白いノースリーブのブラウスと黒いフラットシューズを合わせることにした。すでに時間に遅れているのにゆっくりと着替えた。とっくに準備ができているネイトが、リビングルームでイライラしながら待っていた。

三日間、雨が降りつづいていたが、車を降り墓地の濡れた草に足をつくころには、日が射してきた。背後から女のささやきが聞こえた。「まあ、グレッグはいつだって物事の明るい面を見る人だったから」そのとき、太陽が父の艶やかな棺を照らした。アリスはずっとうつむいていたが、泣いてはいなかった。ネイトがその肩に腕を回した。

自分がうまくまわりに融け込めてほっとしていた——その他大勢の喪服の会葬者の一人にすぎない。彼らはグレッグ・リヴィングストンに娘がいたことを知っているのだろうか。父似だと気付かれたらどうしよう。それはなさそうだ。みんな控え目な笑みを向けてくるだけだった。

案の定、太陽は長く留まらず（父とおなじで、とアリスは思った）、灰色の空の下に傘の花が咲いた。墓を取り囲んで立つのがどういう人たちなのかわからないが、父には案じてくれる友人がいたことはたしかだ。喜ぶべきなのだろうが、この人たちのほうが父をよく知っていたのだと思うと愕然とした。アリスが知るかぎり、グレッグ・リヴィングストンは家を出たきり一度も連絡を寄越さなかった。バースデーカードもクリスマスプレゼントも、様子を尋ねる電話もなかった。母も父の居所を知らなかったから、たとえ連絡を取りたくても取れず、父は薄れゆく記憶の彼方に消えていった。

そんなわけで、葬式に出る気などまったくなかった。「どうしてわたしが行かなきゃならないの？」アリスは思わず口走っていた。数日前の日曜の夜、母が——いまだに父の緊急連絡先だった——電話でその死を知らせてきたときのことだ。「赤の他人同然なのに」

何ヵ月か前に、父はフロリダからニューヨーク州に戻り、夏のあいだ建築現場で働いていたそうだ。アリスとネイトの家から二十五キロしか離れていない場所だから、食料品店や行き帰りの電車の中ですれ違っていたかもしれない。別れて二十年ちかくになる父を、はたして見分けられただろうか？

母が言うには、亡くなったとき父はひとり暮らしだった。ベッドルームひとつのアパートで、冷蔵庫は空っぽでも酒の買い置きはたっぷりあったにちがいない。「なにがあったの？」アリスは尋ねた。父の死の知らせに動揺すまいと歯を食いしばったにもかかわらず、声が詰まった。その時点でなにも知らなかったネイトが、眉をひそめてこっちを見た。

「過失による過剰摂取みたいよ」

「なにを？」アリスは尋ね、ひと呼吸置いて言った。「なにを過剰摂取したの？」

母はため息をついた。「知ってどうなるの、アリス？」

「知りたいもの」

「それがね、バリウムらしいのよ。睡眠障害をまた起こしていたのね。グレッグは不眠症に悩んでいた」沈黙が二人のあいだにわだかまった。「アリス？　聞いてるの？」

「ええ」アリスは言った。ネイトが背中に手をやって支えてくれた。「それで、わたしにどうしろって？」

母はアリスに葬式に出ろと言い、この知らせに衝撃を受けて体の具合が悪くなったら、ビタミンCを摂取するといいと付け加えた。

「なんで？」アリスが尋ねたのはビタミンCではなく葬式のことだ。母がそんなことを言い出すなんて信じられなかった。あたしが飛んでいければいいんだけど、その翌日にスティーヴが回旋筋腱《かいせんきんけん》板《ばん》の手術を受けるので家を離れられないのよ、と母は言い訳した。

ほかに出られる人がおらず、アリスにお鉢が回ってきた。傘を開くと下腹が痛くなり、それが触手みたいに伸び広がって全身がくまなく痛くなった。まるでインフルエンザに罹《かか》って熱があがったみたいだ。体を乗っ取ろうとするウィルスを退治するための熱。病気に打ち勝つには、母の言うとおりビタミンCを摂るべきだったのかも。

その日の夜、喪服を着たままリビングルームに横たわるアリスを、ネイトが見つけた。目を閉じて万歳の恰好をしていた。動いているのは規則正しく上下する胸だけだった。

「なにしてるの？」ネイトは尋ね、彼女の顔が見えるようにソファーの端に座った。声から心配が伝わってきたが、口調はあくまでも軽かった。アリスはひとりになりたかった。もっとも、リビングルームの真ん中は、孤独を求める人間が寝そべる場所に最適とはいえない。

「この部屋、だいぶあたたかくなってきたと感じない？」アリスは尋ねた。

「あたたかくなってきた？　どうかな。そう感じるべきなの？」

「おかしいと思わない？　だって、この部屋は底冷えがする寒さだったじゃない。セーターが手放せなかったもの。それがいまはあたたかい」

「窓を開けようか？」

「いいえ。このままがいい」アリスは目を閉じたまま長々と息を吸い込み、平穏なひとときを味わった。

「なにかいる？　水とか？」

「雑誌に書いてあったのよ。疲れたら床に寝転んで五分間目を閉じているといいって」

アリスは目を閉じたままだったから、ネイトの笑顔を見ていない。「どの雑誌？」彼が尋ねた。

「地下室で料理本と一緒に見つけた古い雑誌の一冊。五〇年代の雑誌」

ネイトがしゃがむと膝が鳴った。それからアリスのかたわらに寝そべった。ネイトが夕食に戻らなかった晩以来、夫婦のあいだはぎくしゃくしていた。彼は謝り、きっと埋め合わせをすると約束したが、アリスの怒りはそんなことではおさまらなかった。しばらくは黙って横たわっていた。二人のあいだを満たすのは呼吸音だけだった。

「話がしたい？」やがて彼が尋ねた。

アリスは頭を振った。「いいえ」

「わかった」至福の静寂がふたたびアリスを包んだ。「動揺するのは無理ないよ、アリ。なんといっても、彼はきみのお父さんなんだから」

「名目だけのね」アリスは目を開けて漆喰《しっくい》の天井を見あげた。渦を巻きところどころ尖っている漆喰は、クモが巣を張るのにお誂《あつら》え向きだ。あす、はたきをかけなきゃ。「夕食の支度をするわね」

ネイトが彼女のほうに寝返りを打ち、腕を枕にして頭を休めた。「今夜はデリバリーを頼んだらどうかな」

「鶏肉を解凍してある」アリスはゆっくり起き上がって膝を抱いた。頭がふらふらするのは、朝からろくに食べていなかったからだろう。めまいがひくのを待つ。「わたしが料理すると家が喜ぶみたい」

ネイトは一瞬遅れて言った。「つまり、いい匂いがするから？」そう言って起き上がった。

アリスは息を吸い込み、吐いた。まだふらふらする。「それもある」

ネイトは頭を振り、やさしく笑った。「意味がわからない」

「馬鹿みたいに聞こえるよね。でも、ネリー・マードックの古い料理本のレシピを作るようになってから、家があたたかくなった気がするの。それにこの一週間、厄介なことが起きてないでしょ」

めまいがおさまったので立ちあがった。「キッチンの蛇口は洩れないし、冷蔵庫は静かになった。気付かなかった？」

ネイトはなにか言いかけてやめ、ほほえんで立ちあがった。彼が背中を撫でたので、ジャケットが撚《よ》れた。「すこし眠ったらいい」

「キッチンに行って耳をすましてみて」アリスは言い、着替えようと階段に向かった。あがる前に靴を脱ぐ。読んだばかりのネリーの手紙に、足を踏み外して階段を転げ落ちたと綴られていたから――足首を骨折したらたまったものじゃない。それぐらいですまない場合もある。「ほら、ね。階段がきしらない」

ネイトは両手を腰に当てて顔をしかめ、アリスが階段をきしらせながらあがっていくのを見守った。それからキッチンに行って待った。十数える……それから二十数え、古い冷蔵庫がゴトゴトカタカタいうだろうと耳をすました。

だが、冷蔵庫は静かなままだった。

エレノア・マードックの手紙

一九五六年七月十八日

愛するお母さん、

予定どおり会いに行けなくてごめんなさい。足首を骨折して家から一歩も出られません。お医者さんが言うには、脚のギプスはまだ当分はずせないそうです。動きが鈍いほうではないけれど、新しいヒールの靴と磨いたばかりの階段の不幸な組み合わせのせいで、派手に転がり落ちてしまいました。なんともひどい番狂わせですが、おかげさまで痛みは和らぎました。

ドクター・ジョンソンの診断より早くギプスがとれることを願っています。この事故のせいで、リチャードの誕生日ディナーも台無しです——ラムチョップに添えるゴージャスなミントゼリーを作ったのに——でも、この埋め合わせはするつもりです。

手伝いのヘレンが、二週間ほど泊まり込みで家事をやってくれていますが、庭仕事までは手が回らないでしょう。雨つづきだから、わたしの怪我が治って庭に出られるようになるころには、荒れ放題になっているわ。お母さんがいてくれたら——庭もわたしも大助かりなのにね！　怪我をする前にハーブを切って乾燥させておいたので、親切な隣人のミリアムが立てないわたしの代わりにハーブミックスを作ってくれます。リチャードは料理にスパイスを振りかけるのが好きだから、ハーブミックスは欠かせません。

彼の胃痛は快方に向かっていましたが、ここ二晩、三晩は具合が悪そうでした。お母さんの〝はずれなし〟の病院食をヘレンに作らせたのに、いまのところ効き目はないようです。わたしも食欲がありませんが、もう何日も寝たきりだからそのほうがいいのです。ふつうに食べてお腹まわりに肉がついたら碌《ろく》なことにならないもの。

また書きますね。キスとありったけの愛を送ります。

あなたを愛する娘、ネリーより　キスキス

22

ネリー

一九五六年七月十八日

ソファーのクッションに乗せたギプスに包まれた脚を、ネリーはうんざりと眺めた。事故の前にペディキュアをしておいてよかった。松葉杖《まつばづえ》を横に立てかけ、便箋がしわにならないよう重ねた雑誌を膝に載せて手紙を書いていた。書き終えた手紙をきちんと畳み、封筒に入れてふたを舐めて封をした。封筒の真ん中に母の住所を、左上に自分の住所を記し、サイドテーブルの手の届くあたりに置いた。

「あたしがお手紙を投函しましょうか、ミセス・マードック？」ほぼ手つかずの昼食をさげにリビングルームにやって来たヘレンが尋ねた。「午後に買い物に行くついでに郵便局に寄ればいいだけだから」

「お願いだからネリーと呼んで」ヘレンに姑の名前で呼ばれるたび、そう言ってきた。ネリーより頭ひとつ大きく、いつもびっくりしているような大きな目のヘレンはうなずいたが、従う気のないことはわかっていた。「それから、手紙はこのままにしといてちょうだい。まだつづきを書くつもりだから、そのころには自分で投函しに行けるわ」ネリーは封筒を〈レディース・ホーム・ジャーナル〉誌の最新号の表紙に挟んだ。

「入り用なものはほかにありますか、奥さま？」

「いまのところないわ」ネリーは言った。「それと、夕食はミントソースをかけたラムのサンドイッチにするつもり。グリーンサラダもつけて。ラムは残っている？」

「サンドイッチ一人分ぐらいは残ってます」ヘレンが手を伸ばしてネリーの潰れた枕を膨らませた。ネリーにとっては不快に感じるほどのちかさだ。顎の傷跡はうっすら残るだけだが、ヘレンに見られないよう顔を背けた。

「昼食はおすみですか？」と、ヘレン。

「ええ、ありがとう。おいしかったんだけど、食欲が戻らなくて」謝るようにほほえむ。「ラムはリチャードにとっておいてね。彼の好物だから」

ヘレンはうなずいた。「買い物から戻ったら支度します。奥さまの夕食は？」

「サラダを少しとスープをいただこうかしら。ありがとう、ヘレン。ほかに用事はないわ」

「ノック、ノック！」玄関からミリアムの声が響いた。

「ミリアムをここに通してね」ネリーは言った。

「かしこまりました、ミセス・マードック」ヘレンが言い、ネリーは小さくため息をついた。「あとでお腹がすくかもしれないので、サンドイッチはここに置いときますね」

「そうね、ありがとう」苛立ちが声に出るのをなんとか堪《こら》えた。ヘレンにそばをうろつかれ世話を焼かれるのが鬱陶しくてならない。手伝いは必要だが、家にひとりのほうが気楽だ。それなのに、リチャードは頑として聞かない。おまえがなんでも自分でできるようになるまでは、好むと好まざるとにかかわらず彼女にいてもらう、の一点張りだった。

「われらが患者さんはどんな具合？」ミリアムは腫れた関節が痛むらしく、ゆっくりと歩いてきて、ネリーと向かい合う椅子に腰をおろし、あたたかな笑みを浮かべた。「だいぶよさそうじゃない。美しい頰に血の気が差してる」

「ご親切にどうもありがとう」ネリーは言った。「あなたはどうなんですか？　なんだか痛そう」

「あら、あたしは元気よ。心配しなさんな。自分のことだけ考えていればいいのよ」

ヘレンがリビングルームにまた顔を出した。「なにか飲み物をお持ちしましょうか、ミセス・クラウセン？」

「まあ、気がきくのね。ネリーとおなじもので」

「アイスティーです」ヘレンが言い、ミリアムはうなずいた。「ちょうど飲みたいと思ってたの、ありがとう、ヘレン」

そうして二人は、ミリアムが持参したコーヒーケーキとアイスティーをあいだに四方山話《よもやまばなし》をした。お天気のこと（いずれそのうち太陽が顔を出すだろう）。ハタネズミが大発生し——水分を含む根や球根、とりわけ芝生を食い荒らす——ミリアムの芝生は十文字に跡がついてすっかりみすぼらしくなったこと。やがてヘレンが買い物に出掛け、二人きりになった。

ミリアムはアイスティーを飲んでグラスをコースターの上に置いた。「それで、きょうはどうなの？」

「文句は言えません。リチャードは顔を合わせようとしなくて……忙しいみたい」誰となにをしているのか、敢えて口にしない。

「それはありがたいことなんじゃない？」ミリアムが言い、ネリーはうなずいた。リチャードの秘書のジェーンが相手をしてくれて助かると思っている自分がいた。彼が誰となにをしようとどうでもよかった。

「きょうもハーブ作りの手伝いをお願いしていいですか？」ネリーは尋ねた。

「喜んで。あなたにはどれほど助けてもらったかしれないもの」

「あなたの手に負担をかけていないといいけど」

「あたしの手なら大丈夫よ」と、ミリアム。それが嘘なのがネリーにはわかっているが、自分できれば頼んだりしない。

「それじゃ、そろそろ作業に取りかかりましょうか」ミリアムが言い、両手で腿を叩いた。「なにをすればいい？」

「その前に、ちょっとお願いがあって」ネリーは雑誌から封筒を取り出した。「これを預かってもらえませんか？」

「ほかのと一緒に？」

「ええ、お願いします」ネリーは言った。ミリアムは封筒をバッグにしまった。ネリーにとってミリアムの存在がどれほど心強いか。ミリアムはけっして詮索しない。言いたくないこともあるとわかっているのだ。年齢差はあっても、ミリアムはいちばん信頼できる友人だった。

「それで、キッチンに用意してあるのね？」ミリアムが尋ねた。

「ええ。ハーブは新聞紙に包んで冷蔵庫の上に置いてあるの。脚立に乗って大丈夫？」ネリーの問いにミリアムはうなずいた。「乾燥した葉と鞘《さや》を茎からはずして擂《す》り鉢《ばち》に入れて。すりこぎはシンクのいちばん上の引き出しに入ってます。すり潰したら、カウンターの上のふたつのガラスのシェーカーに保存します。でも、その作業はわたしも手伝いますから。腕は折れてないので」

だが、ミリアムは聞き入れなかった。「ネリー、あなたはじっとしてて。休めるときに休まないとね。あたしは年寄りだし、ちょっとガタがきてるけど、ハーブぐらいすり潰せるわよ」

「ありがとう、ミリアム。それから、ゴム手袋をするのを忘れないで」ネリーは言った。「茎の中に手ごわいのがあるから、怪我したら大変。蛇口の上に手袋が掛かってますから」

「あなたは横になってゆっくりしてなさい」ミリアムは言い、ネリーのよいほうの脚を軽く叩いた。「これをさっさと片付けて、おしゃべりとケーキに戻りましょう。それでいいわね？」

「もちろん」ネリーはほほえんだ。「母の料理本の表紙の裏にレシピが入ってます。終わったら元の場所に戻しておいてくださいね。代々伝わるレシピで、できれば二人だけの秘密にしておきたいの」

「いいわよ」ミリアムはウィンクした。「どんな女だって、秘密のひとつやふたつないとね」

23

アリス　二〇一八年七月十四日

なにか目新しいものを供す？　試しに作ってみるのはけっこう。招待客の好みをよく知っているならいざ知らず、珍しすぎるものは出さないほうが無難です。巷間《こうかん》伝えられるように、男は単純な料理を好み、女は〝なにかちがうもの〟を選びがち。

――『ベターホームズ＆ガーデンズ・ホリデイ・クック・ブック』一九五八年

「いまだにタイムスリップしたままね」ブロンウィンがキッチンの花柄の壁紙のめくれた端を摑んで鼻にしわを寄せ、桃色の戸棚や古い冷蔵庫、クロム縁のフォーマイカのテーブルを見回した。「改装はすんだと思ってた。というか、都会に舞い戻ってくるとばかり思ってたわ。こっちに移っておかしくなったんじゃないの？」アリスの肘を摑む。「戻ってきてよ。お願い、アリ」

ブロンウィンの懇願にアリスは笑顔で応え、ソースをかき混ぜつづけ、レシピを再度チェックした。「わたしだってあんたが恋しいわよ」ソースに豆と炒めた鶏肉と卵、摩りおろしタマネギを加える。タマネギを摩りおろすなんてはじめてだったし、二度とごめんだ。涙がようやく止まったのは、ブロンウィンと恋人のダレンが到着する三十分前だった。「信じられないだろうけど、ここもけっこういいわよ。都会とはちがうけど、悪い意味じゃなく」

ブロンウィンはうめき、憤慨して壁にもたれかかった。「ああ、あんたを失ってしまった。あんたが変わってしまうのが心配だって、ダレンに言ったのよ。郊外があんたを捕らえて囚人にする。

一巻の終わり」ブロンウィンの評価にムッとしたが、自分でもそう感じているなんて口が裂けても言えなかった。

「わたしは囚人なんかじゃないわよ、ブロン」アリスは呆《あき》れ顔でハハハと笑った。「これこそが〝大人の〟暮らしだとわかったのよ」正直に言うと、ブロンウィンがマンハッタンに住んで睡眠時間より労働時間のほうが長い生活を選ぶのも、アリスが郊外で主婦をやりながら小説を書くのも、大人の暮らしであることに変わりはない。

ブロンウィンは憤慨しながら、〝大人の暮らし〟は過大評価、というようなことをつぶやき、椅子からぶらさがるバッグに目を奪われた。口笛を吹き、キルティングされた黒い革に指を走らせる。

「どこで手に入れたの?」ゴールドチェーンのストラップを肩に掛け、ポーズを取る。

「地下室で見つけた箱のひとつに入ってた。前の住人の遺品」バッグ以外にも優雅な金時計《きんどけい》を見つけ、リューズを回すと動き出した。それに、穴のあいた真珠の筒も出てきて、グーグル検索してアンティークのシガレットホルダーだとわかった。

「アリ、これはオリジナルのシャネル2・55よ。正真正銘の本物。ココ・シャネル自身がデザインしたもの」

アリスはファッションに詳しくないが、ブロンウィンは目利きだ。なにしろリビングルームのマーフィーベッド（訳注：壁に折り畳んで収納できるベッド）で寝起きし、ベッドルームを巨大なクロゼットに改造した人だ。「あんたならわかると思って」アリスは面倒な話題から離れられてほっとした。

「あんたのために出しておいたのよ」

「まいった。なんてゴージャスなの」ブロンウィンが鼻歌交じりに腰を揺らすと、バッグが揺れた。

「どうして〝2・55〟って呼ばれてるの？」

「バッグの誕生日だから。一九五五年の二月にはじめて作られた。手縫いだからね。それにこれ、一度も使われてないみたいね」ブロンウィンはフラップを開けて中を覗いた。羨望のため息。「これの持ち主――なんて名前だった？」

「ネリー。ネリー・マードック」

「そうそう。それで、ネリー・マードックはキッチンの内装に関して趣味がいいとは言えないけど、バッグの趣味は非の打ちどころがない」

「欲しかったらあげるよ」アリスは指をソースに浸して味見した。

「なんだって？　まさか。それはダメ。そりゃ欲しいよ。けど、ヴィンテージ物のシャネル2・55を人にあげるなんて、アリス・ヘイル。ぜったいだめ」ブロンウィンはバッグを肩からはずしてテーブルに置き、縫い目を名残惜し気にひと撫でした。「でも、約束してよ。あんたは使うって、いい？　こういう物は使ってナンボ、見せびらかしてナンボなのよ。暗い地下室に眠らせとくなんて犯罪だからね。そういう醜いテーブルの上に置きっぱなしにするのもね」

アリスは笑い、バッグにいい目を見せてやると約束した。

「その服も地下室の魔法の宝箱で見つけたの？」ブロンウィンが指さしたのは、アリスが着ているフルサークル・スカートで淡いピンクのヴィンテージ・カクテルドレスだった。「あんたのそういう恰好、好きだわ。とくにそれ」今度はアリスのストッキングを指さす。

アリスのレトロのストッキングはヌードカラーに黒いバックシームが入っていて、踵の上にリボン飾りがついている。ドレスもストッキングもシンプルなガラス玉のネックレスも、スカースデイルのヴィンテージ・ショップで買ったもので、それに広報時代の真っ赤なヒールを合わせた。アリスはぐるっと回って片脚をあげ、ストッキングのバックシームとリボンに目をやった。「すごく気に入ってる。でも、パンティストッキングを穿いてもフェミニストでいられるものかな？」

「なに言ってるの。好きで穿いてるんだからいいんじゃない」ブロンウィンがニタニタ笑った。「あとでネイトが喜んで脱がせてくれるんでしょ。歯を使ったりしてさ」そう言って眉をうごめかせたので、アリスは声をあげて笑った。ブロンウィンがつくづく恋しいと思い――グリーンヴィルで友だちにちかい存在はサリーだけ――ホームシックに襲われた。

「それはそうと、ダレンとはどうなってるの？」アリスは尋ねた。ネイトはダレンに家の中を見せて回り、改装について質問攻めにしていることだろう。ブロンウィンの新しい恋人は建築家だから。「ネイトはいま彼を二階で人質にとって、どの壁が耐力壁で、どの壁ならぶち抜いていいか見極めてくれってせっついてるわよ」

「ダレンはそのために存在してるからね」ブロンウィンは椅子を引いて座り、あぐらをかいた。スリムな黒いパンツにオフホワイトのレースのトップという装いだ。「彼はそのうちこっちに越してこようって言うにきまってる。で、あたしの生命力をじわじわと奪い取るような家に住む。壁紙の部屋なんて一度でたくさん」彼女が顔をしかめてキッチンを見回したが、アリスは気付かないふりをした。

「越してくるですって。つまりうまくいってるってことね」

「アリ、あたしがクロゼットを人とシェアするなんて真《ま》っ平《びら》と思ってること、知ってるよね」ブロンウィンはワイングラスを指で回しながら、小さな笑みを浮かべた。「でも、彼はいい奴よ」

「ねえ、この先の家が売りに出されてるんだけど。壁紙の部屋ばっかり。夕食の席でダレンにそのことを忘れずに言うからね」

ブロンウィンがアリスを叩いた。「よくもまあ。言ったでしょ、あたしはぜったいにマンハッタンを離れないって」ボウルからポテトチップを取り、ガラスの小鉢の上で手を止めた。「これはなに？」

「〝ハリウッド・ダンク〟っていう料理。五〇年代の前菜」

ブロンウィンはグリーンのポチポチのある白いクリーミーなスプレッドにチップを浸し、口に放り込んだ。ゆっくりと嚙むあいだに、いろんな表情を浮かべた——おいしいと思っていないことは窺えた。

「わかってるって」アリスが笑いながら眺めていると、ブロンウィンはまたチップをディップに浸した。

ワインをぐっと呷《あお》ってから、ブロンウィンが言う。「なにが入ってるの？」

「デビルド・ハム。チャイブ。タマネギ。ホースラディッシュ」

ブロンウィンはアリスを見つめ、〝デビルド・ハム？〟と声に出さずに言う。

「ハムをみじん切りにして、マヨネーズとマスタードとホットペッパー・ソースと塩とコショウを加えて混ぜてできあがり。それにチャイブとタマネギとホースラディッシュを加え、仕上げはホイップクリーム。それを忘れちゃだめ」アリスは言った。

「どうしてこんなもの作ったの？　食べるため？」ブロンウィンはナプキンを口に当てて目をぎゅっと閉じた。「ホイップクリームとハムはぜったいに一緒にしちゃだめ。ぜったいにだめだからね」

アリスは手つかず同然のディップの小鉢をシンクに置いた。「同感。流行《はや》らなかったのも無理はない。興味を引かれて作ってみたんだけど、ひどい味」

「先に言って欲しかった」ブロンウィンはワインをラッパ飲みしはじめた。

「わたしをおいてかないで！」

「お腹ペコペコだったんだもの。ジュースクレンズでデトックスなんて馬鹿なことやってたもんでね」ブロンウィンが言い返し、二人して笑った。

「バナナをハムで包んで焼いてオランデーズソースをかける料理を出されずにすんで、あんたは運がよかったんだからね」

ブロンウィンは吐く真似をして、ワインをまた呷った。それからボトルの口に顎を乗せた。「あんたが恋しいって言ったっけ？」

「わたしだって、ブロン」ブロンウィンにはなんでも打ち明けてきた。だが、最近では話していないことが増えた——告訴されたこと、夫がどんどん先に進もうとすることに苛立ちを募らせていること、なにも書けないこと、仕事を恋しがってばかりで、ベッドから出るのも億劫《おっくう》になっていること。ブロンウィンも努力はしてくれていた。手が空いたときにテキストメッセージの返事をくれて、折り返し電話すると約束してくれる。もっとも実現したためしはないけれど。二人のあいだの溝は、日を追うごとに広がるばかりだった。

「ここの暮らしがそれほど悪くないと言うのはわかるけど、あんた、ここで幸せなの、アリ？」

アリスは考え込んだ。「そうね、七十パーセント幸せかな」

「それで、残り三十パーセントは？」

「孤独、退屈、とてつもない間違いを犯したという確信。それぞれ十パーセントずつ」

ブロンウィンは鼻を鳴らした。「たいして悪くないじゃない」そう言ってアリスのグラスにワインを注いだ。「ここにあんたの七十パーセント幸せな田舎暮らしがある。たとえ都会に住む友人に胸糞《むなくそ》悪いディップを食べさせようと」


まずまず好評な夕食を終えると、リビングルームに落ち着いてデザートを食べた。アリスは満腹だし、ワインのせいで火照っていたが、はじめてのディナー・パーティーがうまくいって満たされた気分だった。

「とってもおいしかったよね、みんな。例のハリウッド・ダンクとポテトチップはべつにして」ブロンウィンはブルッと震え、アリスは笑いながらチョコレートケーキを手渡した。

「遠いところをわざわざ来てくれてありがとう」アリスは言い、自分用にケーキを切り分けた。

「こうやって集まるの、久しぶりだったものね」

「わかってる！　あんたと、ほら、二ヵ月ちかく会ってなかったなんて信じられない」ブロンウィンとアリスは、毎週火曜日の夜に待ち合わせて飲み食いしていたし、毎日のようにおしゃべりしていた。「待ってよ。二ヵ月丸々だったんじゃない？」

「それほど長くないだろ」ネイトはフォークでケーキを切りながら言った。「きみたち、トラットリア・デッラルテに行ったんでしょ、三、四週間前だったかな？」ケーキを口に入れ、確認するようにアリスを見た。アリスのお腹の中でパニックが蝶となってはためいた。

「そうよ。あれは数週間前」アリスはワインを飲む手を止めてブロンウィンと目を合わせた。「忘れるところだったわ」

「そうね、あたしも」ブロンウィンがゆっくりと言う。「もっと前だった気がするけど。そうじゃない、アリ？」

「そうね」アリスの頬が赤くなる。ブロンウィンが怪訝な顔をするので、アリスは急いで席を立った。「コーヒーはいかが？」

ネイトがやさしく彼女の肩を押してソファーに戻した。「きみは座ってて。ケーキを味わうといい。ぼくがやるから」

「手伝おうか？」ダレンが言った。

「頼む」と、ネイト。「キッチンについても知恵を借りたいんだ」

男二人が出ていくと、ブロンウィンはアリスと向き合った。「さあ。どうしてあたしがトラットリアでランチしたことになってるの？　トラットリアになんか行ってないのに」

アリスはため息をついた。「あとで話す」

「いまじゃダメなの？」ブロンウィンは尋ね、ワイングラスを満たした。「ダレンは家の改装となると話が止まらなくなるの。二人は当分戻ってこないよ」

「話せば長くなる。込み入った話だし」

「そういうの大好物」ブロンウィンは言い、足をあげてアリスの膝に乗せた。

アリスはキッチンの様子を窺い、声をひそめた。「たいしたことじゃないんだけど、ジョージアに会いに行く羽目になって、ネイトには言いたくなかった。彼は仕事で手いっぱいだから余計な心配をかけたくなかったのよ」

「ジョージアがどうしてあんたに会いたがったの？」

「シーッ。ブロンウィン、古い家ってどこにいても話し声が聞こえるのよ」

ブロンウィンは首をすくめた。「ごめん」そうささやき、アリスのほうに身を乗り出した。「で、クイーン・ビッチのお望みはなんだったの？」

アリスはためらった。ブロンウィンになら話せる――打ち明けるべきだ。じつを言えば話したくてしょうがなかった。事が丸くおさまり、いまも勝利の余韻に酔っていたから。「ジェイムズ・ドリアンのことでね」アリスが言うと、ブロンウィンの目が真ん丸になった。「じつは告訴されて――」

ダレンが顔を覗かせた。「ねえ、アリ、砂糖はどこ？」

「ええと、右側の戸棚のいちばん下」アリスは答えた。自分でも声がやけに大きいと思った。

「わかった」ダレンはキッチンに戻った。

ブロンウィンがアリスの手を握った。「告訴って？」声をひそめる。「いったいどうなってるの、アリ？　大丈夫なの？　どうしてあたしに話してくれなかったの？」

告訴はありがたいことに取り下げられた、と告げたところで――細部には触れず――ネイトとダレンがマグと砂糖とクリーマーを載せたトレイを手に戻ってきた。「コーヒーはもうちょっとででできる」ネイトが言い、トレイを置いた。「それで、なんの話をしてたの？」

ブロンウィンはアリスを見て、口を開き、閉じた。それから満面の笑みを浮かべてネイトを見た。「ワインをもう一本開けようかどうしようか話し合ってたのよ。まだ十一時だもの、コーヒーには早すぎる、そう思わない？」

ダレンは肩をすくめ、ネイトは言った。「ぼくはいいよ」

「わかった、それじゃ」ブロンウィンはソファーから立ちあがり、ダイニングルームのテーブルの横のスタンドからワインのフルボトルを取り上げた。「開けていい？」

「どうぞ」アリスはうなずき、時間稼ぎができたことに感謝した。

コーヒーは忘れ去られ、グラスにワインが満たされ、話題はすぐに家の改装へと戻って、アリスは安堵《あんど》のため息を洩らしソファーにもたれかかった。「ネイト、いい加減にしたら。ダレン、あなたの相談料って一時間いくらなの？　ただでアドバイスをもらう限度はとっくに超えていると思うのよ」

ダレンとブロンウィンはニヤニヤして、ネイトはばつが悪そうな顔をした。「わかってる、わかってるってば。ごめん。だけど、アリ、二階をどうするかで、ダレンがすごいアイディアを出してくれたんだよ」椅子から身を乗り出す。「ぼくらの部屋と子ども部屋のあいだに、両方から出入りできるバスルームを作るの。どう思う？」

「子ども部屋って、そういうことなの？」ブロンウィンがアリスを見つめて言った。

「ぼくらのつぎのささやかなプロジェクト」ネイトは言い、〝ささやかな〟のところでニカッと笑った。「〝裸足と妊娠（訳注：女は外で働かず子どもを産み育てようと煽る昔の標語）〟ってアリに似合ってると思わない？」彼の笑い声は酔ったせいか大きすぎた。ダレンもつられて笑ったが、それもブロンウィンがネイトのひどい冗談に「ちょっと、勘弁してよ……」とつぶやき、恋人をじろっと睨むまでだった。

冗談が思ったほど受けないと気付くと、ネイトはアリスの頬にキスした。「もう、アリったら、冗談だよ、冗談。きみなら偉大な母親と〈ニューヨーク・タイムズ〉ベストセラー作家を両立できる」

ブロンウィンは「プレッシャーは与えないでよね」とつぶやき、アリスは頭を振った。苛立ちで鼓動が速くなるのは、ネイトに憤慨しているからだ。どうしてここでそういうことを持ちだすの？人生の重大な里程標を、くだらない話のオチに使わないでよ。

でも、そんなことを言ったら場が白けるだけだから、咳払いしてグラスを掲げた。話を合わせるなんて嫌でたまらなかったけれど。「ベストセラー小説と妊娠に乾杯！」

残りの三人が「乾杯！」と声を合わせ、ネイトはまた家の改装の話をはじめ、アリスはワインを飲みながら思った。ネイトが人の心を読めない単純人間でよかった、と。つまり、彼を軽く見ていたのかもしれない。

24

ネリー　一九五六年七月三十日

【ツナ・キャセロール】

クリーム・マッシュルーム・スープ缶詰　二缶
ミルク　カップ一　／　ツナ缶詰　二缶
固茹で卵　三個　…スライスする　／　茹でたエンドウ豆　カップ二
塩　小さじ二　／　コショウ　小さじ一
ポテトチップ　砕いたもの、カップ一

キャセロール容器にマッシュルーム・スープとミルク、ツナ、スライスした卵、エンドウ豆、塩、コショウを入れて混ぜる。百七十五度に予熱したオーブンで二十五分焼く。砕いたポテトチップを振りかけ、さらに五分焼いてできあがり。

リチャードはじきに帰宅するだろう。ネリーはギプスを巻かれた脚でかなり動けるようになっていたものの、食事の支度は思うようにいかなかった。レシピを人差し指で押さえて材料を再度チェックし、ギプスの中の向う脛を這いのぼる痒みに顔をしかめた。

キッチンの椅子の上で体をひねり、カウンターから編み棒を取り上げるとギプスに差し込んで掻いた。ホッと息をつく。数週間ギプスをしていたせいで足首の痛みは消えたが、痒みがひどい。

編み棒のおかげでなんとか痒みはおさまり、レシピに戻った。テーブルはきれいに拭いてあり、キャセロールはオーブンに入れるだけだが、料理本は開いたままだった。余白の母の書き込みに目をやり（〝仕上げにスパイスをたっぷり振りかけること〟）シンクの奥の戸棚に手を伸ばした。ミリアムに手伝ってもらって作ったハーブミックスの瓶をカウンターの水のグラスに並べて置く。こうしておけば夕食に出すのを忘れない。

ドアの上の時計が正時を告げ、あらたな不安がネリーを襲った。ひどい恰好だった。ピンで整えた髪は乱れ、煮炊きするコンロの熱と松葉杖を突きながらの夕食の支度で汗をかき化粧が崩れてしまった。シンクの縁に摑まり、蛇口をひねって布巾を濡らし、顔を拭いた。

こんなに慌てずにすむよう、ミリアムとのおしゃべりをもっと早く切りあげればよかった。だが、最近ではミリアムが命綱だった。いろんな意味で、ミリアムは母親だった。ネリーが持つことの叶わなかった母親。むろんエルシーのことは愛していた。賢くてめっぽう愉快で、最高のケーキをいとも簡単に焼くことができて、魔法みたいに植物を育てるのが上手だった母を愛していた。でも、一緒に暮らすのは大変だった。母は病気だと、ネリーは幼いころから理解していた。母は心に抱える闇のせいで、持てる能力を最大限に発揮できなかった。漆黒の水に呑み込まれまいと、顔を水面に出しておくことに必死だった。それに比べるとミリアムは太陽の光に溢れているから、一緒にいて楽だ。エルシーの身内に渦巻くのは雷雲だった。

子どものころからずっと、ネリーが母の世話を焼いてきた。級友たちは母親が作ったお弁当を持ってくるのに、ネリーは自分でお弁当を作ったうえに、母の分も作って冷蔵庫に入れておいた。まだ眠っているエルシーのベッドサイドテーブルに、何分ぐらいあたためればいいか書いたメモを残して登校したが、ネリーが学校から戻ってもエルシーはベッドの中、昼食は冷蔵庫にそのまま残っていた。ネリーが家事を引き受け――洗濯、掃除、一人で出掛けられるぐらい大きくなると買い物も――お金のやり繰りもした。家計が苦しいとやり繰りが大変だった。十二歳になるころには、誰にも頼らずに家事を上手にこなせるようになっていたし、その気になればなんでもできただろう。だが、リチャードと結婚した。それがあたりまえだったし、まともな娘はみな〝ミセス誰それ〟になることに憧れた。だがそれは、誰かに食べさせてもらうことでもあった。

タイマーをセットしていると玄関のドアが開いた。予想より十分早い。時間を見誤ったことで、ネリーはまた自分を責めた。カウンターに手を突いてバランスをとりながら、リチャードのためにウィスキーベースのカクテル、オールド・ファッションドを慌てて用意した。カクテルグラスに角砂糖を入れ、苦味酒《ビターズ》を染み込ませようとしたら手が滑り、グラスが落ちて割れた。その音を聞きつけ、リチャードがキッチンにやって来てガラスのかけらを目にし、顔をしかめた。

「手伝いの子はどこだ?」鋭い口調だった。ひどく不機嫌だ。工場で嫌なことがあったのだろう。

「けさ、家に帰らせました」ネリーは答え、屈まずにガラスの破片を片付けるにはどうしたらいいか考えた。このところ自分の不甲斐なさが嫌になってばかりだ。「ずっといてもらったでしょ、リチャード、でも、ヘレンにも世話をする家族がいるのよ」

リチャードは帽子とコートを脱いで椅子に置き、苛立たしげにため息をついた。彼はヘレンを好いていなかったが（おどおどした態度が気に障るし、背の高さが威圧的だと思っているが、口に出して言わない）、家の中がきれいに片付き、あたたかな食事がテーブルに並び、飲み物が、キッチンの床で水溜まりを作っているのではなく、手渡されることを期待している。「おれがやるから、どいてろ」

ネリーは言われたとおり、松葉杖をついてキッチンの奥に移動し、椅子に座った。リチャードはぶつぶつ言いながらしゃがんでガラスの破片を拾い、布巾でビターズと砂糖を拭いた。シンクの下に床を拭く雑巾があり、彼が使ったのは皿を洗ったりカウンターを拭いたりするのに使っている布巾だ、と言いたい気持ちを堪《こら》えた。布巾は捨てなきゃならない。ガラスの細かな破片が繊維の中まで入り込み、危なくて使えない。

「ごめんなさい。松葉杖に慣れてなくて」

リチャードはなにも言わず、布巾で床を拭きつづけた。

「夕食はオーブンに入っているし、お酒は作り直すわ」

沈黙が引き延ばされ、聞こえるのはリチャードのうなり声とため息と、蛇口から水が流れる音だけだった。彼は丸めた布巾をシンクに置きっぱなしにし、戸棚からグラスを出して自分でカクテルを作りはじめた。きみもなにか飲むか、とは尋ねもしない。

足が不自由な妻をいたわらない身勝手な夫に、ネリーの胸の中で怒りが煮え滾《たぎ》った。これは火傷だ――忘れられた怒り、無視された怒りによる火傷。二人が出会ったあの夜に戻れたら、リチャードが気遣いと金をちらつかせて彼女を夢中にさせ、つましい暮らしから抜け出せると希望を抱かせ

た あの夜に戻れたら、彼の魅力に屈服したりしない。だが、遅きに失した。

リチャードはカクテルを一気に飲み干してお代わりを作った。またしても、ネリーになにも尋ねなかった。彼はようやく落ち着くとネクタイをゆるめ、テーブルについた。

「夕食はなんだ？」彼は尋ね、グラスを回して氷を融かした。

「ツナのキャセロール。付け合わせはニンジンのバター炒めとフルーツ・サラダ」

彼はカクテルを飲み干し、うなずいた。「いいだろう。あとどれぐらいで食べられる？」

「十五分ぐらい？」ネリーはタイマーをちらっと見た。「この脚だから、前みたいにさっさとできなくて」

「そりゃだいぶかかるな」リチャードは立ちあがり、リビングルームに向かった。「おまえも来い」

「どこに？　なんのために？　料理をオーブンから出す時間まで、ここで休んでいたいわ」

「ついてこい、エレノア」彼の口調と正式名で呼んだことから、その意図は明白だった。要望ではなく命令だ。

ネリーは松葉杖をついてあとに従った。「どういうことなの、リチャード？」リビングルームに入ったところで尋ねた。

背中を向けていた彼が振り向いたので、ベルトのバックルをはずしているのが見えた。「ソファーに横になれ」彼が顎でしゃくった先にあるのは、この家に越してきたときネリーが選んだクローの緑色のソファーだった。鮮やかな春の若葉の色。

ネリーは彼を凝視した。「なぜ？」

彼が目の前にいる。本能が〝走れ！　逃げろ！〟と言ったが、ネリーはその場に留まった。松葉杖をついていては素早く動けないから、部屋から出る前に摑まるだろう。「ソファーに横になるんだ、エレノア。それから脱げ」

「脱げって、なにを？」

「パンティーだよ、ネリー。脱げ」開いた口が塞がらない。いくら彼でもそこまでやる？　鼓動が速まる。泣きたかった。だが、涙は流さず、言われたとおりにした。ほかにどうすればいい？　松葉杖を脇に置き、ぎこちなくソファーの縁に腰をおろし、パンティーを脱いだ。わざわざそれを畳んでコーヒーテーブルに置いてから横になり、目を閉じた。

「目を開けろ」リチャードはぶっきらぼうに言い、腿のあいだに重たいものをあてがい、スカートを押しあげた。片手で邪険に脚を開かせ、もう一方の手でズボンの前を開いた。彼はネクタイをしたままで、ワイシャツの襟は真っ白なまま——口紅の跡はなかった。不機嫌なのはおそらくそのせいだ。

「リチャード、足首が！」彼がギプスを巻いた脚をソファーの背に強く押しつけたので、ネリーは喘いだ。痛くはなかったが、それを盾にする以外に逃れる手立てはなかった。彼は謝らなかったし、彼女の身を案ずる気もないようだ。それに、道路に面した嵌め殺し窓のカーテンが開いたままなのも気にせず、ネリーの中に押し入ってきた。不安でそれどころではないから、すんなり受け入れられるはずもなかった。唇を嚙み、顔を背ける。

リチャードが不意に動きを止め、ネリーの顎を摑んで自分のほうを向かせた。「おれを見ろ、エレノア」

言われたとおりにした。これほど夫を憎んだことはなかった。

彼は突いてうなり、身悶えし、ソファーのスプリングが悲鳴をあげた。ネリーの体はじっとしたままだ。勝つ見込みのない戦いだから、静かに瞑想に耽った。脇に添わせた腕はなんの役にもたたない。身内に渦巻く緊張の証は、爪が肉に食い込むほど握り締めた両手だけだった。ヘレンを家に帰さなければよかった、と一瞬思った。ヘレンがいれば夕食は時間どおりテーブルに並び、ネリーがグラスを割ることもなく、リチャードがこんなふうに力ずくでのしかかってくることもなかったろう。

心をリビングルームの外へ飛ばした。ウィスキー臭い息を吹きかける夫の顔から逃れ、庭へと。ハーブをもっと摘まなくちゃ。花を切ってミリアムに届けよう。バラの花束はどうだろう――ミリアムはネリーのバラを愛してくれている。バラやユリ、小さな忘れな草にまで讃美歌を歌って聞かせ、ネリーに大声で歌いなさいと励ましてくれた母の姿を思い浮かべた。「神さまがあなたに天使の歌声を授けてくださったのよ、ネル＝ベイビー」。恥ずかしがらずに声を出しなさい」心がさまよっていれば肉体はなにも感じない。讃美歌を思い出し、リチャードが乱暴に突くあいだハミングしつづけた。

彼がせわしなく動き、やがて白目を剝いてぐったりし、ネリーの胸に体重を預けて全身を震わせた。息が苦しいが文句は言わない。そんなことをすれば長引かせるだけだから。リチャードは執念深い。罰を与えているつもりなのだ。従順な妻として受け入れるしかない。

やがて彼が体を離し、ズボンのチャックをあげた。シャツは出したままだ。「じっとしてろよ、ネリー」彼が屈んで口にキスした――よき夫がするみたいにやさしく。スカートの裾を摑んで引き下ろし剝き出しの腿を覆った。数分前には、彼女をあんなに乱暴に扱った人が、いまはやさしく彼女を包もうとしている。彼がほほえむと、ネリーの中で憎しみが沸点に達した。「赤ん坊が流れ出ないようにな」

ネリーはうなずいてほほえんだ。体はじっとしたまま心を切り離していれば、リチャードは放っておいてくれるだろう。

「煙草を吸いたいんじゃないか？　おまえの言うとおりだったよ。女をリラックスさせる助けになると医者が言ってた」

「ええ、お願い」

「すぐ持ってきてやる」リチャードは彼女の尻を叩いてから、キッチンに消えた。カクテルを作る音がしたので、危険を承知で起き上がり、ましなほうの脚に体重をかけた。そうしなければもっと危険なことになる。戸口に目をやったまま、片足で跳んだ。リチャードが戻ってくる前に、体内に彼が残したものを一掃したかった。母親になりたい気持ちはいまだに強く、さがらない熱みたいに体内で燃えつづけていたが、夫の中に邪悪さがどれほど深く根を張っているかわからない。だから息子を産むわけにはいかない。リチャード・マードックみたいな男をもう一人世の中に送り出してはならない。娘が生まれたらもっとひどいことになる。ネリーにしたように娘を意のままにする絶対的な権利が自分にはあると、リチャードは思うにちがいない。親に歯向かわない素直な娘は、やがて自分だけの夢も希望も持たない従順な妻となる。

片足で跳んでいるうちに腿が濡れてきた。できることはやった。緑色のソファーに戻って煙草を待った。

25

アリス　二〇一八年七月十九日

結婚した日から、若妻はいずれ妊娠し母になることを想定して暮らしを築いていくべきだ。そうしてはじめて、妻と名乗る権利が与えられる。

——エマ・フランシス・エンジェル・ゴブレイク『若妻の心得』一九〇二年

「イブプロフェンを呑みました？」

アリスがうなずくと頭の下で紙がカサカサいった。処置台を照らす天井の蛍光灯を見あげた。光がまぶしすぎるが、自分の身に起きていることに意識を向けるよりはましだった。

「お仕事はなにをされてるの、アリス？」

「広報の仕事をしてましたが、いまは作家です」〝そうなりたいと努力中〟アリスは蛍光灯を見つめ、目をしばたたくと視界に点が浮かんだ。〝実際になにも書いていない人間が自分を作家だと言えるの？〟

「まあ、そうなの？　どんなものを書いてるの？」

「あれやこれや。いまは小説を書いてます」自分の本のことを考える。毎朝、書く気満々で起きるものの、二時間もすると希望は萎《しぼ》み、あすこそ書こうと自分に言い訳してノートパソコンを閉じる。案の定、毎日がその繰り返しだったが、打開策が浮かばない。「それで、その、ここに伺ったわけで。妊娠する前に本を書きあげる必要があるんです」〝どうしてそんなこと言うの?〟

「まずは本を生みだして、そのつぎに子どもを産むわけね? それは大変だわ」医者は同情を滲ませて言った。

「あたし、これでも昔は本の虫だったけど、最近ではそんな時間がなくて。でも、つぎの休みに読むつもりで、ナイトスタンドに本を積み上げてあるの!」

アリスは笑みを浮かべ、すぐに引っ込めた。

「それじゃ、検鏡《スペキュラ》を挿入しますからね……さあ、いくわよ。体の力を抜いて、両膝をもう少し外側に倒して。そう、いいわよ」グーグル検索で見つけたスカースデイルの婦人科医、ドクター・ヤスミン・スターリングが、アリスの脚のあいだに屈み込んだ。顔をあげてほほえむ。「大丈夫、アリス?」

「大丈夫です」アリスは顎を胸に埋めてドクターを見た。ほほえみを返してから視線を天井に戻した。正しい判断だったと確信してはいても(一年後に取り出してもらえばいい)――ネイトの軽はずみな冗談〝裸足と妊娠〟云々《うんぬん》のあとだからなおさら――罪悪感が下腹でうごめき、筋肉が強張った。スペキュラがわずかにずれて、ドクターが、体の力を抜いて、とまた言った。「すみません。わたし、ただ……大丈夫です」

「不快感があるわよね。でも、すぐにすむから。頑張って」ドクターはそこで笑った。「頑張ると力が入ってしまうわよね――ゆったり構えましょう、ゆったりね」ドクターはライトを動かし、かたわらの台からなにかを摑んだ。

「子宮頸部《けいぶ》を消毒してから先に移りますからね」ドクターのブロンドの髪は根本を染める必要があるが、分け目はまっすぐでひと筋の乱れもなく、うしろに流して低い位置でポニーテールにしている。それでなんとなく安心できた。避妊リング（ＩＵＤ）を装着する腕はたしかそうだ。これだけ髪をきっちり分けているのだから、子宮の正しい位置に装着してくれるだろう。

「ところで、あなたのバッグ、素敵ね。祖母がおなじようなシャネルのバッグを持っていたわ」

服の上に重ねて置いた黒いキルティングの小さなバッグに目をやる。ブロンウィンに使うと約束したし、シンプルさが気に入っていた。大きくないから、鍵やリップグロスがバッグの底に隠れて迷子になる心配もない。「最近引っ越したばかりの家の前の住人の遺品で。五〇年代のものらしいです」

「運がいいわね。状態もいいし」ドクターが言い、かたわらのトレイになにか置いたので金属と金属が擦れる鋭い音がして、アリスはハッと息を呑んだ。トレイには、管の先端に小さな白い錨《いかり》みたいに腕を広げるＩＵＤのほかにも、いろんな器具が並んでいた。「もうちょっとで準備ができますからね。管を挿入してＩＵＤを切り離すときに痛みを感じるかもしれないけど、心配しないで、ごく普通の反応ですから」

アリスはうなずき、痛みを予期して身構えないよう努めた。

「深く息を吸って、吐いて。いいですよ。さあ、もう一度」

圧迫感があり、下腹部に鋭い痛みを感じ——それがまたたく間に強くなり、息を呑み、足のせ台の上で足を踏ん張った。頭がクラクラするのは呼吸が浅くなったせいだろう。思っていた以上に痛かった。

ドクターは顔をあげない。「呼吸をつづけて、アリス。もう終わりますからね。筒を子宮に挿入したので、あとはIUDを切り離すだけ。ほんの数秒ですみます。さあ……終わった。大丈夫ですか？」

痛みはおさまらず、深く息を吸い込んだ。「ちょっと痛いけど、大丈夫です」

「いいでしょう。これで最後ですからね。管を抜きます……さあ、いきますよ……あとは子宮から二、三センチ残して糸を切ればおしまい」数秒後に終わり、ドクターは空の管をトレイに置いた。「月に一度、この糸によってIUDが正しく装着できているか確認します。糸が見つからなかったらすぐに来てください。まれにですがIUDが落ちることがあり、避妊効果がなくなります」

ドクターはハサミをトレイに戻し、アリスの脚のあいだを照らしていたスポットライトを消し、足のせ台から足をおろすのに手を貸してくれた。手袋をはずし、使っていたスツールを壁際に片付けた。

「説明書をここに置いておきますね」ドクターはアリスのシャネルのバッグの上に畳んだ紙を載せた。「起こりうる副作用のこととか、感染症や痛みなど、ほかにも知っておくべきことが書いてあります。我慢できないほどの痛みや大量の出血、発熱があったら」――拳を耳に当てて電話する仕草をした――「すぐに電話してくださいね、いいですか？」

アリスはうなずいた。子宮のあちこちで刺すような痛みがつづいていた。「さあ、これで五年間もちますからね。生理の量が少なくなるのがふつうですが、性感染症を防ぐことはできないので、コンドームは必要です」

ドクターはシンクで手を洗った。石鹸で二度洗って濯《すす》ぎ、ディスペンサーからペーパータオルを破り取った。「ほかに質問はありますか?」

「大丈夫だと思います。起き上がっていいですか?」

「いいですよ」ドクターはうなずいた。「お会いできてよかったわ、アリス。いま言ったように、質問や心配なことがあったら、遠慮なく電話してくださいね。説明書の裏に看護師の名前と電話番号が書いてあります。問題はないと思いますけどね。あなたは若いし健康だから」ドクターは部屋を出てドアを閉めかけ、顔だけ戻した。「そうそう、小説、頑張ってね。新刊が出るたびチェックするわね」

26

アリス　二〇一八年八月七日

健康と活力を維持するために、栄養のある食事をとりましょう。毎朝、朝食の前に髪を梳《と》かし、化粧をし、コロンを吹きかけ、シンプルなイヤリングを付けましょう。元気になること間違いなしです。

――『ベティ・クロッカーの料理本』改訂増補版　一九五八年

「なんなのこれ?」ネイトはネクタイを締めながらテーブルの上の料理を眺めた。搾りたてのオレンジジュース。目玉焼き。トースト。ベーコンとソーセージ。どれもこの家にもとからあったヴィンテージの皿に盛られている。アリスはサンドレスに薄いストッキングを合わせ、髪をゆるいお団子にして、口紅にマスカラまで付けていた。

「見てのとおり朝食よ」彼のために椅子を引いた。「座って。食べて。冷めないうちに」

「言われなくても食べるよ」ネイトはネクタイをシャツのボタンとボタンのあいだにきちんと差し込んだ。自分だったらネクタイを肩に掛けて卵を突くだろう、とアリスは思った。ネイトは卵にパプリカパウダーを振りかけた。料理本のレシピに、香辛料としてパプリカパウダーが頻繁に出てくるので買ってみたら、これが重宝している。ジュースをグラスに注いで彼の向かいに座った。

「ありがとう、ベイブ」ネイトはトーストにバターを塗り、アリスは卵を切って黄身を皿に流した。

「でも、訊いておきたいんだ――悪く取らないで――いったいどういう風の吹き回し？」アリスが朝食に起きてくるなんてめったになく、ネイトは野菜スムージーかコーヒー、それにバナナを急いで腹に詰め込み、七時前には家を出る生活だった。

アリスは肩をすくめ、フォークの縁でまた卵を切った。〝わたし、ＩＵＤを装着したのよ、最初に言っとかなくてごめんなさい〟そう打ち明けるつもりだったのに、言葉が出てこなかった。〝彼は許してくれるわよ〟自分に言い聞かす。それでもいまはよそう。せっかくの朝食がまずくなる。

「あなたは懸命に働いていて、わたしは……そうでもない。そりゃ本を書いてはいるけど」ほんとうはなにも書けていない。「でも、もっとなにかしなくちゃって思って。生活費の分ぐらい働かないと、ゴミの日にゴミと一緒に捨てられないように」

冗談めかして言ったつもりだったのに、ネイトはソーセージのリンクを切る手を止め、ナイフとフォークを置いた。「アリ、きみにそう思わせるようなことをしたんだとしたら――」

「まさか。ごめん。悪い冗談だったわね。わたしが言いたかったのは、わたしたちはチームなんだから、わたしも自分の役割を果たさなきゃってこと。あなたの試験がちかづいているからなおのことね」本心とは言えないけれど、そういうことに気を遣ってこなかったのはたしかだ。料理やお菓子作りは暇つぶしになるし、形として残る。アリスはトーストの耳を黄身に浸し、冷蔵庫はやわらかな音をたてている。ガタガタいわなくなって数週間になる。

「きみが幸せなら、ぼくも幸せだからね」ネイトはジュースを飲み、ほほえんだ。もっとも笑みはすぐに消えたが。

〝本心なの、ネイト？　そんなに単純な問題かしら？〟アリスはそう尋ねたかったが、黄身を吸ったトーストを噛みしめるだけだった。

「きょう一日、なにをするつもりなの？」ネイトがフォークとナイフを握り直して尋ねた。

「もっぱら書こうと思って。古い雑誌を読んでみて、それに、ここの住人だった女性が書いた手紙の束をサリーがくれて。小説を書く助けになるんじゃないかって。それで閃いたっていうか。その女性を主人公にしたらおもしろいと思うの」

「どうしてそう思うの？」ネイトはにわかに興味を持ったようだ。

「うまく説明できないんだけど」それはほんとうだった。ネリーの手紙に記されていたのは、五〇年代の主婦のありきたりの日課、庭仕事に食事の支度、うんざりするタッパーウェア・パーティーぐらいなものだった。それに、リチャードの胃潰瘍の心配に友人たちの子ども誕生の知らせ。ネリーの人生はおおかた予想がつくとはいえ、きれいな文字で綴られた手紙の行間から、語られない物語が立ち昇ってくる気がするのだ。「ただの勘よ、いまの時点ではね」

　ネイトが熱心に耳を傾けてくれるので、アリスはつづけた。

「それと関連して、あなたはたぶん信じてくれないだろうけど、いろいろ変えていいものかどうか、わからなくなってるの」

「〝いろいろ〟って？」

「それは、その、たとえばキッチンはこのままにしておきたい。いずれは冷蔵庫とレンジを新しいのにする必要があるだろうし、このベイビーブルーを魅力的と思う気持ちがいつまでつづくかわからないけど、いま現在は気に入ってる。自分に合ってる気がする。わたしの本に必要というか。ギアをチェンジしたのよ、本の題材に関して。一九五五年の物語にするつもりなの。この内装ならその時代を生きてる気分になれる。すんなり入っていけるのよ、わかるでしょ？　ヴィンテージ物の食器とかね。ぴったりなの。わたしのビジョンに。わかってもらえるかな」

早口でまくしたてたので、神経が昂《たかぶ》ってブルブル震えた。フォーマイカのテーブルや花柄の壁紙のことを話すついでに、ＩＵＤを装着したと打ち明けてしまいそうだ。ネイトにはきちんと順を追って話さないと——予定どおりに。落ち着いて理路整然と説明すれば、論理的に考える夫は、妊娠を先延ばしすることの利点を理解してくれるだろう。仕事の野心はべつにして（もっとも、彼の野心は妊娠によって阻まれることはない）、ヴィンテージの魅力を損なうことなく、この家を赤ん坊にとって安全な場所に作り替えることが先決だ。配線をし直し、アスベストを取り除く。壁紙が張られていない部分の鉛塗料を除去する。アリスが話をうまく持ってゆけば、ネイトは肯定的な反応を示すだろう。

「ベイビーブルーもだけど、古い設備もでしょ」ネイトはアリスに倣い、皿と銀器を濯いでから食器洗い機に入れた。マンハッタンで暮らしていたころは気付かなかったちょっとした気遣いが、いまのアリスには意味深いものに思われ、またしても罪の意識に苛《さいな》まれた。夕食のときに話そう——かならず。

「食べてすぐに走るのは嫌だけど、もう行かなきゃ」彼が屈み込んでキスした。「朝食ありがとう」

「待って」アリスは冷蔵庫を開けてエコバッグを取り出した。「ランチに」

「ランチも用意してくれたの？」

「ターキーとチーズを挟んだクロワッサン、チョコレートチップ・クッキー、それにリンゴ」

「どこか悪いんじゃない？」彼は笑い、アリスの額に手の甲を当てて熱を測る真似をした。

「ハハ、緊張感を失わないためには、たまにびっくりさせないとね」アリスはおどけて彼を玄関へと押し出した。「さあ、行かないと、電車に乗り遅れるわよ。行ってらっしゃい、気をつけて」

ネイトがもう一度キスした。今度はもっと深いキスだった。「きみもね。たくさん書けるといいね」

「ありがと。片付けがすんだら取りかかるわ」

彼が抱き寄せる。「言ったかもしれないけど、きみはきれいだ。朝食に口紅とストッキングって、気に入りのアイテムになりそう」

「ベーコンと卵に搾りたてのオレンジジュースよりも？」

「うん」ネイトは手を脇に添わせてスカートをたくし上げ、ストッキングに包まれた腿の内側に指を差し込み、アリスを玄関のドアに押しつけた。「けさは顔を合わせられると思ってなかった。でも、それができて嬉しい」

「そうね……」腿のあいだにあたたかなものを感じ、息が喉につかえた。セックスをしなくなって久しかった――ネイトは疲れて帰ってくるので無理強いはできない。

「きみのタイミングがどんぴしゃりなんだよね」彼が言い、唇で顎を擦った。「きょうがなんの日かわかってる？」

「ええと……」考えをまとめるのが難しい。「火曜日？」

彼が耳に鼻を擦り寄せてささやいた。「十二日目だよ、ベイブ」

目をぎゅっと閉じるとそれにつられて体に力が入った。キューブアイスを丸呑みしたみたいに体の芯が冷たくなり、不快感が募った。だが、ネイトは変化に気付かず、しゃがんでストッキングをおろし、アリスを見あげてにっこりし、もごもご言った。今夜にとっておくつもりでいたんだけど、でも、ここまできたんだから……。

アリスはまるで他人事みたいに彼を眺め、なんでこうなったのか思案した。数週間前に正直に話していれば、きょうもまたいつもの火曜日とおなじようにすぎていただろう。彼に余計な期待を抱かせずにすんだ。それにしても……ほかの夫たちは、頼まれもしないのに妻の生理のサイクルをこんなふうに正確に把握しているものだろうか？　罪の意識を覚えながらも、ネイトに操られていると感じるのはおかしいこと？

アリスは屈んでネイトの手を押し留めた。「電車に乗り遅れるわよ」やさしく彼の手を取って立たせた。ストッキングは足首のところで丸まっていた。あとでわかったのだが、彼がバックシームを破いていたので、捨てるしかなかった。

彼は切れぎれにため息をつき、額をアリスの額に押しあてた。「電車なんてクソくらえ」

「わかるけど」アリスはほほえみ、彼の腕をほどいて玄関のドアを開けた。「それに、慌ててやっても楽しくないでしょ」風がスカートを舞い上げ、下着をつけていないことを思い出させた。

「そうだね」ネイトは名残惜し気に彼女の服をちらっと見て、自転車用のヘルメットをかぶった。

「ぼくが戻るまでそのままでいてくれる？」

「できるだけやってみる」そう応えたものの、そのころにはパジャマ姿で眠っているにちがいなかった。

アリスは朝食の片付けを終え、コーヒーのお代わりを注いだ。ノートパソコンを開いたとたん、スマホが鳴った。おおかた母親からだろう——電話してくるのは母親ぐらいだ——から無視した。つぎにテキストメッセージの着信音が鳴り、画面に目をやった。

〝いま話せる?〟

その下に小さな点が浮かんで消えた。ブロンウィンがなにか書き込んでいるのだろうが、送られてこない。ようやく二行目が届いた。

〝電話して。話したいことがある!〟

心配になってブロンウィンの番号にかけた。最後に深い話をしたのは数週間前で、告訴取り下げに至る顚末《てんまつ》をすっかり打ち明けたのだ。ブロンウィンはあとからテキストメッセージを寄越した。〝クイーン・ビッチ：0、アリス・ヘイル：1〟そのあと何度かテキストメッセージをやり取りしたが、ブロンウィンが新しいプロジェクトに忙殺され音信不通となった。

「ハイ」電話が通じるとアリスは言った。「どうかした?」

「ハイ! どうも。こっちは順調」

「なにがあったの?」

「ちょっといい?」

「ちょっとだけなら」アリスはデスクを離れてソファーに移り、生ぬるいコーヒーをすすった。「わたしは超多忙な作家なんだからね」

「わかってますって」ブロンウィンはなにかに気を取られたのか、沈黙がつづいた。聞こえるのは行き交う車の音だけだ。

アリスは顔をしかめた。「順調ってほんとなの？」

「ちょっと待ってて」ブロンウィンの声がくぐもり、誰かと挨拶を交わしているのが聞こえた。

「ごめん、ウーバーに乗り込んだところ」

「いいわよ。ちょうどよかった。わたしも話したいことがあって――」

「結婚した」

「ハハハ、うける」アリスは言った。

「真面目な話よ、アリ。あたし、結婚したの」アリスは唖然《あぜん》として黙り込んだ。クラクションや車の往来、「信じられる？」という興奮したブロンウィンの声。

「なに？　誰と？」アリスはソファーからパッと立ちあがり、コーヒーテーブルにぶつかった。滑り落ちそうなマグを摑んだものの、中身が絨毯にこぼれた。

「ダレンとにきまってるじゃない！　ラスヴェガスの会議に出席することになって、ダレンが行ったことないからってついてきたの。それにセリーヌ・ディオンのファンでね、ほら、ラスヴェガスで長期公演をやってるでしょ。彼は半分カナダ人だって話したっけ？　彼のお母さんがモントリオールの出身で、彼のお父さんと出会ってコネチカットに移ってきて、そこで彼を産んだの」ブロンウィンは息を継いだ。「それでね、お母さんがセリーヌの大ファンなの――彼は〝セリン〟って発音するのよ。たぶんフランスじゃそう呼ぶのかな？　それともカナダでは？　それで、彼はセリーヌを聴いて育ったらしい。どうでもいいけど。好きにすればって感じ」

〝ブロンウィンが、結婚？〟あのブロンウィンが？ 〝結婚？ したい人はすれば？〟って言ってた人が？ 恋愛関係はもって二ヵ月だった人が？ 真剣な付き合いになるのが嫌で別れを繰り返した人が？ 結婚だけは〝ぜったいに〟しないと誓った人が？ アリスが結婚したおかげで、ザノックス（訳注：抗不安薬）の服用量が倍になった、と冗談を言ってたくせに。

「なんか、成り行きっていうか。あれよあれよという間にね。カジノでギャンブルしてたはずが、つぎの瞬間にはエルヴィス似の牧師に、あなたたちは夫と妻です、と宣告されてた。もう、なんてことだろ、アリ、あたしが結婚したのよ」

アリスはコーヒーが染み込んだ絨毯に座り込んだ。「妊娠してるの？」

ブロンウィンは笑った。「クソッタレ！ ううん、妊娠なんかしてない。もう、あんたってうちの母親よりひどいね。妊娠したからって、あたしが結婚するわけないじゃない。祖母の時代じゃないんだから」

アリスは額に手をやって深呼吸した。「ごめん。だから……そんなつもりで言ったわけじゃなくて。もう、びっくりさせないでよね」

「わかってるって。そりゃショックだよね？ あたしが、結婚？」ブロンウィンは妙に興奮しているみたいだ。まるでエスプレッソをがぶ飲みしたあとみたいに。「あたしが永久の愛を誓った唯一の人間は、ワックス脱毛をやってくれるエステティシャンのザーラのみ。だって、裸の付き合いなわけで――」

「待ってよ。結婚したのっていつのこと？」アリスはブロンウィンと最後に会ったときのことを思い出した。三週間前だ。

「ああ、それがね、先週末」

「でも……きょうは火曜日でしょ。どうしてすぐに電話をくれなかったの？」

「したわよ！」ブロンウィンは弁解するように言った。ブロンウィンからの電話に気付かないはずがない。アリスはそんなに忙しくないのだから。「でも、あんたが出てくれなくて、留守電にメッセージを残すのは嫌だったし、きのうは会議でボストンに出張だったし、そんなこんなでいま電話してるってわけ。ねえ、あたしだって正気の沙汰じゃないってわかってる。付き合いだしてほんの数ヵ月だけど、この人だって思ったのよ。つまりね、誰だって結婚するってこと。それで、週末にラスヴェガスに出掛けて、それで、考えたの。人生は短いみたいな、わかるでしょ？　キャリアを積むことばかりに一所懸命になってたら、大事なことを逃がすんじゃないか。五年先に、仕事で成功してるけど独身のままで、気がついたらほかの人たちに先を越されてたなんてことになりたくない」

「そう、でも待ってよ……つまり、〝大事なことを逃がすのが怖くて〟結婚したの？」アリスは思わず鼻を鳴らした。「そんな古臭いこと、よく言うわよ」

今度はブロンウィンが黙り込む番だった。

「それがどんなに馬鹿らしいかわかってるんでしょ。マンハッタンでただ一人の薄い眉の女になりたくないからって、眉タトゥーを入れてもらうのとはわけがちがうのよ」アリスはつい声がうわずるのを抑えた。「人生に真剣に向き合うってことなのよ、ブロンウィン。死が二人を分かつまで、なんだから」

「ねえ、誰にでもお伽話《とぎばなし》みたいな出会いがあるわけじゃないのよ、わかる？　みんながセントラル・パークで走ってるネイトを見つけられるわけじゃない。生涯を共にするかどうかわからないいけど、愛してはいるって人にイエスと言う女だっているのよ。あとは運を天に任せる」ブロンウィンはそこで大きく息を吐き、声を落として言い添えた。「自分がどれほど恵まれているか、あんたはわかってない」

「ブロンウィン、ごめんなさい。わたしはダレンを好きよ、ほんとうに。ただ、――」

「彼のそばにいると、これでいいんだって思う。彼のそばにいない自分を思い描けないのよ。あんたならわかってくれると思ってた。あんたは喜んでくれると思ってた、アリ」

「喜んでるわよ、もちろん！」十分前に戻れたら、とアリスは切実に思った。親友の結婚にまったくちがう反応を示していればよかった。

「そろそろ切るね。会議がはじまるから」

「わかった。あとで話せるよね？」アリスは慌てて言った。「それから、おめでとう。ごめんなさい。その言葉からはじめるべきだった」

「わかってるよ」ブロンウィンはそこで口ごもった。「バイ、アリ」

かけ直すべきか迷ったが、ブロンウィンはおそらく電話に出ないだろう。自分だったら出ないもの。だから、震える指でデスクの引き出しを引っ掻き回し、煙草を取り出すとセロファン紙を解いた。キッチンに行き、ネイトがバーベキューをするとき使ったマッチを取り出し、窓に面したカウンターに腰掛け、窓を大きく開いた。マッチを擦ろうとしたとき、デスクの引き出しの奥にアンティークの真珠のシガレットホルダーがあったことを思い出した。

シガレットホルダーに詰めようとして一本目は折ってしまったが、二本目はなんとかおさまった。シガレットホルダーを口に咥え、煙草の先に火をつけた。スカートに真珠のネックレスのネリーもこんなふうにカウンターに腰掛け、シガレットホルダーを指に挟んで、この窓に向かってのんびりと紫煙を燻らせたのだろうか。

煙を深く吸い込むと、激しく咳《せ》き込んで目に涙が浮かんだ。二服目で頭がくらくらし、外に向かって煙を吹き出したものの、風に乗ってその一部がキッチンに戻ってきた。

たてつづけに吸ったので吐き気を催したが、ニコチンのせいか頭はすっきりした。ふたつの思いが交錯する。ひとつ目、夫に内緒であんなことをしておいて、人の結婚に難癖をつけるとは友人としてあるまじきことだ。ふたつ目、ブロンウィンの言うとおり、結婚は頭で考えるより感情を優先し、成り行きでするものなのかもしれない。完璧な結びつきを生み出そうと頑張れば頑張るほど、結婚という制度に囚《とら》われ、本来の人間関係がおろそかになる。

カリフォルニアに移ってすぐのころ、思春期のとば口に立っていたアリスは、いつ結婚するの、と母に尋ねた。アリスの父と母は正式な結婚をしておらず、内縁関係のまま浮き沈みの激しい十年間をすごした。だから、ほかの子の母親たちと同様、母にも結婚指輪をして欲しかった。法律で認められた夫婦になれば、スティーヴは母を捨てて出ていかないだろうし、また引っ越す必要はなくなる。

母はアリスの小さな顎を手で包み込み、真剣な表情で言った。「アリス、愛のない結婚をする理由はそれこそ掃いて捨てるほどあるのよ。相手に夢中になっていても結婚しないこともある。でも、なにがあろうと、この人がいなければ死んでしまう――いろんな意味でね――と思えないかぎり、結婚すべきじゃないの。結婚は空気よりも大切な人とするものよ。そうじゃないと、一年も経たないうちに窒息してしまう」

27

ネリー　一九五六年八月二十八日

【ボイルド・チョコレートクッキー】

グラニュー糖　カップ二　／　ミルク　カップ二分の一
ココア　カップ二分の一　／　バター　大さじ一
クイックオーツ　カップ二　／　ココナッツ　カップ一
ヴァニラエッセンス　小さじ一

グラニュー糖とミルク、ココア、バターを鍋に入れて五分間煮立たせて、粗熱をとる。オーツとココナッツ、ヴァニラエッセンスを加え、素早くかき混ぜ、スプーンで掬ってパラフィン紙に等間隔で落としてゆく。そのまま冷めたら出来あがり。

クッキーが冷めるまでに、サーモンとキュウリのピクルスのロールサンドをトレイに並べた。そこへ招待客の最初の二人――キティ・ゴールドマンとマーサ・グレイヴズ――がやって来た。どんな場合でもぜったいに遅刻しない二人だ。ヘレンが応対に出て、キティの声が聞こえた。「そのままテーブルに出してね。できれば中央に置いてちょうだい。ほら、気をつけて。両手で持たないと。母のお皿なんだから。お金で買えないぐらい貴重なものなのよ」キティは最後の部分を聞こえよがしのささやき声で強調した。ネリーはキティの大げさな物言いにクスクス笑いながら、エプロンをはずした。「ネリー！　こんにちは！」

月に一度の地域住民による自警団の集まりで、いつもは会長であるキティの家で開かれるのだが、今回だけ怪我をしたネリーの家でやることになり、キティはしぶしぶ賛成した。ネリーのギプスは二週間前にはずれたが、足首は強張り、脚がすっかり弱くなってゆっくりしか歩けなかった。

ネリーは二人を玄関ホールに迎えに出た。ヘレンは仏頂面で、キティのお持たせのクッキーとチョコレートバーの皿を慎重に両手で持って運んでいった。マーサはデビルド・エッグの皿を迫り出したお腹に載せて、ハーハー言いながらネリーの頬にキスした。腫れぼったく子どもみたいに真っ赤な頬《ほ》っぺたが、木から落ちそうな熟れたプラムを連想させる。ヘレンが戻ってきてその皿を受け取ろうとすると、マーサは、大丈夫よ、お気遣いなく、とあたたかな笑みを返した。それを見てキティが呆れた顔をする。

「わたしが持つわ、マーサ」なんて大きなお腹だろう、ボウリングのボールでも入っているみたい、と思いながら、ネリーは手を伸ばして皿を受け取った。「お皿の残りを洗ってもらっていいかしら、ヘレン？」

「なんでいちいちお伺いをたてるの？」キティが尋ねた。「そのために彼女を雇ってるんでしょ」

小首を傾げ、辛辣な笑みをヘレンに向けた。恩着せがましくもあり、おもしろがっているようでもあった。

ヘレンがキッチンに引っ込むと、ネリーは言った。「キティ、そこまで言う必要あるの？」

「なにが？」キティはリビングルームの入口の長いテーブルにバッグを置いた。手にメモ帳を持っている。「彼女は使用人でしょ！　手伝わせるために雇ってるんじゃない」

マーサはうなずいただけでなにも言わない。ネリーはぐっと堪《こら》え、二人をリビングルームに案内した。ヘレンがアイスティーとレモネード、それにサンドイッチと冷めたチョコレートクッキーを並べておいてくれた。

「あら、あなたが作るボイルド・チョコレートクッキー、大好きよ」マーサが言い、サイドボードの上のトレイを恨めしそうに見つめた。「でも、このごろじゃ水を一滴飲んでも太ってしまうの」

そう言って迫り出したお腹を撫でた。

「あとどれぐらい？」ほかのメンバーが来るまで間を持たせようと、ネリーはアイスティーを注ぎながら尋ねた。教会や自警団の女性たちの中で、ネリーがいちばん親しくしているのがマーサだった。単純で親切で、一緒にいて肩が凝らない。だが、妻たちのあいだにも階級があり、付き合いは慎重にならざるをえない。妻は夫に従うもので、マーサやキティに話したことは回り回ってリチャードの耳に届く。

「もうじきよ、予定ではね」マーサはソファーの上でぎこちなく体勢を変え、クッションにもたれかかって痛そうに顔を歪《ゆが》めた。リチャードにあんなことをされてから、ネリーはソファーに座れなくなった。「いつまで耐えられるかわからない。今回は背中の痛みがひどくて。しんどいったらないの」マーサには子どもが一人いた。アーサーという名の男の子で、母親に似て穏やかでやさしい。

キティが眉を吊り上げたが、なにも言わなかった。彼女は三人の子持ちだ。いちばん下はまだ一歳ちょっとなのに、彼女の体形はすっかり元に戻っていた。ほっそりとした体で、顔にはしわひとつない。まだ二十六歳で、家には住み込みのお手伝いがいて子守りと家事をやってくれる。だから、タッパーウェア・パーティーはもとより、教会の慈善活動に自警団の集まりにとなんにでも顔を出す。

ネリーはマーサの肩に手を置いてアイスティーを手渡した。「あなた、とても魅力的よ、マーサ。妊娠が合っているのね」

マーサは笑顔を見せたが、それも一瞬のことだった。ネリーが最近流産したことを思い出したのだろう。「せっかく授かった命なのに文句を言うなんてね」申し訳なさそうにほほえむ。「ごめんなさい。あたしったら考えなしで、ネリー、辛い思いをしたあなたに」

「マーサったら」キティが自分の子どもを叱るような口調で言った。「わざわざ思い出させるようなこと言って」

マーサが困った顔をしたので、ネリーは安心させるようにほほえんだ。「いいのよ。気にしないで」

「ありがとう、ネリー」マーサがほっとしたのがわかった。

「人がいいこと」キティは聞こえよがしの小声で言った。そこでアッと息を呑む。

「ネリー・マードック、これどうしたの？」窓辺の小さな書き物机の前でキティが言う。振り返った彼女の手にはバッグが握られており、口をあんぐり開け、目を見開いていた。

「リチャードからもらったの」ネリーは平静を装って言った。手縫いのキルティングが施されたバターみたいにやわらかな黒い革で、金のチェーンのストラップのシャネル2・55は、友人たちの垂涎《すいぜん》の的だった。ココ・シャネル本人がデザインしたものだ。

「あら、まあ」マーサが息を呑む。「なんて素敵」

キティはバッグを持ったまま肘掛椅子に戻り、勝手に口を開けて中の赤い布地を摘まんだ。なんて無作法な人だろう。「まだ使っていないみたいね」そう言ってネリーを見あげた。「どうして使わないの？　チャールズがこれをくれたら、あたしだったら抱いて寝るわよ！」キティが笑うと、マーサも声を合わせた。

ネリーは肩をすくめた。「使う機会がなくて」

「なに言ってるの。機会なんて必要ないわよ。こういう美しいバッグは」キティは金のチェーンを肩にかけた。「どこにだって持っていけるし、なんにだって合わせられる」

「見てもいい？」マーサが言った。

「手が紅茶でベトベトなんじゃないの」キティに言われ、マーサは気にしてナプキンで手を拭った。手を伸ばす彼女に、キティは苛立たしげにため息をついた。

「ねえ」しぶしぶバッグをマーサに渡してから、キティが言った。「記念日かなにかだったの？」

ネリーがためらっていると、ちょうど玄関のベルが鳴った。「あら、これでみんな集まったようね」ネリーは席を立ち、わずかに脚を引きずりながら玄関へと向かった。「サンドイッチを摘まんでてね？　すぐに戻るわ」

リビングルームは女たちで賑やかになり、いつもの近所の噂話に花が咲いた。誰それさんの芝生はもっと頻繁に刈ればいいのに、とか、犬の吠え声が煩くて子どもが寝ないで困る、とか、歩道の舗装の破損をどう直すか、とか。ネリーは紅茶を飲みながら、尋ねられたら答える以外は黙ってまわりのおしゃべりを聞いていた。わざわざみんなからよく見える場所にキティが放置したシャネルのバッグが気になって仕方なかった。うちの夫もリチャードみたいだったらどんなにいいかしら、とみなが口々に言うのを、ネリーはにこやかに聞き流しながら、彼の高価な贈り物の意味について考えた。ご褒美。

ネリーは妊娠していた。

28

アリス　二〇一八年八月十二日

結婚したら、相手をよく観察しましょう。夫が隠し事をしたら――信じてあげましょう。おしゃべりしたがったら――耳を傾けてあげましょう。焼きもちを焼いたら――なんでもないと安心させましょう。社交好きなら――あなたも社交の輪に加わりましょう。理解してくれていると夫に思わせるのです――でも、操られていると思わせてはなりません。

――〈ウェスタン・ガゼット〉一九三〇年八月一日号

ネイトは三番手のベッドルーム、勝手に〝子ども部屋〟と決めた部屋の最後の壁紙を剝がすところだった。強力な剝離剤の蒸気を吸い込むと体に悪いからと、彼はアリスに外に出ているよう言った。「妊娠してるかもしれないいんだから」二人でやったほうが早く終わる、と抵抗するアリスに、彼は言った。

「してないわよ」部屋の真ん中に移した狭いベッドにシーツをかぶせる。部屋は広くないから、移動するのにネイトが壁に立てかけた梯子《はしご》のそばギリギリを通らねばならない。日曜日だったが、アリスが秘密を胸に溜めているせいか、夫婦のあいだはギクシャクしたままだった。〝言ってしまいなさい〟シーツが均等にかぶさるよう位置を直しながら、アリスは自分に言い聞かせた。〝ネイト、子ども部屋を用意する心の準備がまだできてないのよ〟

「どうしてわかるの?」ネイトはマスクを頭からかぶり、とりあえず首までおろした。つぎに窓をいっぱいに開き、塗装を剝がす棒を差し込んだ。彼は火曜日のことを念頭に置いているのだ。〝十二日目だよ、ベイブ〟あの晩、彼はいつもより早く帰宅したので、アリスは気が咎め、気持ちが揺れた。もっとも、やきもきしても無駄だ……妊娠するはずがないのだから。「足の指が十一本の子どもが生まれたら、ぼくは一生罪悪感を抱えちゃうよ」

「冗談にもそんなこと言うべきじゃない」アリスが言うと、「冗談のつもりじゃない!」と彼は応えた。

ネイトは頑固だった。マスクを二重にするから、と彼女が言っても、庭で草むしりしてろ、の一点張りだった。そんなわけで、ネイトが壁紙と格闘するあいだ、アリスは裏庭で草むしりだ。すぐに暑さと泥汚れにうんざりし、休憩しよう、と筋肉が悲鳴をあげた。一時間しか経っていなかったが、よくやったと自分を褒め、ガーデン・チェアに座ってネリーの二束目の手紙を読むことにした。

庭仕事を好きになろうと努力しているし、やり甲斐のある仕事だとは思っている。でも、草むしりよりネリーの手紙のほうがはるかに魅力的だ。最初のアイディアをボツにしたあとだけになおさらだった——〝『プラダを着た悪魔』の二番煎じなんて誰が読む?〟そのために手紙や雑誌に時間を費やす必要がある。書く作業がはかどらなくても、調べ物ならできる。ネリー・マードック様さまだ。手紙を束ねる輪ゴムをはずし、いちばん上の手紙を開いた。

エレノア・マードックの手紙

一九五六年八月三十日

愛するお母さん、
　とてもあなたに会いたい。最後にお母さんに会ってからあまりにも長い時間が経った気がするけれど、もうじき会いに行きますからね。骨折した足首が完全に治ったら、なんとか数日家を空けられるようにするつもりです。リチャードはあいかわらず多忙なので——チューインガムの製造ってそんなに時間がかかるもの？——いまは家を留守にできないの。
　足首はめざましく回復して、楽に動き回れるようになりました。残念ながら庭はそうはいきません。けれど、近所の若者が草むしりや刈り込みを手伝ってくれるので助かっています。オオバギボウシはあいかわらずわがもの顔でのさばっていますが、わたしのバラは見事に咲いています。つぎに会いに行くときには持ってゆくわね。
　伝えたいことがあるのよ、お母さん。子どもを授かりました。

アリスは背筋を伸ばし、その行を二度読んだ。〝ネリーは妊娠したの？〟だったら、どうしてマードック夫妻には子どもがいなかったの？

いまのところ順調です。妊娠が合っているみたい。リチャードは案の定、有頂天です。予期せぬ妊娠で、それについては話しておかないと……

「なに読んでるの？」

驚いて立ちあがったので、手紙が草の上に落ちた。手に持っていた水のボトルが滑り落ち、中身がドボドボこぼれて手紙を濡らした。

「クソッ！」アリスは慌てて手紙を拾い上げ、まだ読めますようにと願った。手遅れだった――古い便箋は水に弱く、インクが滲んで読めない。「クソッ！」もう一度声をあげた。

「ごめん」アリスの手の濡れた紙を見つめ、ネイトが言った。日射しが目に入らないよう、野球帽のひさしをさげる。目の下にも鼻梁《びりよう》にもマスクの痕がついていた。「大切なものなの？」

「それほどでもない」アリスはつぶやき、手紙をテーブルに置いて、手についたインクをデニムの短パンで拭いた。

ネイトは立ちあげ花壇の雑草を抜きはじめた。「もう休憩？」

「調べ物をしてたの」

「そう」彼は隣の椅子に座った。テーブルの上の手紙の束を指す。「これがそう？」

「ええ。こないだ話したでしょ、これがその手紙。ネリーが母親に宛てて書いた手紙、五〇年代に。サリーがくれたの」

ネイトはうなずいた。「すごい」椅子にもたれ脚を伸ばす。「庭のほうはどうなってる？　ぼくたち、どこまで進んだ？」

アリスは〝ぼくたち〟にカチンときた。ネイトはいまだに庭仕事をしていなかった。もっとも、家の中でたくさんの面倒な作業に奮闘している。しかも、朝は七時前に出て、夜はたいてい帰るのが十一時すぎだから、家の改修は遅々として進まなかった。あんたがやってることは、憎たらしい雑草をせっせと抜くぐらいじゃない、とアリスは自分を叱った。「庭仕事ってもっぱら雑草を引っこ抜くことだとわかったわ。かぎりなくつづく草むしり」ため息をつき、残りの手紙を輪ゴムで留めた。「壁紙剝がし作戦はどんな具合？」

「それがなかなか。引っ剝がすだけでも大変だ」彼は膝に手を突いて立ちあがった。「手伝おうか？剝離剤で頭がクラクラしてきたから、新鮮な空気を吸わないと」

「もちろん」アリスは手袋を摑み、ネイトについて庭に出た。彼は両手を腰に当て、口を引き結んで庭を見渡した。

「つぎはなにをやる？」

「正直言って、わたしには植えた草木と雑草の区別がつかないのよ。ここにそぐわないように見える草を抜くってのはどう？ たとえばこれ」タンポポの集団の前にひざまずく。「これが雑草なとぐらいはわたしにもわかる。手袋は？」

「いや、必要ない」

アリスは鋤をタンポポの根のまわりに突きたて、大量の土と共に根を持ちあげ、茎を振って土を落とし、背後の芝生に放り投げた。ネイトは右のほうへ移動し、タンポポがよく見えるようオオバギボウシの大きな葉を手でよけた。アリスがサリーに教えられたとおり、根をなるべく長く抜けるよう鋤を深く刺すことに集中していると、ネイトが言った。「これ、きれいだね。なんていう花？」

ネイトはキツネノテブクロのかたわらに立ち、花に手を伸ばした。「触っちゃだめ！」アリスは叫んだ。

彼が手をパッと引っ込める。「どうしていけないの？」

「それはキツネノテブクロっていう植物で、サリーが言うには毒があるんだって」

ネイトは手を短パンに擦り付け、花に目をやった。太く長い緑の茎のまわりにベル状の花がびっしりついている。「〝毒がある〟ってどういう意味？」

「つまりね、素手で触れてはいけないってこと」アリスはタンポポを脇に放った。

ネイトはまた腰に手を当て、植物とアリスのあいだで視線を動かした。「うちの庭に毒のある花が植わってる？　どういった毒？」

「サリーが言うには、心臓病を引き起こすそうよ。心臓病の薬として使われているんだけど、あらゆる部分――茎、花、種――に毒があるらしい」

彼はぶつぶつ言いながら庭のへりを歩き、振り返って見開いた目でアリスを見た。「なんてこった、アリ。ここらへん全部そうじゃないか」キツネノテブクロは三株植わっているだけだから、〝ここらへん全部〟とは言えない。ネイトは口を引き締め、手を差し出した。「手袋を貸して」

「どうして？」

「アリ、手袋」アリスは手袋を脱いで渡した。彼は手袋をはめると、アリスが刈り込みに使った花バサミを掴んだ。彼がキツネノテブクロの茎を根本でチョキンと切ると、茎は倒れた。彼は小さすぎる手袋でそれを拾い上げて、雑草の山に放った。

「なにするの？」またおなじ作業をする彼を、アリスは眺めながら言った。「鹿が食べようとしない希少な植物なのよ！　庭に穴が空いたじゃないの。そこになにを植えるつもり？　夏は半分終わったっていうのに」この庭に愛着はなかったが、ネリーが丹精込めたものを大事にする責任が自分にはある。

ネイトは聞く耳を持たず、ウンウン言いながらわずかに残った茎のまわりの土を掘った。「どうだっていい。灌木《かんぼく》でも植えればいいじゃない」

〝灌木？〟呆れてものが言えない。

ネイトは根扱ぎにしようと茎を引っ張っている。「鹿の心配する必要ある？　この庭で人を死に至らしめる植物を栽培するなんて言語道断だよ」

「〝死に至らしめる〟なんて言ってないわよ」ネイトが二本目を引っこ抜くのを、アリスは腕組みして眺めた。「わたしは鹿の心配する」

「いずれ生まれるぼくらの赤ん坊のことを、どうして心配しないのかな？　彼女が庭に出ていって、毒のある葉を食べたらどうする？」根がズボッと抜け、彼はバランスを崩し、土を撒《ま》き散らした。

「彼女？」

「全部始末してやる。今日中に」

ネイトは肌に触れないよう注意しながら、抜いたばかりのキツネノテブクロを、その前に抜いたやつに重ねた。額を腕で拭う。「小さな女の子が欲しいんだ。どうかな？　小さなミニ・アリス」

「そうね」アリスは罪悪感に苛まれ、つい打ち明けそうになった。キツネノテブクロの山の横で、自分がしたことを話してしまいそうになった。ネイトは愛してくれている。理解しようと努めている。二人ともまだ若い！　ミニ・アリスを作る時間はいくらでもある。なんだったら一人といわず、二人でも三人でも。

「ほら、これを持ってて」ネイトが園芸ゴミ袋を差し出した。

「そううまくいかなかったら？」アリスはゴミ袋の口をいっぱいに開けて持ち、ネイトがキツネノテブクロの残骸を、アリスの手に触れないよう注意を払って入れた。

「うまくいかないって、なにが？」

「これ」アリスは片手をゴミ袋からはずし、お腹の前で円を描いた。「赤ちゃん」

「なぜ？　まずいことでもあるの？」屈んでゴミを集めていたネイトが手を止めてアリスを見あげた。

「べつに」口ごもったことに、ネイトは気付いた。手袋を脱いで草の上に落とし、アリスの手からゴミ袋を受け取る。腕に置かれた彼の手はあたたかく汗ばんでいた。「なんでも話してくれていいんだから、ね？」

「わかってる」

　ネイトが腕をやさしく握った。「この二ヵ月は大変だったよね。ぼくの帰りが遅い日がつづいて、ぼくも疲れていて、うちに帰っても上の空だった。でも、一時的なものだからね」

「勉強は家でもできるんじゃない？」アリスは言った。「上の空になることもないだろうし。わたしもその時間は仕事するから。昔みたいに」ネイトが前回の試験勉強をしていたころ、アリスもプレスリリースを書くことに追われていて、ベッドに並んで仕事をしたものだ。チートスのボウルをあいだに挟んで。

　彼はほほえんだが、目は笑っていなかった。「オフィスで勉強するほうが楽なんだ、ベイブ。必要なものが全部揃ってるからね」

アリスがわずかに体を引くと、ネイトは手を離した。

「ずっとつづくわけじゃないから、ね？」そう言われ、アリスはうなずいた。

「それじゃ、悪魔の植物を引っこ抜く作業に戻ろうか？」

「そうね」アリスは言った。ネイトは手袋をし直し、アリスはゴミ袋の口を開いて掲げ持った。ネイトが残りのキツネノテブクロや雑草をどんどん放り込むあいだ、アリスは彼に秘密にしているあれこれに思いを巡らせ――ジェイムズ・ドリアンのことがきっかけで仕事をクビになったこと、煙草を吸っていること、ＩＵＤのこと、執筆は滞ったままなこと――彼にも隠し事はあるのだろうかと思った。

29

ネリー

一九五六年九月一日

【ハーブ入りチーズ・ポップオーヴァー】

ふるった小麦粉　カップ一　／　塩　小さじ二分の一
コンデンスミルク　カップ一　／　融かしバター　大さじ一
卵　二個　／　おろしチーズ　カップ三分の一
新鮮なチャイブかお好みの乾燥ハーブ　大さじ二

小麦粉と塩、コンデンスミルク、融かしバター、卵をボウルに入れて生地が滑らかになるまでよくかき混ぜる。そこにおろしチーズとハーブを加えて混ぜ合わせる。脂を塗ったマフィン型に半分まで注ぎ、二百度に予熱したオーブンに入れ、きつね色になるまで（二十～二十五分）焼く。焼きたてを供する。

ネリーは煙草を吸いながら、庭にしゃがみ込む少年をサングラス越しに眺めた。ピーター・ペローニは近所の子で、夏休み中の小遣い稼ぎに庭仕事をしてくれる。まだ十七歳だが、盛り上がった二頭筋も力強い肩の線も立派な大人のそれだった。頬は少年らしく丸いが、顎や喉仏のまわりに剃刀《かみそり》跡が残っていた。

「オオバギボウシはどうしますか？」ピーターがネリーのほうに向き、強い日射しに目を細めた。短パンから筋肉質の脚が伸び、泥が混じった汗が靴下やハイトップ・スニーカーに垂れ落ちた。ネリーは雑誌を膝に置き、額に手をかざしてオオバギボウシを眺めた。庭が絶頂期を迎える季節なのに、足首を骨折したせいでこの八週間は庭仕事がほとんどできなかった。

「オオバギボウシは伸び放題だわね。刈り込むのはもっと先にしたいところだけど、秋がちかいし」煙草をもう一本抜いてから包みをピーターに差し出した。「一本いかが？」

彼はちょっとためらった。「ありがとうございます」両手を短パンで拭き、尻ポケットからジッポライターを取り出し、煙草を抜いた。まくりあげた袖に自分の煙草を挟んでいるにもかかわらず。彼がライターをつけたので、ネリーはシガレットホルダーを口に咥えて煙草の先を炎にかざした。煙を吸い込み、隣の椅子を叩く。ピーターは椅子に座り、深々と吸い込んだ煙をあたたかな晩夏の大気に放った。

「来週から学校なんでしょ？」ネリーの問いに彼はうなずいた。「新学期が楽しみ？」

「はい」

ネリーは煙草を燻らせながら彼を眺めた。「決まった相手はいるの、ピーター？」

彼は耳の先まで赤くなった。貧乏ゆすりにも若いエネルギーが満ちている。「いません」

「それはちょっと信じられないわね」彼はますます赤くなり、喜んでいるようにも、不安そうにも見えた。二人ともしばらく黙って煙草を吸った。ネリーはとくに伸びすぎたオオバギボウシをやおら煙草で指した。「株を半分にしてちょうだい。手加減しないでいいのよ。根は案外丈夫なんだから」

「はい、わかりました」ピーターは煙草を消すと、パティオの石畳の上に重ねた園芸道具から鋤を取り上げた。彼が庭の奥のほうに行っても、匂いは残っていた――清潔な汗と、母親が使っている洗濯石鹸の匂い。

「まったくきょうは暑いこと」ネリーは雑誌で顔を扇《あお》いだ。腕時計を見てほほえむ。もうじきだ。「冷たい物を取ってくるわね」

「助かります」ピーターはオオバギボウシの株の真ん中に鋤の先端をあてがった。「ありがとう、ミセス・マードック」鋤をグイっと差し込んで、株を見事に半分に割った。

ネリーは家に引っ込むと、氷を入れたグラス二個にレモネードを注ぎ、新鮮なミントの葉を浮かべた。冷蔵庫にレモネードの水差しを戻し、ついでにリチャードのビールを二本――いちばん上の棚の緑色のボトルの口に指を絡め――取り出した。ハミングしながらビールをレモネードのグラスと並べてトレイに置き、冷蔵庫の扉を尻で閉めた。

「レモネードを用意したんだけど、こっちも好きかなと思って」庭に出ると、ボトルを掲げてみせた。

「それはまずいんじゃないですか」ピーターはネリーの手の中のボトルを見つめ、上唇に浮かんだ汗を舐めとった。

「誰にも言わないわよ」栓抜きで栓を開け、ボトルを彼に渡した。「頑張ってもらったんだもの。

さあどうぞ、二人の秘密よ」

彼はにっこりしてボトルを受け取った。「ありがとうございます」

ボトルを口に当てて傾ける。琥珀色の泡立つ液体をごくりとやるたび喉仏が上下した。口からこぼれたビールが顎に伝わったそのとき、網戸がバタンと閉まり、リチャードがパティオに現れ、状況を把握しようと立ちどまる。ネリーはピーターの顎に垂れたビールをナプキンで拭いてやった。

「あら、まあ」リチャードにちゃんと見せつけようと、必要以上に長くナプキンを握る指を留めた。ピーターは息もできずにいた。ほんの数十センチ離れたところにミスター・マードックがいて、若いピーターと妻のやり取りをおもしろく思っていないことが明白なのだから。

ネリーは振り返り、そこではじめてリチャードに気付いたふりをした。「まあ、お帰りなさい！ボウリングはどうだったの？」ボトルの栓を抜いてグイっと呷った。唇に当たるボトルの口の冷たさが心地よい。ピーターが目を見張っている——女がビールをラッパ飲みする姿など見たことがないのだろう。母親は絶対禁酒主義者だ。リチャードは目を細め、腕を組んだ。赤と黒のボウリング・シャツは胸のあたりがピチピチで、ボタンが弾け飛びそうだ。

ピーターは困った顔で夫婦を見比べ、ビールをテーブルに置いてからリチャードに握手の手を差し出した。「こんにちは、ミスター・マードック」喉仏が不安そうに上下する。

「ピーター」リチャードが力を込めて握手を返した。ピーターは顔をしかめながらも我慢した。

「お父さんはお元気かな？」

「はい、元気にしてます」ピーターはオオバギボウシのほうに顔を向けた。マードック夫妻に挟まれたこの場所から、一刻も早く離れたいのだ。「あの、仕事に戻らないと」

「そうだな」リチャードは言い、ピーターが座っていた椅子に腰をおろし、彼を睨みつけた。ピーターのために用意したレモネードのグラスを取り上げ、ミントを摘まみ取って草の上に放った。ピーターが振り返ったので、ネリーは安心させるように笑顔を向けた。「それも半分に割ってちょうだい、ピーター。怪我しないよう気をつけて」

ネリーは椅子にもたれ、ピーターが鋤を地面に突き立てるのを眺めた。「彼には決まった人がいないんですって、信じられる？　あんなにいい子なのにね」頭を振りながらビールをゆっくり飲んだ。好みの味ではないが、リチャードが不服そうに眺めているのだから、飲み切ってやる。「この一年で急に大人っぽくなった」

リチャードが睨む。「彼に金を払ってるのは庭をきれいにするためだろうが。おまえに無駄口を叩かせるためじゃない」

「そう固いこと言わないで」リチャードのほうに身を乗り出し、聞こえよがしに言った。「若いピーターにはじめてのビールをご馳走《ちそう》してあげるのもいいかなと思ったのよ」

リチャードは髪を指で梳いた。「なんてことを、ネリー」

彼は苛立っている。ネリーのことを、夫に従順な妻だと思い込んでいたのだ。友人たちの妻よりも控え目で美しい妻だと。それがまさかビールを飲むとは、それもラッパ飲みした挙句、若い男（リチャードとちがってネリーと歳がちかい）を誘惑しようとは。ネリー・マードックは完璧な妻だ――少なくともついこのあいだまでは。ところが、このところ生意気になり、そのことがリチャードを不安にさせていた。だが、彼女に仕置きするわけにはいかない。また流産なんてことになったら大変だからだ。ネリーはそういう力がいまの自分にあると気付いている。恥ずかしげもなくピーター・ペローニといちゃいちゃするとは、とても心穏やかではいられない。

「ランチはチーズ・ポップオーヴァーとウォルドーフ・サラダよ」ネリーは言った。リチャードが気分を害すれば害するほど、彼女の気分はあがった。煙草をもう一本抜いて火をつけ、膝の上の雑誌を開いた。ネリーはびっくりする彼の顔をちらっと見て、内心でほくそ笑んだ。「中に入って先に食べたらいかが？　わたしはしばらくここにいるわ。ピーターを一人にしておくわけにいかないでしょ」

30

アリス　二〇一八年八月十三日

夫の知り合いの女性に焼きもちを焼いてはいけない。妻ひと筋の夫に、きみは世界でいちばん素晴らしいと言われるより、いろんな女性を見てきた夫から、ぼくにはきみしかいないと言われるほうが嬉しいものだ。素敵な女性を家に招いて、夫の目を肥えさせよう。

――ブランチ・エバット『妻がしてはいけないこと』一九一三年

「本のための下調べで、ネリーが母親に宛てた手紙を読んでいたら、思いがけない発見があって」月曜の午後、アリスは庭で膝を突き、植えたばかりの灌木のまわりの土を叩いていた。前日のキツネノテブクロ掘り出し騒動で空いた穴を埋めようと買ってきた灌木だった。

サリーは、スタンフォードに住む腰の骨を折った友人の見舞いに持ってゆくバラを切っているところだ。「なにを発見したの？」

「ネリーとリチャードには子どもはいなかったはずですよね？」

「いなかったわよ。あたしの知るかぎりでは」サリーは上体を起こし、手袋をした手の中のバラの艶やかさに目を細め、棘を切り取るためにパティオのテーブルに置いた。

「なんてきれいなんでしょう」アリスはバラを見て言った。振り返って自分の庭に目をやる。「そんなふうにうまく育てられるようになれるのかしら」

「花のことがわかるようになるには、ここで春夏秋冬をふた巡りは経験しないとね」サリーが花バサミを動かすと尖った棘がテーブルに落ちた。「あなたの庭だって立派なものだと思うわよ。一所懸命に世話をしてるもの」それからアリスが植えた灌木を指さす。黒く湿った土の上に指の跡が残っている。「こんなこと言いたくないんだけど、あれは感心できないわね」

アリスはずんぐりした灌木を見やった。「どうしてですか？」

「あそこに植えたんじゃ窮屈よ。根を張るためのスペースがないもの。あそこにはべつのものを植えたほうがいいわ。前はなにが植わってたの？」

「キツネノテブクロ。毒があるってネイトに言ったら、全部抜いてしまって。生まれてもいない子どもが葉っぱでサラダを作ったらどうしようって心配して」アリスは呆れ顔をした。「馬鹿らしいと思いません？　子どもがいつ生まれるかわからないし、よちよち歩きの子どもが葉っぱのサラダを作るわけないし」

サリーは笑った。「そりゃそうね、ミス・アリス」

「これは抜いたほうがいいですか？　もっと窮屈に感じない場所に植えてあげるべき？」

サリーは上唇に指を当て庭を見回し、もっとゆとりのある奥の角を指さした。「あそこ、ムラサキバレンギクの隣はどうかしら。紫色のデイジーみたいな花」

「誤解のないように言っておくと」アリスは植えたばかりの灌木を掘り出しにかかった。「わたしは残しておきたかったんです。キツネノテブクロが好きだったし」

「だったら庭の真ん中にたくさん植えるといいわ。素手で触れないようにって、子どもは言い聞かせればわかるもの。夫だって、たぶんわかるでしょ」サリーはウィンクし、棘を切り取ったバラのブーケを金色の紐で縛った。「そろそろ出掛けないと。でもその前に、ネリーの手紙からなにを発見したのか教えて」

アリスは手袋に包まれた指で根のまわりをドーナツ形に掘り、灌木を引き抜こうとしたが、敵もしぶとかった。「ネリーは母親に妊娠したと書き送っていました。彼女に子どもはいなかったとあなたは言ってらしたでしょ」灌木の茎の根元を摑んで思いきり引っ張り、勢いあまって尻もちをつき、胸に灌木を、顔に泥をかぶる事態に至った。口に入った泥を吐き出し、笑い出した。

「あらまあ、大丈夫?」サリーが片手で口を覆い、笑いを隠した。

「プライド以外は大丈夫」アリスは笑いながら立ちあがり、泥を払った。「それで、ネリーは妊娠したのに子どもがいなかったとしたら、なにが起きたんだろうって興味を掻き立てられて」

「なるほど。子どもがいなかったのはたしかよ。でも、気の毒な話よね。ネリーは辛い思いをしただろうから。彼女なら素晴らしい母親になっただろうって、母が言っていたのを思い出す」サリーはブーケを取り上げた。「結婚して子どものいない女性にとって、きつい時代だったから。まわりの人間がやいのやいの言うしね」

「わたしにもわかります」アリスは言った。「いまもそれはおなじだもの」

「ええ、そうね」サリーはアリスをじっと見つめ、やさしくほほえんだ。

その朝、アリスの歯ブラシの横に、排卵日予測検査薬が置かれていた。ネイトがそれに貼ったニニコニコマーク付きの付箋には、〝水をたくさん飲むこと！〟と書いてあった。ネイトからの引っ越し祝いだったそれを、アリスはすっかり忘れていたが、彼は忘れていなかったのだ。彼が帰宅したら、封を開けていない検査薬を渡して、ほんとうのことを告げるべきだろう。だが、検査薬の再登場（それにネイトの馬鹿げたメモ）に腹がたち、うんざりしたので、当面は彼に調子を合わせておこうと思った。それでパジャマのズボンをさげ、検査薬の封を破り、先端に小水をつけ、歯を磨いた。カウンターに置いておけば、帰宅したネイトが見るだろう。

「アリス？　なにぼんやりしてるの？」

アリスは頭を振った。「ごめんなさい。なんだか気が散って。コーヒーが足りないんだと思います」サリーにほほえみかけたとたん、刺すような痛みを感じ脇腹を押さえた。サリーはバラのブーケを落とし、アリスのほうに身を乗り出して腕を差し伸べた。咄嗟にアリスを抱き留めようとしたのだ。距離がだいぶあるのに。「アリス！　どうしたの？」

「わからない、わたし……」息を深く吸い込むと、痛みは消えた。「灌木を抜いた拍子にどこか痛めたみたい」頭がクラクラして軽い吐き気を覚えた。

脇腹を撫でるアリスの姿に、サリーは顔をしかめた。「正確にはどこが痛いの？」

アリスは左脇の腰骨にちかいあたりを指さした。「痛みは引きました。大丈夫だと思います」背中を反らし、つぎに左右の脇腹を伸ばした。「大丈夫」

「ほんとうに？」

「筋肉が攣ったんですよ。ほらね？　庭仕事に慣れていないもんだから」

サリーはほほえみ、老人がするようにそろそろと腰を屈めてブーケを拾った。「庭仕事はそれぐらいにして。横になって足を高くして、冷たいものを飲みなさい。医者の命令」

「はい、先生」

「今夜は友だちのところに泊まるけど、あすには戻るわ。キツネノテブクロを抜いたあとの穴にないにを植えるか相談しましょう」

サリーが去ると、アリスはぼんやりと脇腹を撫でながら、三つの穴を見つめた。とりあえず土を戻して、あとのことはあす考えよう。


「お母さんに電話したの？」ベッドに二人並んで、アリスは地下室からまた掘り出してきた〈レディース・ホーム・ジャーナル〉誌をめくり、ネイトはアリスのノートパソコンを腿の上に置いて調べ物をやっていた。彼にパソコンを使われるのは気分がよくない――執筆が遅々として進んでいないのを彼に見つかる恐れがある――が、彼のノートパソコンはアップデート中で、彼にはバスルームのタイルについて調べる必要があった。

「まだしてない。あすかけるつもり」アリスは言った。急用ではない、と母の電話を受けたネイトは言っていた。感謝祭の休みにカリフォルニアに来ないかという誘いの電話だ。アリスは午後いっぱい、痛みが引かない脇腹に温感湿布剤を貼ってソファーで休んでいたので、夕食は前日の残りですませ早めにベッドに入った。洗面所に置いた検査薬をネイトは見たはずだ。アリスが顔を洗ったときにはなかったのだから。でも、彼はなにも言わず、アリスも敢えて確かめなかった。

「この白黒の蜂の巣模様なんてどうかな？」ネイトが画面上のタイル見本を見ながら尋ねた。「無難なやつにするか、色で遊ぶか」

「あら、いいんじゃない」アリスは家事にまつわるお酢の効用の記事を夢中で読んでいた（ポーチドエッグ作りや窓拭きに使えるうえ、髪の艶だしにも使える）。ネイトのメモと検査薬にいまもむかついていたし、彼と素直に話ができない自分にも腹がたつから、その夜は口数が少なかった。もっとも、彼はそれを気分がすぐれないせいだと信じている――庭仕事で脇腹を痛め機嫌が悪いのだと。

「アリ、ぼくの話、聞いてなかったでしょ」

「ええ、なに？　聞いてたわよ。お酢の力についての記事を読んでるところ。五〇年代の主婦にとっては恩寵《おんちょう》だったのよ」

彼はノートパソコンを脇に置き――画面に映っているのは、素人がやったバスルームのタイル張りのブログで、ほかにもタブ付けされたページがたくさんある――体を寄せてきて顎をアリスの肩に乗せ、雑誌を眺めた。栞《しおり》代わりにアリスの指を挟んだまま、雑誌を閉じて表紙を見る。

「これはそのせい？」ネイトはアリスの頭を指さした。古いTシャツをリボン状に切り、小分けにした髪を団子にしてそれで結わえてある。こうすれば、朝には輝くカールが滝のように流れ落ちるはず、雑誌によれば。

「そうよ」アリスが小さな団子を叩くと、指の下で弾んだ。

「かわいいよ」ネイトが言い、アリスはにんまりした。誰がやってもかわいく見えるわけではない。痛みがとれない脇腹に彼が手をあてがい、二度ばかりやさしく撫でた。「気分はどう？」ネイトがさらに体を寄せてきたので、首筋に吐息がかかった。両手が体に回って乳房を包み込むと、乳首がツンと立った。検査薬が示したことの意味がわかった——排卵はこれからということ。

誘いに乗る気はなかった——検査薬のことといい、そうするのが当然という彼の態度が不愉快だ——けれど、体が勝手にその気になった。ナイトシャツの薄い布地の上からまさぐられ、唇が首筋をおりて肩甲骨の上で止まると、アリスは万歳をして彼がナイトシャツを脱がせるのに協力した。ところが、手製の布のカーラーにナイトシャツの首が引っ掛かった。

「引っ張って」シャツの中でアリスの声がくぐもる。ネイトはあくまでもやさしくシャツを脱がせた。そうして、二人は羽根布団の上で裸になり、ネイトに促されてアリスが上になった。

「きみがオルガスムを感じることが肝心なんだ」彼が言う。〝あたりまえでしょ〟でも、彼が妊娠を想定して言っているのがわかるから、その言葉は無視した。

ネイトは尻を抱いて目を閉じた。アリスが動くと彼の顎が心持ちあがった。呼吸に合わせて動きを速くしてゆくと、骨盤の中に疼きが広がった。ネイトが声をあげる。

「ああ！」アリスは喘ぎながらネイトの胸に両手を突いて爪を肌に埋めた。焼けつくような痛みが下腹部を刺し貫く。ネイトが顔をしかめ、くすくす笑いながらアリスの両手を摑もうとした。まだ事態を理解していないのだ。「手加減してくれよ、ベイブ」彼がつぶやいた。「痕がつくじゃない」

アリスは息も絶えだえだった——庭で感じたよりはるかに痛い。体を真っ二つにされたようだ。彼の上からおり、ベッドの足元で体を丸めた。庭で目にした、危険を察知して丸まるコロラドハムシみたいに。

事態の重大さに気付いたネイトが、膝を抱えて苦しむアリスのかたわらにやって来た。どっと汗が噴き出し呻《うめ》き声《ごえ》が洩れる。「アリ！　どうした？　脇腹が痛むの？」ひどい苦しみようの原因を突きとめようと、彼の両手がアリスの体のあちこちをさまよった。混濁する意識の中で、罰があったんだと思った。でも、なにに対する罰？　〝これまでの行いすべてに対する罰よ〟

「言ってくれよ、ベイブ。どこが痛いの？」

アリスは悲鳴をあげ、脇腹を搔きむしった。ネイトが覆いかぶさる。「救急車を呼ぼうか？」スマホを手探りし、床に落として大声で悪態をついた。片手でアリスの尻を押さえながら、もう一方の手をスマホに伸ばした。「頑張って。９１１に電話するから」

「だめ。電話しないで」なんとか浅い息を吸い込む。「一分待って」痛みは引いてきたようだ、たぶん。少なくとも息は吸える。

ネイトは震える手にスマホを持ち、彼女の脇腹を撫でた——強すぎる——その手の動きに苦痛の波がかぶさって、胃がむかむかしてきた。呼吸に意識を向ける。〝吸って、吐いて〟

「よくなった？」彼が尋ねた。おなじように息があがっており、声がうわずる。

アリスはうなずいたものの、痛みは和らがない。脇腹から手が離れた。ネイトはその手をとりあえず自分の胸に当てた。赤い弓形の爪の痕が残っている。「大丈夫？　もう心臓が飛び出すかと思った」

「ごめん。わたしもよ」ネイトの手を借りてそろそろと起き上がり、とたんに後悔した。痛みの波が全身を洗い、脇腹に手を当てて息を喘がせた。

「まだ痛いの？」彼が眉をひそめる。アリスの背中に手をやって顔を覗き込んだ。「ＥＲに行くべきだと思う。どう考えたって筋肉を傷めたせいじゃない」

「よくなってる」だが、痛みはグランドフィナーレに向けて驀進《ばくしん》する。鼓動が速くなる。〝死ぬかもしれない〃虫垂炎の可能性は？　たしか盲腸は右側だ。待ってよ……キツネノテブクロに触った？　いいえ。引っこ抜いたのはネイトで、アリスは園芸ゴミ袋を掲げていただけだ。なんでこうなったのかわからず、頭が混乱するばかりだった。

「ネイト？」彼のほうに向いた。顔の中で目ばかり大きく見え、口は動くのに声が出てこない。

「わたし、どうしちゃったんだろう」彼が答える間もなく、ふたたび苦痛が体を切り裂いた。あまりにも激しい痛みに、内臓が融け出した気がした。

「吐きそう」それが気を失わないための唯一の方法に思えた。ベッドから這いだし、立とうとしたら膝がガクンとなり、ネイトが支えてくれた。慌てているのがわかる。洗面所まで行けるわけもなく、なんとか一歩踏み出したところで胃の中身をぶちまけた。買ったばかりの絨毯が吐瀉《としゃ》物の洗礼を浴びた。

ネイトは悪態をつきながら、彼女の裸の体を支えるのでせいいっぱいだ。片腕を腋の下から胸に渡して、ずり落ちそうになる彼女を持ちあげるので、乳房が押されてぺちゃんこになる。片手でスマホを操作しながら、ベッドに連れ戻そうとする。それをアリスは拒んだ。

「羽根布団を汚したくない」汚さずにすんでほっとしていた。「絨毯はごめんなさい。あとで掃除する」

「アリス、いいから、なにも言うな。きみを連れて行くから……アリ、しっかりするんだ、いいな？　目を閉じちゃだめだ。はい、もしもし？　妻が……救急車を寄越して……」ネイトの声が震える。大丈夫、心配しないで、とアリスは言いたかった。だが、すぐに諦めた。目が回ってなにもできない。されるがままにベッドに横になった。なんとか持ち堪《こた》えたかったが、眠れば苦痛やベッドルームで繰り広げられた悪夢から逃れられそうな気がして目を閉じ、身を委ねた。家がやさしくハミングする音が割れ目から聞こえる。まるで子守唄を歌って子どもをあやすように。そのまま意識が遠のき、逆上したネイトの叫び声が空隙に吸い込まれて消えた。

31

ネリー　一九五六年九月八日

【ローズ・キャラメル】

コンデンスミルク　カップ二と二分の一　／　ヴァニラエッセンス　小さじ一
乾燥させたバラの花びら　細かく切ったものを小さじ二
糖蜜　カップ二分の一　／　グラニュー糖　カップ一

コンデンスミルクとヴァニラエッセンス、バラの花びらを小さな鍋に入れ、五分ほど煮る。これを濾《こ》して花びらを取り除き、冷ます。べつの鍋にこれを移し、糖蜜とグラニュー糖を加えて十五〜二十分煮る。脂を塗ったブリキ製容器に注ぎ、冷めて固まったら小さな四角に切り分ける。お呼ばれの土産に最適！

リチャードが生垣に吐いたのは、二人がスチュードベーカーに乗り込もうと玄関を出たときだった。ゴールドマン家に招かれており、約束の時間まで十分を切っていた。リチャードの胃の不調が原因で、すでに遅刻しそうだった。彼は足元がふらつき、とても運転できそうにない。無理に出掛けることはない、しばらく横になったら、とネリーが言っても、彼は大丈夫だ、ほっといてくれ、と言うだけだった。その直後、彼は体を二つ折りにして生垣に吐いた。

「大丈夫なわけないでしょ」ネリーは言い、キティのために用意したバラのブーケとローズ・キャラメルが入っているブリキ缶を玄関の階段に置き、バッグを搔き回した。口を拭くのにティッシュを差し出したが、彼は払いのけた。上着のポケットから胃のむかつきに効くペプト・ビスモルを取り出してぐいっと飲み、ガムを口に放り込んで車へと向かった。助手席側のドアにぐったりもたれかかって息を継いでから、ようやくネリーのためにドアを開けた。

「わたし一人で行きましょうか？　あなたは具合が悪いと言えば、みんなわかってくれるわよ」ドクター・ジョンソンに往診してもらおうと彼を説き伏せようとしたものの、不首尾に終わっていた。

「大騒ぎするな、ネリー。食べたもののせいだ。もうおさまった」おなじものを食べても自分は平気だなんてことは間違っても口にしない。彼を余計に不機嫌にするだけだ。友人たち、とりわけチャールズ・ゴールドマンに弱みを見せることを、極端に嫌がる。「さあ、行くぞ。二人で一緒にな」言葉とは裏腹に、声に力がなかった。

リチャードは窓から顔を出し、いつでも車を停められるよう縁石に沿って車を進めた。数分後、ゴールドマン家の前に車をつけると、運転席にもたれて目を閉じ、鼻から深く息を吸って口から吐いた。髪の生え際に珠の汗が浮かび、富士額を際立たせる。

「中に入れそう？」ネリーは尋ねた。

彼は返事をせず、車から降りて助手席に回ってドアを開けた。彼が差し出した腕にネリーは摑まったが、支えが必要なのは彼のほうだ。玄関に向かって並んで歩きながら、彼と一緒にふらつかないようネリーは足を踏ん張って堪《こら》えた。

「早めに失礼してもいいのよ」ネリーは言った。「わたしはかまわないから」それどころか歓迎だ。仲睦まじい夫婦を装うのは気まずいし骨が折れる。

「もうたくさんだ、ネリー！」リチャードが吐き捨てるように言った。「その類のことは誰にも言うなよ、いいな？」

リチャードが押した呼び鈴に応えて、キティがドアを開けた。めかし込んで鮮やかなサンゴ色の口紅を塗っているが、肌の色に合っていない。「ネリー、リチャード、いらっしゃい！」

キティは二人を案内しながら、ローズ・キャラメルって素敵な思い付きね、と言った（「まあ！あなたが作ったの？　素晴らしいわ、でも、あたしは甘い物があまり得意じゃないのよね」とわざわざ言い添える）。黄色いバラのブーケを褒めておいて、キッチンのテーブルによく見もせずに放った。黄色いバラの花言葉は友情だが、キティがこの花にあやかって思いやりのある友だちになれる見込みはないに等しい。自己中心が花言葉の水仙のほうがよほど似合っているが、春を告げる花だから持ってきたくても庭に咲いていない。

二人をリビングルームに案内すると、キティはカクテルを振る舞った。ネリーが眉を吊り上げるのを無視し、リチャードはオールド・ファッションドを受け取ってひと口飲み、汗ばんで青ざめた顔をしかめた。〝意固地なんだから、勝手にすればいい〟替えたばかりで見るからに高そうな絨毯に――招待客が揃うと、キティはここぞとばかり自慢した――彼が胃の中身をぶちまけることを、ネリーは秘《ひそ》かに願った。

カクテルの酔いで気分がよくなると、リチャードはおしゃべりになった。もっとも顔色は悪いままだ。誰もそのことに気付かないし、ネリーも口止めされていたからなにも言わなかった。女たちは部屋の片側に集まり、つぎの自警団の集まりや、キティの新しい絨毯、数日前に生まれたばかりのマーサの次男、ボビーの話題で盛り上がった。

「彼女はいまだにお腹がへっこまなくてね」キティが言う。「でも、赤ちゃんはとてもかわいいわ。ボビーって名前、どうかと思うけど。住み込みの手伝いがいないもんだから、二人の男の子を抱えて大忙し。でもまだ二人だもの、あたしよりは楽でしょう！」キティが笑うと、ほかの女たちも一緒に笑った。だがネリーは、ちょっと失礼、と言って席を立った。

トイレから戻ると、叫び声があがった。とりわけキティが大騒ぎしており、ネリーを見ると駆け寄ってきた。席をはずした数分のあいだに、いったいなにがあったのだろう。リチャードと目が合い、勝ち誇った笑顔を見て合点がいった。

「ネリー、隠しているなんてひどいじゃない！　どうして話してくれなかったの？」キティが彼女の腕を摑んで抱き寄せた。ほかの女たちもまわりを囲み、気分はどう、とか、足首がそのうちむくむわよ、とか、姦《かしま》しいことこのうえない。男たちはおめでとうとリチャードの手を握り、肩を叩いた。ネリーは作り笑いを浮かべて怒りを隠した。今夜は発表を控えることで、二人の意見は一致していたはずだ。このつぎの集まりでまず女性たちに話す（もっとも彼女にはべつの計画があったが）、とネリーが言うと、彼はそれまで待つと約束した。だが、驚くことではない。リチャードはなんでも自分の思いどおりにやらなければ気がすまない人間だ。

じきに騒ぎはおさまり、みなが夕食の席についた。ネリーの隣はノーマン・ウッドロウだった。

六ヵ月前に妻のキャスリーンを亡くしたばかりの、穏やかで物静かな男だ。キャスリーンは自警団のメンバーで、教会の編み物サークルの会長をしていたが、癌がわかってからほんの数週間で骨と皮になった。

ネリーはキャスリーンが好きだった——よい母親でよい友だちで、ほかの女たちやその夫たちの噂話はいっさいせず、教会の資金集めのバザーに精力的に取り組んでいた。もっぱら踵の低い靴を履いていたのは、背がとても高いせいだと思われていたが、あるときネリーに打ち明けてくれた。「ヒールの靴は痛くて履いてられない。まるで拷問よ。人生は短いんだもの、靴で惨めな思いなんてしてられない！」彼女の言うとおりだ。たしかに人生は短かった。

ノーマンに会うのはお葬式以来だったが、同居をはじめたキャスリーンの母親に助けてもらい、幼い子ども二人を育てるのに専念していると聞いていた。元気そうだ。前に会ったときは悲しみで憔悴《しょうすい》しきっていたが、それも癒えたのだろう。

食事中、おしゃべりが弾んだ。ノーマンは渋いユーモアセンスの持ち主だとわかった。座の賑わいが少しおさまったときに、彼が口にした冗談にネリーは声をあげて笑った。彼も耳を傾けてくれる人がいて嬉しそうだった。だが、リチャードはそれがおもしろくないらしく渋面を浮かべている。それでネリーは余計に懲らしめてやろうと思った。ノーマンの腕に手をやって、〝とても元気そう〟なので安心したわとしなだれかかる。そこでリチャードが切れた。

秘めた嫉妬だ——テーブルの誰一人気付かない——が、彼の中で嫉妬の嵐が吹き荒れているのをネリーは感じた。ノーマンの腕に手を置いたまま、顔をあげてリチャードを見た。

「笑いものになってどうするんだ」リチャードが小声で言った。キティは空いた皿をさげ、酒のお代わりが注がれていたので、ネリー以外にリチャードの小言に気付いた者はいなかった。客たちの関心はキティが供したアイスド・チョコレートケーキに向かっており、ネリーの隣の席でリチャードの小言が聞こえたはずのノーマンですら、デザートの見事さに気を取られているようだった。

ネリーは――ふつうの声で――穏やかに言った。「あなたに言われたくないものだわ、リチャード」目の前にケーキの皿が置かれると、ネリーはフォークを取り上げ、感心したように笑顔をキティに向けた。「とってもおいしそうだわ、キティ」実際のところは、焼く時間が長すぎたのかパサパサに見える。

「まあ、ありがとう、ネリー。ケーキ作りの名人に褒められて最高の気分よ！」彼女はケーキを切り分ける作業をつづけた。「新しいレシピなのよ、出ていたのはね――」

「エレノア」リチャードがキティのおしゃべりを遮った。みんなが驚いて彼を見た――パーティーで無礼な振る舞いをしたことのない、礼儀作法の権化みたいなリチャード・マードックが、人の話を遮ったうえ妻にこんな口の利き方をするとは。「静かにしたらどうだ。おしゃべりはいい加減にしろ」夫婦間に張り詰めていた緊張の糸がいまにもプツンと切れそうなことに、みんなが気付き困惑している。〝リチャードとネリーはいったいどうなってるんだ？〟

「いいえ、やめない」ネリーはフォークについたチョコレートの滓《かす》を舐め取った。「あなたこそ静かにしたら、リチャード」

女たちの一人がハッと息を呑んだ――キティ？　それともジュディス？――誰だかわからないが、おかげでネリーの体内に力が漲《みなぎ》った。キティにほほえみかける。「いつもながら素晴らしい夕食だったわ」椅子を引くと、男たちも礼儀正しくそれに倣った。ただしリチャードは椅子の上で固まっていた。「でも、ごめんなさいね、そろそろ失礼するわ。なんだか疲れてしまって」お腹に手をやった。「おわかりでしょ」

キティがなにか言おうとしたが、みんなの視線はリチャードに向いていた。まるで喉を絞められたような音が洩れた。青ざめていた顔がいまは真っ赤だ。まるで長いこと息を止めていたみたいに。「リチャード？　どうなさったの？」テーブルの上座にいてリチャードにいちばんちかいキティが彼の腕に手を置いた。テーブルクロスの上でその腕が激しく揺れている。キティは顔をしかめて夫を見た。「チャールズ、リチャードを外に連れ出して、新鮮な空気を吸わせてあげたら？」

「散歩に行こうか、リチャード」チャールズ・ゴールドマンがナプキンをテーブルに置き、リチャードの背後に立った。リチャードはなにか言おうと口を開いた。だが、飛び出したのは言葉ではなかった——大きなゲップで、つぎにオールド・ファッションドとペプト・ビスモルと、なんとか口に入れた少量の料理の混合物が噴き出した。リチャードは胃の内容物を、キティの腕と美しいテーブルクロスとケーキの残りの上にぶちまけ、まわりの人たちは慌てて飛び去り、泡立つピンクの塊を目にしたショックで喉を詰まらせた。キティはいまにも気絶しそうだし、ほかの人たちはただ呆然としていた。

ネリーは思いやりのある妻の役を演じ、甲斐がいしくリチャードの世話を焼いて車に乗せ、ノーマンに向かって言った。「今夜はおしゃべりができて楽しかったわ。ちかいうちにまたお目にかかりましょうね」彼はうなずいたものの、ほかの客たち同様ショックから立ち直っていなかった。リチャードの見るからに具合の悪そうな青黒い顔を見て、勝ち誇った表情を浮かべないよう、ネリーは必死に堪《こら》えた。

32

アリス　二〇一八年八月十四日

病気だからとしかめ面で泣き言を言ってはならないし、気晴らしを求めてもならない。気晴らしを求めるのは男に任せ、笑顔で迎えること。そうすれば、男は外であったことを話してくれる——すべてではないにしても。病気のことだが、そもそも女は病気になってはならない。

——『妻への助言』〈マン島タイムズ〉一八九五年十月十二日付け

「お願いだからなにか言ってよ」病院から帰宅して一時間、なにか言ってよとアリスが頼むのはこれで十回目だった。ネイトは返事をしない。「そう、それで……いったいいつまで無視しつづけるつもり？」

彼がコーヒーテーブルに邪険に放ったスマホが滑って床に落ちた。アリスはソファーの上で体を起こし、スマホを拾い上げた。

「やめろ」ネイトの声は疲労と苛立ちで張り詰めていた。「きみはおとなしく横になってりゃいいんだ、頼むからそうしてくれ」

アリスは仕方なくソファーの上でもとの姿勢に戻った。クッションを枕に体を丸め、やわらかな毛布をかぶった。Ｔシャツの生地で作ったカーラーを巻いたままなので、髪が引っ張られ頭皮が引き攣る。

ネイトの手を借りてリビングルームで横になったのは、階段をあがれる自信がなかったのと、ベッドルームは吐瀉物が絨毯を汚したままだったからだ。彼は怒っているが、こんな状態の彼女をほっぽらかしにできないから、よそよそしい態度で付き添っていた。

リビングルームを歩き回るネイトの服装を見て、アリスは笑いを堪《こら》えた。笑ったら彼をますます怒らせるだろうし、だいいち笑える筋合いではない。それでも滑稽だ――９１１に電話したあと、彼は慌ててスウェットパンツに足を通し、手近のワークシャツを羽織った。生地も柄もボタンも、まるで暗闇で服を選んだようにミスマッチだ。

痛みにもだえ、ドラマチックに救急車で搬送された先でくだされた診断は、卵巣嚢腫《のうしゅ》の破裂だった。「性交渉で起きることもあります」ＥＲのレジデントが言った。「あなたで二人目ですけどね」

それですめばなんでもなかった。恐れおののくネイトの心配をよそに、アリスは死ななかったし、卵巣は摘出されずにすんだ。妊娠は問題なくできますよとレジデントに言われ、ネイトは安堵の息をついたが、それも卵巣嚢腫の存在が明らかになった理由を聞くまでだった。おそらく黄体ホルモン含有型のＩＵＤが原因でしょう、とレジデントは言った。アリスの子宮にそんなものが存在していたなんて、ネイトは寝耳に水だった。

困惑し、レジデントの診断に異を唱えようとした。〝妻はＩＵＤなんて装着してませんよ……ぼくたち、子作りに励んでいたんだから〟という言葉が口から出かかった。だが、そこでアリスを見て、ほんとうだとわかったときの彼の苦痛と不信の表情を、アリスは当分忘れられないだろう。彼は口を引き結び、とっくに知っていましたよ、というようにうなずいた。それから診察室を出ていった。

「ご主人が戻られるまで待ちますか?」レジデントは言った。「あなたを無罪放免にする前に、言っておきたいことがいくつかありますので」

アリスは涙を堪《こら》えて頭を振った。レジデントは退院にあたっての注意点を述べ、念のためIUDを取り出してもらったほうがいいと何度も繰り返した。卵巣嚢腫がまたできる危険がわずかだが高まる。そうします、とアリスは応えた。恥ずかしいしばつが悪いし、なによりも、こんな大事なことを夫に隠してきた事の重大さに打ちのめされた。なんてことを仕出かしてしまったのか。

アリスがソファーで横になっているあいだ、ネイトはキッチンで暴れていた。冷蔵庫の扉が開かれ、力任せに閉じられた。つぎが戸棚の扉を叩き付ける音、カウンターにグラスをガチャンと置く音、ステンレスのシンクにボトルのキャップを投げ捨てる音。長いため息(彼が立てる騒音に、家が不安になって洩らしたのだろう)がアリスの耳に届き、つられてため息をついた。ネイトがようやく姿を見せた。片手にビールのグラス、もう一方の手にサンペレグリノ炭酸水のボトルを握っている。朝の七時だが、アリスはビールに目くじらをたてなかった。

「いまからでも出社したら」穏やかな声に努めた。「わたしは一人で大丈夫よ」

ネイトは聞こえないふりをした。「まだ痛む?」アリスのバッグからふたつの薬瓶を取り出し、難しい顔でラベルを読んだ。それでも目を合わせようとしない。なんとしてもこっちを見て欲しかった。彼が仕事でいないときだったらよかった。IUDのことを彼に知られずにすんだし、何事もなかった顔ができた。

「それほど痛くない」疲労とモルヒネのせいで呂律が回らない。「きょうは仕事を休むつもりなの？」

ネイトの表情が、そのことには触れるなと言っていた。薬瓶の蓋を開けて小さな青い錠剤をふたつ取り出し、炭酸水と一緒に差し出した。「さあ」

アリスはおとなしく薬を口に入れ、炭酸水で呑み下した。炭酸が喉で泡立つ。「どうしてわたしの見えるところに出して置いたの？」

「出して置くってなにを？」ネイトは薬瓶の蓋を閉めた。

「検査薬。きのうの朝」

沈黙。それから顔を強張らせた。「もうどうだっていいことだろう？」

アリスは力なく手を振り、頭をクッションに戻して目を閉じた。「そうね。忘れる」

長い沈黙がつづいた。「きみは子どもが欲しくないようだから」

「欲しいわよ」目を開けると、数秒後にすべてが動きを止めた。モルヒネ恐るべし。

「でも、ぼくとのあいだの子どもはいらない、そういうこと？」彼は怒っている――厳しい表情で、手が震えていた。

「まさか！　ネイト。そんなんじゃない」アリスはすっきりさせようと頭を振った。彼を安心させてちゃんと説明しないと。「そういうことじゃなくて」

「じゃあ、なんなんだ、アリ？　どういうことなんだ？」激しい口調に、アリスは逃げ腰になった。辛辣な言葉をぶつけてくる、こんな彼を見たことがなかった。ネイトもギョッとしたようだ。その顔に驚きと後悔の表情がたてつづけに浮かんだ。ネイサン・ヘイルは妻に向かってこんなふうに怒鳴ったことはなかった。自分でも思いもよらなかったのだろう。だが、誰にでも我慢の限界はある。

アリスはゆっくりと寝返りを打って彼のほうを向いた。「わたしが間違っていたわ、ネイト。どれほど後悔しているか、あなたにはわからないだろうけど」

「間違っていた？」彼は皮肉な笑い声をあげた。「こういうのを間違いって呼ぶのか？　どの部分が間違っていた？　ＩＵＤを装着したこと？　それがバレたこと？」もっともな質問だ。そういうことをちゃんと考えていなかった。アリス自身にもよくわからない。

「ごめんなさい、わたし――」顔をしかめる。彼は気付いたはずだが、大丈夫、と尋ねはしなかった。「わたし、いっぱいいっぱいだったの。家のことと本のことで」彼の表情を読み取るのは難しい。アリスはつづけた。「それに、あなたは帰りが遅かったしね。仕事が終わったあとも試験勉強してて。そのあいだずっと、そのあいだずっとドリューと一緒で、それが根拠のない嫉妬心を掻き立てたなんてことは、とても言えない。

「つまり、ぼくのせいってこと？」彼が信じられないという顔をした。

「誰のせいでもない」そう言いかけ、彼の顔を見て言い足した。「いいわ。わたしのせいよ。わたしがすべてを台無しにした。でも、改装途中の家に一日中ひとりぼっちで、子どもと向き合う姿を想像したら……どうすればいいのかわからなくなった」嗚咽を呑み込む。「わたしに言えるのは、ごめんなさいってことだけ。なんとか元どおりにしたいと思っている。いいでしょ？　約束する」

ネイトはため息をつき、ソファーのかたわらにあぐらをかいた。「ひとつ間違えばとんでもないことになってたんだよ、アリ」そう言ってアリスの頬の涙を拭ってくれた。その顔は不安と燻《くすぶ》る怒りに歪んでいた。

「わかってる」彼の両手を摑んでギュッと握り締めた。鎮痛剤が効いてきたのか瞬《まばた》きがゆっくりになる。「わたしは母親になるべきじゃないのよ」おそらくこの数週間で口にしたもっとも正直な気持ちだった。みながみなちゃんとした親になれるわけではない。アリスの親、とくに父親がいい例だ。母のジャクリンはああいう状況でよくやったとは思うが、理想の母親にはほど遠い。〝よい〟母親とは、自分のことはつねに後回しで、賢くて、ありあわせの材料で六種のクッキーを焼ける人だ。やさしくてきちんとしていて、「わたしの人生の最高傑作はあなたよ」なんてことを言える人だ。

「それはちがう」彼がつぶやき、アリスの指に軽くキスした。「心構えさえできれば、きみは最高の母親になれる」彼が確信をもって言うので、あやうく信じそうになった。

涙がまた込みあげた。「わたしを憎んで当然なのに、ネイト。どうして憎まないの？」

ネイトは黙ってアリスの指を揉んだ。「きみを憎むなんてできないよ、アリ。ものすごく頭にきたけどね」咳払いし、絡み合った指を見つめた。「ゆうべみたいな恐ろしい思い、したことない」

「わたしもよ」大きくうなずくと頭が余計にクラクラするので目を閉じた。「ＩＵＤを取り出してもらって、あらためて子作りに励みましょう」〝人生をやり直すときよ、アリス〟

ネイトは絡めていた指を離し、首を擦りながら立ちあがった。「いい考えとは思わない」

慌てて起き上がったのでめまいがし、両手を突いて支えた。「どうして？　卵巣は問題ないって言われたじゃない。支障はないって――」

「ぼくが言いたいのはそういうことじゃないんだ、アリ」

なんとか彼の顔に焦点を合わせようとしたが、目薬をさしたときみたいに視界がぼやけていた。上体を支える肘が揺れて持ち堪《こた》えられなくなり、体がくずおれた。

「待つべきだと思う」彼は勢いよく息を吸って頬を膨らまし、フーッと吐いた。「ぼくが馬鹿だった。きみにプレッシャーをかけすぎて、追い詰めた。不公平だったよね。謝るべきなのはぼくのほうだ」

アリスの不活発な脳がフル回転し、彼の言葉を理解しようとした。黙っていることを、ネイトは同意と受け取ったようだ。

「ここらでひと休みするんだ」彼は言い、ソファーの縁に腰をおろした。「住みやすい家に作り直して、きみは本を仕上げ、ぼくは試験に集中する」アリスの体を挟むように手を置いて、数時間前よりいくぶんましに見える妻にやさしくほほえんだ。「いまは子作りのことでやきもきするのはやめだ。しばらくは現状維持でいこう。六ヵ月、あるいは一年ぐらい。それでいいよね？」

アリスはショックを受けたが、感情が薬漬けになっているから表に出せない。二十四時間前まで、夫は妻の妊娠に積極的だった――グリーンヴィルに引っ越してからずっと彼が固持してきた計画だった。そんなに簡単に切り替えられるの？　ネイトはなにか隠している、とアリスはまた感じた。お互いさまではあるけれど。

だが、くたびれ果て、痛みと薬でぼんやりしているから、問い質《ただ》す気力もなかった。「ええ、わかった」と言うのがせいいっぱいだ。ほっとしてしかるべきなのに――望みどおりになったんじゃないの？　夫の急な心変わりに面食らうばかりだった。〝なに言い出すのよ、ネイト？　子育てに適した環境作りとタイミングだけの問題なの？　それともほかになにかあるの？〟

33

アリス　二〇一八年八月十五日

仕事でさんざんに痛めつけられた夫の自尊心を、育み慈しむことが妻の仕事の第一義である。士気を高めることこそが女の務めだ。
——エドワード・ポドルスキー『結婚生活における性』一九四七年

玄関のベルが鳴り、風呂あがりのアリスは急いでバスローブを羽織った。「わたしが出る」廊下の先に声をかける。ふだんのアリスは、洗い髪にバスローブを羽織っただけの姿で玄関に出たりしないが、いまはじっとしていられない気分だった。ネイトが一時間おきに様子を尋ね、薬を呑む時間を設定し、じっとしていろとうるさく言うので、気遣いはありがたいが、うっとうしくてたまらなかった。

「切らないで」ネイトが言いながらベッドルームから出てきた。スマホを耳に当てている。「おしゃべりできて嬉しかったですよ。さあ、彼女に代わります」そう言ってアリスにスマホを渡した。

「誰なの?」

「きみのお母さん」ネイトがささやく。アリスはぶつぶつ言った。母と話をする気分ではない。それに、母がネイトのスマホに電話を寄越したことも気に食わない――母からの電話に三度つづけて出なかったからだとはいえ。アリスが腕を伸ばしてスマホを掲げると、ネイトは肩をすくめた。

「きみのお母さんじゃないか、アリ」

彼が玄関に出ようと階段をおりていったので、アリスはしぶしぶスマホを耳に当て、階段に座った。「ハイ、ママ」

「ハイ、ハニー。具合はどう？」

「よくなってる、ありがと」アリスは言い、耳にかぶさるタオルをどかした。階段の下を覗き込んだが、ベルを鳴らした人が誰であれ中に入ってこなかった。「ママは元気なの？　スティーヴの肩はどう？」

「あたしたちは元気よ。彼の肩もよくなったわ。来週、山で開かれる〝静寂の瞑想の修練〟に向けて準備しているところ。あなたとネイトもそのうちやってみたらいい。感謝祭の休みにこっちに来られるなら、二日ほど参加してみない？」

「ええ、そうね。だけど、瞑想ってそもそも黙ってやるもんなんじゃないの？」アリスは階段に座ったまま、自分で塗ったペディキュアを眺めた。ひどい有様だから塗り直す必要がある。最後に塗ったのがいつだったか思い出せない。

「ええ、まあ、そうなんだけどね。でも、彼らが言うには――」

ネイトの笑い声が響いて、アリスの意識が瞑想についてぐちゃぐちゃ言う母から、笑い声のほうに向いた。「ねえ、ママ、あとでかけ直してもいい？　誰か来たみたいだから」

「いいわよ、ハニー。三時からのヨガのクラスを除けば、ずっと暇だから。カリフォルニア時間だから、そっちの六時ね」

アリスは鼻から深く息を吸い込んだ。いい加減にしてよ。

「いいこと、いまは充分に体を休めること。ホルモンのバランスを保つのに、ムラサキツユクサのお茶がよく効くわよ。送ってあげましょうか？」

「ママ、もう切るから」

「わかったわよ。寝る前に電話するから。それから、ムラサキツユクサのお茶を郵送してあげるわよ」

「わかった。バイ」アリスは電話を切ってからつぶやいた。「お茶でなんでも治ると思ってるんだから！」

「どうかした？」ネイトが階段の下から尋ねた。片手にアルミホイルをかぶせたキャセロール、もう一方の手にバラのブーケを持っている。茎を縛る金色の紐で、隣人の贈り物だとピンときた。

「サリーが寄ってくれて、夕食用にチキン・ラザニアと花をどうぞって」

「入ってもらえばよかったのに」アリスは階段をおりながら思った。サリーとのおしゃべりがいまは最良の薬だ。

「出掛ける途中で寄ったんだって。あとで訪ねるって言ってた」ネイトはラザニアを持ち替えた。

「ラザニアを冷蔵庫に入れて、花は水に浸けておくよ。ちゃんと休んでてくれよ。それともぼくが見張ってなきゃだめ？」彼はにっこりしたが、声の調子――それが示すもの――に、アリスはムッとした。

「休むことに飽きたわ、ネイト。休みすぎ。もう大丈夫なんだから」アリスは両手を差し出した。

「さあ、わたしがやる。あなたは自分の仕事をして」彼は折れた。キャセロールとバラをアリスに渡し、改装中のゲストルームへと戻った。

ラザニアを冷蔵庫にしまってバラを花瓶に活《い》けたあと、頭を包むタオルをはずし、濡れた髪を手でくしゃくしゃにした。庭に出て煙草を吸えたらどんなにいいか。だが、ネイトが家にいるかぎり無理な相談だ――夫に内緒にしているもうひとつの秘密。ため息をつき、煙草から気を逸《そ》らすのにスナックがないかと冷蔵庫を漁った。必需食品――ミルク、パン、卵一個、半分残ったピクルスの瓶、萎《しな》びたニンジン三本――しかなかった。ネイトがゆるせば、買い物に出掛けよう。

冷蔵庫からパンとミルクを取り出し、ミルク・トーストを作るのに必要な材料を掻き集めた。ネリーが手紙の中で、リチャードの気分がすぐれないときの朝食にぴったりと書いていた料理だ。読んだときは気持ちの悪い料理だと思ったが（あたためたミルクにトーストを浸す？）、作ってみたら意外においしかった。パンをトーストし、ミルクにヴァニラエッセンスを加えて火にかけ、沸騰しかけたところで深皿に移しトーストしたパンを浸し、シナモンと砂糖をたっぷり振りかける。

キッチンにおいしそうな匂いが満ち、さあ食べようとしたときスマホが鳴った。おおかた母親で、癒し効果のあるお茶の講釈を垂れるつもりだろうと思ったら、ブロンウィンからだった。結婚を知らせてきて以来、彼女とはろくに話をしておらず――二度ほど意味のないテキストメッセージを交わしただけ――いつになったらブロンウィンが許してくれるのか見当がつかなかった。ミルク・トーストの深皿にスプーンを入れ、電話を受けた。

「もしもし？」

「ヘイ、アリ。ブロンウィンよ」

「ヘイ！　元気にしてる？」話したくてたまらなかったから、つい早口になる。

「まずまず。すべてこともなし。でも、あんたは大丈夫なの？　病院に担ぎ込まれたって、ネイトから聞いた」

「ネイトと話をしたの？」驚いた——ネイトはなにも言っていなかった。

「うん、ていうか、ダレンにふたつほど質問があるって言って電話してきたのよ」軽い調子でつづける。だが、どんな質問、それっていつのこと、とアリスが尋ねる前に、ブロンウィンは先をつづけた。「それで、なにがあったの？」

「ようするに卵巣嚢腫が破裂したのよ」アリスは言った。もう少し詳しいことを話すと、ブロンウィンは心配しているふうな反応を示した。知らなかったふりをしているのかどうか、アリスにはわからない。ネイトがちゃんと話していなかったのかもしれない。

「ひええ。それで、いまはどんな具合なの？」

「まあまあ」そこで沈黙。「それで、あんたのほうはどうなの？」ブロンウィンはすでに〝まずまず〟とどっちとも取れる返事を返していたが、アリスはなんとしてもおしゃべりをつづけたかった。いまほど親友を必要としたことはない。

「忙しいけど、文句は言えない。ありがと」ブロンウィンが言い、また沈黙。

アリスはひと呼吸置いてから言った。「わたしたち、大丈夫なのかな？」

ブロンウィンが軽いため息をつき、アリスは唇を噛んで涙を堪《こら》えた。「大丈夫よ、アリ」和解のオリーヴの枝が差し出され、アリスは両手で摑んだ。

「こないだのこと、ほんとうに申し訳なかったと思ってる。わかって欲しい。あんたとダレンの幸せを祈ってるのよ。わたしったらほんとにクソ馬鹿野郎。それだけの話」

「あんたがクソ馬鹿野郎なのは否定しない」ブロンウィンが笑った。アリスはほっとした。「それを言うならあたしだって。すぐにあんたに話すべきだった。結婚する前に話すべきだったんだよね。結婚するまで、そんなことになるなんて思ってなかったにしても、わかるでしょ？　でも、あんたは親友だし、あんたには話しておくべきだった。ごめんね、アリ」

「いいのよ。でも、つぎのときは、エルヴィスの教会に駆け込む前に知らせてよね」

「お黙り。つぎのときなんてありっこない」そうであって欲しい、とアリスは願った。「ところでさ、ダレンとあたし、パーティーを開こうと思ってるの。結婚祝いの。計画を立てるのを手伝ってくれない？　いま仕事が詰まってて息つく暇もないの」

「もちろん。なんでもやるわよ」アリスはそう言ったものの、軽い嫉妬を覚えた。ブロンウィンはきつくてもやり甲斐のある仕事をしている。それに比べて自分は。「いつごろを考えているの？」

「まだはっきりしなくて。でも、ちゃんと知らせる。ダレンとランチして打ち合わせするから、そしたら細かいことを連絡する、それでいい？」

「いいわよ。彼にわたしからよろしくって伝えて」

「了解」と、ブロンウィン。「二度と病院に担ぎ込まれたりしないでよ。ネイトは心配のあまり寿命が十年縮まったと思うよ」アリスは罪の意識に苛まれた。「彼、ものすごく心配してたよ」

「うん、わかってる」

また沈黙。「ねえ、ほんとうに大丈夫なの？」

「ああ、どうして誰もかれもおなじ質問するかなあ」アリスはおおげさにうめいた。「わたしは大丈夫。卵巣も大丈夫。妊娠の障害にならないって」

「あんたの卵巣のことを言ってるんじゃないよ、アリ」ブロンウィンの口調はやさしい中にも棘があり、アリスはハッとなった。ネイトはブロンウィンに嚢腫が破裂した原因も含め、いっさいがっさいを話していたのだ。裸にされた気分だった。ネイトがそこまで話さないだろうと思い込んでいた自分が馬鹿に思える。どうしてあんな思い切ったことをやったのか、ブロンウィンにも説明できなかった。誰よりもわかってくれるはずのブロンウィンにも。ようするに、結婚した当初から、ネイトを信用していなかったということだ。

「話したくなったらいつでも電話して、いい？」

ネイトがブロンウィンに、電話してやってくれと頼んだのではないか。

「わかった。ありがと」だが、いまはブロンウィンに相談する気になれない――ネイトに先を越されてしまったし。どんなに挽回しようとしても、アリスはこの先もずっと、妊娠を避けるためなら、夫に内緒で、人から見たら不合理で無茶苦茶なことを仕出かす妻だ。

「本気だからね、アリ。なんでも、いつでも。って言ってもいまは駄目だからね。〝夫〟とランチするんだもん。いまだにその呼び方、慣れないんだよね」

「さっさと行きなさいよ、恋煩いの新婚さん。おしゃべりはそのあとで」努めて軽く言った。胃にセメントが詰まっている気がしたが。

「バイ。愛してるよ」

「わたしも」そう言ったとき、ネイトがキッチンに姿を現した。

「誰から？」

アリスは皿の中でトーストをぐちゃぐちゃにした。「母」

「また？　今度はなんの用？」

「感謝祭のこと。カリフォルニアですごそうって」

「へえ。二人で行こうか。楽しいかも」ネイトは肩をすくめた。引き出しからフォークを取り出し、皿のトーストに突き刺した。「これって癖になるよね」

「どうぞ、みんな食べちゃって。わたしはそれほどお腹が空《す》いてないから」アリスは顔をしかめ、皿を彼のほうに押しやった。

「気分はどうなの？」

「すごくいい」彼女は言い、ついでにほほえんだ。このところ嘘ばっかりついている。しかも恐ろしいほどすらすら口をついて出る。

34

ネリー　一九五六年九月九日

【レモン・ラベンダー・マフィン】

小麦粉　カップ二　／　ベーキングパウダー　小さじ三
重曹　小さじ一　／　塩　小さじ二分の一
卵　二個　／　コンデンスミルク　カップ一
蜂蜜　大さじ三　／　融かしバター　冷ましたもの、大さじ三
レモンの皮　／　ラベンダーの蕾　小さじ二

1　小麦粉とベーキングパウダー、重曹、塩を混ぜてふるいにかける。
2　溶いた卵とコンデンスミルク、蜂蜜、バターを混ぜ合わせる。
3　1の真ん中をへこませ、そこに2を注ぎ、ざっくりかき混ぜる（だまが残る程度に）。これにレモンの皮を摩りおろしたものとラベンダーの蕾を加えて混ぜ合わせる。
4　脂を塗ったマフィン型の三分の二まで3を流し込み、百九十度に予熱したオー

ブンに入れ、二十～二十五分焼く。

ネリーは潰して乾燥させたラベンダーの蕾をボウルに入れ、香りが全体に行き渡るよう木のスプーンでかき混ぜた。レモンの皮を摩りおろしたものと一緒に使う場合、香りが立ちすぎないようほんの少量にするのがこつだ。正確に分量を量らないと、マフィンを食べたとき、口の中が引き出しに忍ばせる香り袋みたいになる。マフィンは、その日の午後に予定されているマーサの二人目の子の誕生祝いに持ってゆくつもりで、リチャードが出勤するとすぐに作りはじめた。こうすれば冷ます時間をとれる。

ラベンダー・マフィンは調子がいいときの母を思い出させるので、めったに作らない。それでも、ネリーの好きなレシピであることに変わりはなかった。レモンは太陽の香り、ラベンダーはいちばん力強いハーブだ。女の美と気品の象徴だから、マーサの出産を祝うのにもってこいだと思った。

ボビーの誕生を祝う電話をしたとき、まるで朽ち果てて修理不能な船みたいな気分よ、とマーサは言っていた。「ダンは長いことあたしに触れようとしないの、ネリー。でも、彼を責められないわね！　あたしったら、どこもかしこも……だぶついてるんだもの」マーサはワッと泣きだし、電話の奥でボビーもつられて大声で泣いた。あなたは美しいわよ、とネリーは必死に慰めた。〝母親になって美しさがいっそう際立ってるもの〟電話を切ってから、そうだ、お祝いにラベンダーのマフィンを焼こう、と思った。哀れなマーサには、夜にぐっすり眠れることや、妻が払った犠牲にちゃんと感謝する夫もだが、ラベンダーのマフィンが必要だ。

生地に小さな塊が残っていることに気付き、さらにかき混ぜてからマフィン型に注ぐと、思い出が甦った。母と住んでいたころは、このマフィンを頻繁に作ったものだ。母の気に入りのレシピでもあったからだ。母はきまってネリーに注意した。「混ぜすぎてはだめよ、ネル・ガール。混ぜすぎると粘り気がでて、型から離れなくなっちゃう！」母の口癖を思い出し笑みを浮かべる。

タイマーをセットし、マフィンが焼けるあいだ座って一服しながら、母とこのレシピを最後に作ったときのことを思い出した。ネリーの十六歳の誕生日の少し前のことで、インフルエンザで伏せっている母の友人へのお見舞いとして焼いたのだった。母は狭い台所で椅子に座り、乾燥させたラベンダーの枝から蕾を摘み取っていた。痩せて寒がりな母は、夏だというのに赤と緑の冬のセーターを着込み、ボタンを上まで留め広い襟で首を被《おお》っていた。テーブルに広げたティータオルの上に摘み取った蕾を集める。その朝はほかのハーブ――オレガノ、タイム、ローズマリー、ディル、ミント、バジル、タラゴン――も摘んできていた。水に浸けてやわらかにして料理に使ったり、クロゼットや引き出しに忍ばせる匂い袋に入れたり、お風呂に浮かべたりする。

戦時中、町中の店に貼りだされた〝自給自足〟を促すポスターに触発され、母は庭を戦時農園にして野菜やハーブ作りに邁進《まいしん》し、戦争が終わってもハーブを作りつづけていたのだ。戦時農園は広く普及し、スワン母娘が住む界隈でも野菜やハーブが盛んに栽培されたが、戦後は荒れるに任せる家が多かった。

ネリーは母と一緒にテーブルにつき、レモンを掌で転がして皮をやわらかくほぐした。果汁はレモネードにして、鮮やかな黄色い皮は摩りおろして使う。おろすたびに皮の油が爪にまとわりついた。おろした皮を掌に集め、ティータオルに移して山にしてゆく。

「ラベンダーのほうは終わりそう？」ネリーは母に尋ねた。蕾を盛った小さな皿を、母は滑らせて寄越した。レシピにはラベンダーを小さじ二杯とあり、分量を正確に量る（とくにこのレシピの場合）のがネリーの役目だった。いつも驚かされるのだが、母の目分量は正確だった。

「キッチンを包むラベンダーの香りは、いつ嗅いでもいいものよね」母は言い、香りが移った指を顔に当てた。「心が安らぐ香り、そう思わない？」母が心の安らぎを得るのは稀だったから、こういう言葉を耳にするとネリーの胸に希望が花開いたものだ。母が歌いだし、ネリーも声を合わせた。マフィン生地にレモンの皮の摩りおろしとラベンダーの蕾を混ぜ込むあいだ、見事なハーモニーが台所を満たした。

あの当時、一緒に料理することは家政学を学ぶ機会であるだけでなく、母から娘へと主婦の心得を伝える場でもあった。パン酵母の作り方、スープにはオートミールを少量混ぜるとよいこと（こってりする）、カリフラワーの色止めには酢を使うこと。ネリーに料理の基礎を身に付けさせたのは、娘が自分の二の舞を演じずよい結婚ができますようにと願う母心だった。贅沢とは無縁のつましい暮らしだったが、母はネリーに、庭に注ぐのとおなじ惜しみない愛を注いでくれた。「あなたはあたしの宝物よ」就寝時にはそう言ってネリーを布団で包んでくれて、額や頰や瞼にキスしてくれた。バラと小麦粉の匂いのするキスだった。「あたしの大事な宝物」

「ネリー、あなたのために書いておいたわ。さあ、ダーリン」マフィンが焼けるのを待っていると、母がレシピカードを差し出した。母の勢いのある文字は、その声と同様にネリーの体に染み込んでいた。

「なんなの？」ネリーはカードを受け取り、材料に目を通した。「ああ、これなら知ってるわよ、お母さん」一瞬だが、ネリーは母の精神状態を心配した。カードに書いてあるのは、母の家に代々伝わるレシピで、ネリーは空で覚えていた。

「あなたのレシピのほうがあたしのよりもいいかもしれないわね」母は言い、口元に笑みを浮かべた。「ディルが入っているレシピでしょ。ディルは胃腸の働きを助けるから」〝ああ、このほほえみがつづきますように〟ネリーは思った。笑顔の母はとても美しい。

母は分厚いセーターをクッション代わりに骨張った肘を突いて身を乗り出し、娘の注意が自分に向くのを待った。小さなテーブルに向かい合わせに座るネリーは、両手でカードをしっかり摑んだ。レモンの油がついたままの指で摑んだので、カードの縁に黄色い染みがついた。

「でも、ほかに加えるものがあるのよ。あなたはもう大人だからね」母が声をひそめたので、ネリーは身を乗り出した。顔と顔がくっつきそうなほど。「口移しで伝えられてきたもの、けっして文字にされなかったもの。だから、よく聞いて、いいわね、マイガール?」

母の声の厳しさに、鼓動が速くなった。母の言うことに耳をそばだて、一瞬だが目を見張った。だが、充分に冷めたマフィンを母の友人に届けるため箱に入れたあとも、鼓動はおさまらなかった。

35

アリス　二〇一八年八月二十日

たとえ不感症であっても、早まって夫に告げてはならない。妻が不感症であろうとなかろうと、そのことを知らないかぎり、男が行為によって得られる快感に変わりはないのである。言われないかぎりわかりようがないし、知らなくて傷つくことはない。

——ウィリアム・J・ロビンソン『結婚生活と幸福』一九二一年

ドクター・スターリングの診療所でIUDを取り出してもらい——装着するより簡単だった——ピルの処方箋を出してもらったあと、ちかくのヴィンテージ・ショップをひやかした。艶やかなページボーイにエメラルドグリーンのペンシルスカートという装いの店員は、まるで〈レディース・ホーム・ジャーナル〉誌から抜け出てきたみたいで、店の外で煙草休憩中だった。アリスが服を褒めると、サラという名の店員は、両切りだからね、と警告したうえで煙草を勧めてくれた。

「ありがとう。両切りは吸ったことがないのよ」煙草を指に挟んで、アリスは言った。

「ちょうどよかった」サラは言い、火のついたマッチを煙草の先にかざした。「ちがうんで驚くわよ」アリスは煙を吸い込んだとたん、喉が焼けて咳き込んだ。

「ほらね、慣れるのに時間がかかるのよ」サラは煙草を深く吸い込み、煙を長々と吐き出した。「自分でフィルターを切り取ってたこともあるの、安上りだからね。でも、なんかちがうの。いまではオンラインで買ってる」

アリスはうなずき、試しに吹かしてみた。咳き込んだせいで目に涙が浮かんでいた。喉は焼けず、咳き込まなかった。サラの言うとおりだ。フィルターがない分、煙草の香ばしい味わいや効果が強まり、ニコチンが血流を直撃する。頭がくらっとするのが心地よく、店を出て家に戻るやいなや、残っている煙草のフィルターを切り落とした。小説を書き進めるつもりだったが、買ったばかりのヴィンテージ・ドレスに着替えてパティオで煙草を吸った。ここなら家の中が煙草臭くならない。紫煙を燻らせながら、半世紀以上前にネリー・マードックもおなじことをしたのだろうかと思った。


その週はこともなくすんだ。ネイトは毎朝出勤し、約束どおり夕食に間に合うように帰宅し、アリスは小説を書き進めようと努力した。それはつまり、一九五〇年代の家庭生活をネットでこまめに調べ、雑誌とネリーの手紙を読み返し、夫が留守のあいだ庭に出て真珠貝のシガレットホルダーでフィルターを落とした煙草を吸うことだった。このところ喫煙が日課になっていたが、いずれやめなければと思ってはいた——いつまでも隠しとおせるものではない。ネイトに見つかったらどうしようと心配するのも疲れる。だが、煙草は集中力を高め、苛立ちを抑えてくれる。それに、五〇年代にはみんな吸っていたし——医者までがその効用を信じていたほどだ——アンティークのホルダーに煙草を差す仕草は詩的ですらあり、小説の下調べには欠かせないものだ。

友人の病気見舞いで留守をしていたサリーが、延びのびになっていた約束を果たそうと夕食に来てくれたのは、その週末の土曜日だった。アリスが用意したのは簡単なメニュー、ネリーの料理本で見つけたウェルシュ・ラビット（チェダーチーズ、生クリーム、ドライマスタード、スパイスを混ぜたソースをトーストにかけた料理）にスライスしたトマトを添え、ソーセージを焼き、デザートは〝フワフワ・ホワイトケーキ《フラッフィー》〟。ケーキは残念ながらフワフワにならなかったが、それでもおいしかった。サリーがとっておきの冒険談を聞かせてくれたので座は盛り上がり、ワインをしこたま飲んで遅くまでおしゃべりに興じた。

アリスもネイトも酔っ払い、珍しく（そのころにしては）はしゃぎ、ベッドでサリーに相手を見つけてあげる相談をした。お相手はおなじ通りに住む年配のハンサムな男性（名前は思い出せなかった）で、いつも芝生を掃いている。卵巣嚢腫破裂事件以来久しぶりにセックスもしたし、まずまず楽しい夜だったから、アリスはいつになく前向きな気分になれた。


月曜日のアリスは、ピルのせいかお腹が張り、インスピレーションが湧かなくて不機嫌だった。まったく書く気になれず、表側の窓から外を眺めながら煙草をふかしていると、ネイトが自転車でドライヴウェイをやって来た。慌ててパソコン画面の時計を見て――午後三時七分――煙草を指に挟んだまましばし呆然とした。窓は開け放してあったが、煙が薄いベールみたいに頭上に漂っている。手を振ってなんとか煙を追い出そうとした。リビングルームで煙草を吸うなんて愚の骨頂だが、雨が降っていたし、ネイトは出張でマンハッタンに来ている大学時代の友人と会うので遅くなると言っていた。こんなに早く帰宅するなんて思ってもいなかった。

「クソッ、クソッ、クソッ」そうつぶやきながら、煙草をホルダーから抜いて水のグラスに落とした。古い雑誌を扇代わりに扇いで煙を外に逃がしていると、玄関のドアがバタンと閉まり、ネイトがヘルメットをかぶったまま、メッセンジャーバッグを斜め掛けにしたままでリビングルームに入ってきた。雨の中自転車を漕《こ》いできたからびしょ濡れだ。

「まあ！　電話をくれれば」アリスは言った。声に不安が滲む。「駅まで車で迎えに行ったのに」

ネイトは信じられないという顔でアリスを見つめた。「煙草を吸うの？」

アリスは両手をあげ、考えをまとめようと必死になった。否定はできない。煙草の臭いがしっかり残っている。「昔はね。あなたに言ってなかったけど、大学のとき吸ってたのよ。少しのあいだ」声がやけにヒステリックだから、深呼吸して気を鎮めた。

「ごめんなさい。クレイジーに聞こえるかもしれないけど、この本が……ふだんしないようなことをわたしにさせるのよ。本を書くのって思ってたより大変で、スカースデイルのヴィンテージ・ショップの店員に勧められてね。それに、いろいろ調べてみて五〇年代にはみんな吸ってたことがわかって、それで、これは経験してみないといけないんじゃないかって思って。つまりね、煙草を吸うつもりなんてなかったのよ。ほんとうだってば、ネイト！　そんなふうに見ないでよ」ネイトはそれでも見つめつづけた。喉を絞めてやりたい、という顔で。

「スランプに陥ってて、それで、もしかしたら助けになるかもと思って。見えてくるものがあるかもしれないから。馬鹿げたことをやるとね。これ一本きりにする。約束する」吸いかけの煙草が水に浮かぶグラスを指さした。ポットで淹れた紅茶みたいに煙草の葉が浮かんでいる。煙草のカートンがデスクに出しっぱなしだったことに、そこで気付いた。重ねた雑誌になかば隠れている。ネイトに見つからないよう雑誌を動かす。

ネイトは微動だにしない。リビングルームの入口に彫像のように立ち、床に雨粒を滴らせ、信じられないという表情を浮かべていた。「大学のとき吸っていた？」

「たまにね。気が向いたときに。ねえ、ネイト。たかが煙草じゃないの」

「きみはいったいどうしちゃったんだ、アリ？」ネイトは尋ねた、というより怒鳴った。そこでアリスは悟った。彼が会社を早引けしてまで戻ってくるほどのことがあったのだと。煙草を吸わない妻が夫の留守に煙草を吸っているのを見つけた以上に重大ななにかが。

アリスは顔をしかめた。「待って。どうしてこんなに早く帰ってきたの？」

「どうしてか知りたい？」ネイトの声がうわずる。

〝だから尋ねてるんでしょ〟手が震え出したので両手を握り締めた。「ええ、ネイト。知りたい」

いくつかの筋書きを考えた。彼は病気（具合が悪そうには見えないが）。夕食の約束がキャンセルになり、仕事を家に持ち帰ってやることにした。卵巣嚢腫破裂事件のあと、彼はずっと心配しつづけている（彼女がすっかりよくなったことは、彼も承知しているはず）。いずれの筋書きも、彼がひどく動揺している原因とはなりえない。

ネイトはアリスを見つめたまま、ヘルメットの留め金をいじくっていた。「ランチでジェシカ・ストルワートに会った。憶えているよね？　向こうはきみを憶えていた」

アリスはうなずいた。どういうことか合点がいったものの、顔には出さなかった。「どうしてそんなことになったの？」ネイトとジェシカは住む世界がちがうから、言葉を交わすなんてありえない。

「彼女はジェイソン・カトラーと付き合ってるんだ」ジェイソンはネイトの同僚で、個人的にも親しくしている。「彼とランチの約束をしていて、オフィスを訪ねてきた」

ジェシカ・ストルワートがウィッティントンで働きだしたのは、アリスがクビになる半年前だった。アリスはすぐに彼女を好きになった——アリス同様にやり手で、頭の回転が速く自信家だから、あんなことになっていなかったら友だちになれただろう。アリスが辞めたあと、ジェシカはジョージアの子分になったらしいから、事情を知っているにちがいない。ジョージアしか知らない秘密まで。たとえば、有名作家から告訴されかかったこと。〝なんてことよ〟

「彼女は元気だった？」アリスがなんとかそう言ったとたん、ネイトの堪忍袋の緒が切れた。メッセンジャーバッグを床に叩き付け、ヘルメットを脱いでそれも叩き付けた。ヘルメットが剝き出しの床を打つ音に、アリスはビクッとした。床の揺れが足に伝わる。

「ジェシカは元気だ。最近になってウィッティントンを辞めたそうだ。それよりも興味深いのは、彼女がきみの心配をしていたことだ」

「わたしの？」アリスはせいいっぱいキョトンとしてみせた。「どうして？」

「どうしてぼくに尋ねるんだ、アリ？」ちかづいてきたネイトの体が強張り熱く燃えあがった。彼が目をきつく閉じ、指で鼻梁を摘まむ。「ジェイムズ・ドリアンのことをどうして話してくれなかったんだ？」

ジェシカがどこまで彼に話したのか、なんとか見極めないと。「ネイト、話すほどのことじゃなかったんだもの」

ネイトは頭を振り、口を引き結んだ。「彼に襲われたんだろ、アリ」

ああ、そっちね。ジェイムズの秘密をばらしてクビになったうえに、ネイトに嘘をついたことではなかった。「大騒ぎするようなことじゃなかったのよ。危険な目に遭ってないし。つまり、その、彼はわたしの膝に手を置いたりしたけど、そうしていいなんてわたしはひと言も言わなかった。でも、そういうことになって。ようするにね」そこでひと息つく。「彼は酔っ払いのミソジニストだけど、わたしの手に余るような事態にはならなかった」

「きみの手に余るような事態にならなかったって？」ネイトは目を見開き、声を落とした。「警察に通報するとかなんとかすべきだった」彼は憤懣《ふんまん》やるかたないという顔で歩き回り、うっかりヘルメットを蹴飛ばした。ヘルメットが床を転がる。「きみをそういう立場に置いたジョージアを訴えるべきだ。雇用保護を怠ったウィッティントン・グループを訴えるべきだ」

彼は激怒しているが、怒りの矛先が自分に向いているわけではないので、アリスはほっとした。警察沙汰にも訴訟沙汰にもならないだろう。ジェシカの話の中のアリスは、なんとか体面を保ったことくわしたのはよかったのかもしれない。ジェシカの話の中のアリスは、なんとか体面を保ったことになっている――ジェイムズ・ドリアンの破廉恥行為は、彼女がウィッティントンを辞める充分な理由になる。いままで黙っていたのは、解決済みのことで余計な心配をかけたくなかったから、と言おうとしたら、ネイトに先を越された。「きみはクビになったの？　ジェシカはそう言ってた」

「いいえ。わたしは――」

「このことでジョージアがきみをクビにした？　もしそうなら……」ネイトは彼女の両手を摑み、

やさしく指を絡めた。なんてこと、彼は悲しそうだ。その一方で、彼の目の中で怒りが燻り、歯を食いしばっている。

いまこそネイトに打ち明けるべきだ。だが、そう簡単にはいかない。ジェイムズ・ドリアンやウィッティントンとのやり取りを事細かに話したところで、いまとなってはどうでもいいことだ。それに、ＩＵＤのことがいまだに二人のあいだでわだかまっているから、いまここであらたな事実が明るみにでるのは双方にとってあまりに荷が重い。「あそこでもう働けなくなったのは、それが原因だった。まるで針の筵《むしろ》だったから、ジェイムズ・ドリアンやジョージアやウィッティントンから離れたかったの」彼の指を握り返す。「すぎたことなんだから、あなたも関わらないでちょうだい。いまさらなにをやっても無駄なのよ。わかった？」

ネイトは鼻から深く息を吸い込み、ため息と一緒に吐き出した。「わかったよ、アリ」彼がそう言ったので、アリスはありがとうとつぶやき、彼に体をもたせた。「あなたを巻き込まずにすんでよかった」

「そうだね」二人の体が振動し、アリスは体を引き、ネイトはポケットからスマホを取り出し画面に目をやった。〝ドリュー・バクスター〟ネイトはハッとなり、画面に目をやったまままわずかに体を離した。

「ごめん、電話に出ないと。ロブから」ネイトは言い、上司のロブ・ソーントンの名前を出した。スマホから顔をあげてアリスを見た。画面上のドリューの名前をアリスに見られたとは思っていないようだ。明らかにどうしようか迷っている――深刻で気が動転するような経験をした妻の世話を焼くべきか、試験勉強のパートナーからの電話を受けるべきか。上司からの電話だと言った以上は受けないわけにいかない。「べつに出なくてもいいんだ……」

ネイトのスマホは鳴りつづけた――彼は出たくてしょうがない――アリスは手足の感覚がなくなるのを感じたが、無理にほほえんだ。「いいえ、出るべきよ」

彼はにっこりしてスマホを耳に当て、階段に向かい一段飛ばしにあがっていった。会話の切れ端でも聞き取れないかと、アリスは階段の下まで行った。ネイトがベッドルームのドアを閉める前に聞こえたのはこれだけだった。「難しいのはわかる……ぼくもおなじだよ……」仕事上の付き合いとはとても思えない、馴《な》れなれしく親密な口調だった。胃がむかむかする。恐れていたとおり、ドリュー・バクスターと夫のあいだで、試験勉強以上のなにかが繰り広げられているのではないか。

36

ネリー　一九五六年九月十三日

【ヨモギギク茶】

乾燥させたヨモギギクの花　小さじ一〜二
オレンジの皮の砂糖漬け　小さじ一
沸騰したお湯　カップ一　／　蜂蜜　小さじ一

沸騰したお湯にヨモギギクの花とオレンジの皮を浸ける。お湯が黄金色になったところに蜂蜜を加え、すぐに飲む。必要ならこれを繰り返す。

エルシー・マティルダ・スワン
愛された母親、早すぎる死
一九〇七年九月二日〜一九四八年十月五日

ネリーが母を最後に訪ねてから六ヵ月が経っており、墓石のまわりは荒れ果てていた。雑草が生い茂っている——ほかより葉を長く伸ばしたもの、緑が濃いもの、葉が分厚いもの。エルシー・スワンのグリーンサムとやさしい語りかけがないと、草はみんなで揃って生長する仕方がわからないようだ。伸び放題の草を数本抜き、泥を振るい落とし、ダリアのブーケを墓石の下に供えた。ダリアはもっとも調和のとれた花、明るい色の花びらが放射線状に伸びるさまは一幅の絵のようだ。どんよりと曇った空の下でも、ピンクと白の花は華やかだ。ダリアは長く咲きつづけ（初霜がおりても枯れなかった花を見たことがある）、花言葉は破られることのない固い約束だ。そんな深い意味を与えるには、この花は陽気すぎるとネリーは思うが、だからこそダリアは人を魅了するのよ、と母は言った。「可愛いだけでなく力強い花なの。あなたみたいにね、スウィートガール」

「こんにちは、お母さん。遅まきながら、お誕生日おめでとう」藤色がかった冷たい石に刻まれた母の名前を指で辿り、没年月日で指を止めた。「待たせてしまってごめんなさい。なかなか出られなかったものだから。でも、これからはもっと頻繁に会いに来られると思うのよ」墓石のかたわらに座り、スカートを脚にたくし込んだ。草がふくらはぎをチクチク刺す。母の最期の姿は消すに消せない思い出だ。八年前のその日、学校から戻って惨状を目にした。〝バスルーム。縁まできている水〟母はきちんと服を着て、どんよりした目を大きく見開き、水に沈んでいた。ネリーはまだ一人で生き抜くには幼すぎたが、母はほかに選択肢を残さず先立った。

母はリチャードに会うことはなく、結婚式にも出席しなかったし、娘がしたためた手紙を読むこともなかった。理由はどうあれ、母のことがリチャードに知られてはならない。夫婦仲がよかった新婚時代からずっと、ひた隠しにしてきた。きまりが悪いのもあった——自ら命を絶つことは罪という社会通念があるし、母の思い出を汚されたくなかった。だが、なによりも怖かったのだ。母を呑み込んだ闇にいつか自分も呑み込まれるのではという恐怖。リチャードがそのことを知れば、逆手にとってますますネリーを虐《いじ》めるだろう。

エルシー・スワンは認知症で、フィラデルフィア郊外の介護施設にいるとリチャードに信じこませた。お見舞いはできればネリーだけにするよう施設のスタッフから言われていると伝えたので、リチャードが一緒に来ることはなかった。もっとも、ネリーもフィラデルフィアに行ったことはない。母の墓はプレザントヴィルにある。ネリーとリチャードの住まいからそう遠くない場所だ。

「わたしたち……もうだめなの。手の施しようがない」ネリーは言った。「でも、わたしが家に戻ったら、事態が好転することを願っている」ミリアムには、フィラデルフィアに母を訪ねるのでひと晩家を空ける、と言ってあった。手紙を持っていってあげたら、とミリアムに言われ、ネリーは応えた。「いいえ、悲しいことに母は手紙を読めないんです」ミリアムはネリーをきつく抱き締め、関節炎の指でやさしく円を描くように背中を撫でてくれた。もしかしたらお母さまの頭がはっきりしているかもしれないわね、そうであることを祈ってるわ、とミリアムは言ってくれた。ミリアムにまで嘘をつくのは心苦しかったが、ほんとうのことを言えばかえってややこしくなる。

ネリーが家を空けることに、リチャードは妊娠と家を守る責任を持ちだして反対した。だが、ネリーは引きさがらなかった。母の具合が悪いからこれが最後の訪問になるかもしれない。家を空けるのはひと晩だけと彼女に約束させ、リチャードはしぶしぶ同意した。

「また妊娠したのよ」ネリーは母の墓石に語りかけた。「リチャードは有頂天よ」大きなため息。「疲れたわ、心底疲れたわ、お母さん。でも、彼は強すぎる。言い出したら聞かないのよ」ネリーは必要もないのにダリアを整え直した。

「でも、心配しないで」明るい声で付け加える。「どうすればいいかわかっているから。よい結末を迎えることになるわ」

目を閉じて母の美しい笑顔を思い浮かべた。母が生きていたら、ネリーの回復力と勇気を誇りに思ってくれただろう。「お母さんの友だちのミセス・パウェルのことを思い出したのよ」低い雷鳴が聞こえ空を見あげた。灰色の雲が大きな塊を作っている。腕の毛が帯電して逆立ち、嵐の到来を告げる。「彼女がくれた真珠貝のシガレットホルダーを憶えているでしょ？　お母さんは煙草を吸わなかったけど、どこに行くにも持ち歩いていた……不思議よね、使いもしないのに捨てられない物があるって。もっとも、あのシガレットホルダーはわたしが使っているわよ。素晴らしい贈り物」

ベティ・アン・パウェルは魅力的な女性で――長身で骨張った体で、バラ色の口紅とマニキュアと真珠貝のシガレットホルダーに差した煙草を手放したことがない――十三歳のネリーにとってあれほどエキゾチックな人はいなかった。ネリーはパウェル家の二人の子どもたちの子守りをしており、ミセス・パウェルとおしゃべりするのが楽しみだった。彼女は聡明で快活だったが、三人目を身籠ったとわかると人が変わったように笑わなくなった。

ミセス・パウェルはどこが悪いの、と母に尋ねると、あなたには理解できないだろうけど、彼女はあと一人子どもを持つことを望んでいないのよ、という答が返ってきた。「女には選択肢がないに等しいの、ネリー。女であることがいちばんの強みであると同時に、いちばんの弱みにもなりうる」母の予想どおり、ネリーは理解できなかった――子どもを望まないことも（女なら誰でも子どもを欲しがるんじゃないの？）、強みであり弱みであるということも——が、わかった顔をしてうなずいた。

ネリーの母を見る目が変わったのは、おそらくあのときだったのだ。〝お母さんは自分で望んでわたしを産んだの、それとも無理やりそうさせられたの？〟「あたしの心臓が脈を打ちつづけるのは、ネル・ガール、あなたに聞かせるためなのよ」母はかつてそう言った。ネリーは恐怖に竦《すく》みあがった——悲劇や悲嘆の最中にあっても心臓は脈打ちつづけるものだと理解するには、ネリーはまだ子どもすぎたが、それでも母の教えはちゃんと根付いた——女の生存は子どもを産むことによってのみ保証されるという信念となって。

ネリーはやがて、心臓と母の病気について事実を知ることになった。望んだにしろそうでなかったにしろ、ネリーを産んだことにより、母は長年にわたる苦痛に耐えざるをえなくなった。ネリーがいなければ、母はずっと前に屈服していただろう——ほかの人間のために生きるのは並大抵のことではない。ミセス・パウェルはあと一人子どもを持つことを望んでいない、と母に聞かされてからほどなくして、ネリーは母と共にパウェルの家で午後をすごしたことがあった。女二人はベランダで内緒話をしていた。ミセス・パウェルはそのとき黄金色のヨモギギクのお茶——庭で摘んだ花で淹れたエルシーのレシピ——を飲んでおり、ネリーは子どもたちと遊びながら、選択肢とか心臓が脈打つのはなぜかとか考えていた。

二日後、ネリーはまたパウェル家の子守りを頼まれた。母によると、ミセス・パウェルはインフルエンザに罹って胃をやられ流産したそうだ。当時、ネリーは幼く迷信深かったので、ミセス・パウェルの赤ちゃんが死んだのは、母親の心の奥底にある思いや後悔を知り、望まれていないことを知ったせいだと考えた。あなたももう理解できる年ごろだから、と母が事実を話してくれたのはだいぶ経ってからのことで、流産はインフルエンザとも迷信とも関係なかった。

風向きが変わり、ネリーは剝き出しのふくらはぎを風に打たれブルッと震えた。「残念だけどもう行かないと、お母さん」立ちあがり、スカートから草の葉を払い落とした。「雨が激しくなる前に行くわね」

ネリーは屈み込んで墓石に唇を押しつけた。雨が降り出し、あっという間に雨脚が強くなった。だが、雨に濡れて服が体にへばりつこうがどうでもよかった。熱いお茶を飲むことだけを考え、ホテルまで震えながら走った。

プレザントヴィルの墓地や彼女がリチャードと暮らす家からほどちかいホテルの部屋に戻ると、冷えた体をあたためようとお茶を淹れた。レモンイエローのフワフワのボタンみたいなヨモギギクの花を乾燥させたものを、紙袋に入れて持ってきていた。カップにヨモギギクの花と砂糖漬けにしたオレンジの皮を入れて熱湯を注ぎ、成分が滲み出るのを待った。ヨモギギクの花は苦いので、蜂蜜を小さじ一杯加えて甘みを足す。そうやって淹れたお茶を三杯、たてつづけに飲んでからベッドに入ったものの、眠るつもりはなかった。母の墓参りをしたあとだから、いろんな思いが交錯した。

数時間後、ひどく具合が悪くなった。洗面所のタイルの床に震えながら横たわり、死ぬのだと思った。女の心臓はこうして止まる。それは望ましいことに思えた。子を諦めたつぎの瞬間、母親の心臓は止まり安らかな終わりを迎える。だが翌朝、最悪のときはすぎ去り、通りの水溜まりを叩く雨音で目を覚ました。

そろそろと起き上がり、震える手でシンクの縁を摑むと刺すような痛みが下腹に広がった。寄せては引く痛みに体を二つ折りにしてうめいた。安堵は苦痛とおなじぐらい強いものだった。

これしか道はないとわかっていても、子宮の収縮と痛みがおさまるまですすり泣いた。最悪の敵に対してこんな手段は取りたくなかったが、後悔はしていない。困っている女に庭が与えてくれる贈り物、そういう花々に感謝した。

ぐったり疲れていたがなんとか体を洗い、ティーカップを濯ぎ、ヨモギギクの花の残骸をバスルームのシンクに流した。窓を開けて一服しながら雨を眺め、いつになったら止むのだろうと思った。使わなかったベッドの上に小さな旅行鞄を置いて荷物を詰めていると、電話が鳴った。呼び鈴が何度か鳴るに任せてから、おもむろに受話器を取った。

「ネリー？」ミリアムの声だった。わずかに息を切らしている。ネリーは受話器を耳に押しあてた。期待が全身を洗った。「ああ、ハニー。すぐに戻ってらっしゃい」


グリーンヴィルの家に戻るため列車に乗り込んで発車を待つあいだの心持ちときたら、これまでとまったくちがっていた。背中を丸め、差し込みがおさまらない下腹をきつく抱いて座っていた。雨は降りつづいていた。涙の筋が残る頰を窓に押しあて、ガラスを伝い落ちる雨粒を見つめた。

子どものころ、庭で植え付けの準備をする母の手伝いをしていると、雨が降ってきたことがあった――土砂降りだった。「犬と猫が降ってきそうね、ネル・ガール」母は激しい雨も、動物が空から降ってくることも気にせず作業をつづけた。〝犬と猫？〟幼いネリーは恐るおそる空を見あげ、目に入る雨粒を瞬きして払い、なにが降ってくるか待ち構えた。母は大笑いして顔を仰向け、舌を出して雨粒を受け止めた。

「ことわざよ、ネリー。空から降ってくるのは水だけ、マイ・ラヴ」ネリーはほっとし、仰向いて雨を飲んだ。雨は舌に冷たく甘かった。嵐はつづき、母は作業に戻った。「雨のあとは晴れるものよ」強い口調だった。まるでそれが約束であるかのように。空には守る気のない約束でも、母は信じずにいられなかったのだろう。

　だが、母は荒れる空とうまく折り合いがつけられなかった。湯が溢れた血が滲むバスタブの中に母の遺体を見つけたのは、雨が降りつづいて七日目のことだった。大雨の一週間だった。鉄砲水が発生し、人びとはよほどの用事があるときだけ黒い傘を差して出掛けた。バスタブの縁に飲みかけのミルクのグラスが残されており、ミルクが緑色だったのは、目が覚めないようにと毒性のある花緑青入りの殺虫剤を融かして飲んだせいだとわかった。そうして母が溺死した翌日、太陽が顔を出し、生活を一変させるような強く熱い日射しが降り注いだ。母が見たらなんと言っただろう、とネリーは思った。あのとき、なぜ母は信じることができなかったのか。太陽はかならず戻ってくることを……待つ強さを持ってさえいれば。

37

アリス　二〇一八年九月四日

主婦は一日の大半をひとりですごしているので、男性が口にする〝ほっといてくれ〃がかならずしも孤独を意味するわけではないことを理解できません――女性の要求や束縛から逃げたいだけのこと。男同士でボウリングをしたりトランプ遊びに興じたり、あるいはひとりでガレージに閉じこもって車の分解修理をしたり、推理小説を読んだりするのは、束の間でも逃避したいからです。こういった幸せな孤独の瞬間を夫がどう使おうと、見て見ぬふりするのが賢い妻というもの。ようするに、夫にはたまの息抜きが必要なのです。

――ミセス・デイル・カーネギー『公私ともに充実した人生を夫に送らせるための妻の心得』一九五三年

「お母さまがネリーの手紙を持っていた訳がわかったんです」アリスは言った。「というか、手紙が郵送されなかった訳がわかりました」

サリーは〝医者にお任せ〃と書かれたふたつのマグ――昔の教え子からの贈り物――にコーヒー

を注ぐところだった。「どうしてわかったの？」

「ネリーがリチャードに出会うずっと前に、母親は亡くなってるんです。つまり、手紙を出す相手はいなかったということ」執筆をサボる口実に作ったレモン・ローフひと切れを手で摘まむと、糖衣が指についてベトベトになった。「本のための調べ物をしていて、エルシー・スワンの死亡証明書を見つけました。亡くなったのはプレザントヴィルで、届出人の欄にエレノア・スワンの名が記されていました」

「それだけじゃなんとも言えないんじゃない」サリーがマグにクリームを入れ、コーヒーが均一にベージュ色になるまでかき混ぜた。

「エルシーの死因は中毒と窒息で、〝一時的精神錯乱による溺死〟と結論づけられています。それがどういう意味か知らないけど」

「ああ、それは自殺ってことよ」サリーが言った。「死因とされる〝一時的精神錯乱〟とは、自殺の気取った表現。六〇年代のはじめに自殺が非犯罪化されるまでは、自殺未遂は刑務所送りになっていたのよ」

〝自殺〟ネリーの母親は自ら命を絶っていたのだ。悲しみの波がアリスを襲った。共通点はこの家以外にない赤の他人に、こんな感情を抱くなんておかしい。それでも、親近感を抱いていた。手紙に書かれた以上のことが彼女の身に起きたにちがいないと感じるのだ。「ネリーはとっくに亡くなった母親に、どうして手紙を書きつづけたのかしら」

「推測の域を出ないけど」サリーは窓の外に目をやった。雨が降っているので、室内ですごすしかなかった。半年前のアリスなら、毎日のように年配の隣人とお茶をするなんてちゃんちゃらおかしいと思っていたが、いまではそれが日常の一部で、心待ちにするようになっていた。「母親とのおしゃべりが恋しかったんじゃないかしら」

「お母さまを恋しいと思いますか？　お母さまとおしゃべりできたらって」

「恋しいわよ。毎日そう思う。母をひとりにして申し訳なかったと思う。でも、立ち直りが早い人だった。父が亡くなったあと、ひとりで幸せに生きる道を見つけた。充実の人生を送ったけれど、あたしにそばにいて欲しかったんだろうと思う。セーターを編んでやれる孫が欲しかったんだろうなって」サリーはほほえみ、柄にもなくしんみりした。

「わたしは母とそれほどちかい関係じゃなくて。ぜんぜん似てないんです」

「どういうところが？」

「あらゆる面で。母は楽観主義者で、わたしは現実主義者。母は紅茶を飲むけど、わたしはコーヒーのほうが好き。母は痩せてる。わたしはレモン・ローフが好き。母は流行する前からヨガをやっていたのに、わたしときたら柔軟性が皆無。たまに走るけど、もっぱら摂ったカロリーを消費するため」アリスがレモン・ローフを口いっぱいに頰張って眉を吊り上げると、サリーはクスクス笑った。

「母が愛してくれたことはたしかだけど、シングルマザーだったから」アリスは肩をすくめた。「母親になったことを後悔しているなって感じたことがあるんです。わたしの人生は母の犠牲の上に成り立ってるんじゃないかって」

サリーはやさしくほほえんだ。「あたしは子どもを持たなかったからよくわからないけど、母親というのはとても複雑な役割だと思うのよね」

アリスはため息をついた。「母は最善を尽くしたと思います。母はわたしを完全には理解していないし、わたしも母のことがよくわからない。でも、お互いにそれを自覚しているので、うまくいってます」

「お父さまはどうなの？」サリーが尋ねた。

「義理の父はすごい人です。堅実で面倒見がよくて、気前がいい。でも、実の父はわたしが子どものころに家を出たきり」

　サリーはなにも言わず、アリスが話をつづけるか、話題を変えるのを待っていた。アリスは不意に父のことを話したくてたまらなくなった。自分が少しも母に似ておらず、なにからなにまで父とそっくりなことに気付いて愕然としたことを含めて。「父は二ヵ月前に亡くなりました」

「それはお気の毒に、アリス。事情はどうであれ、辛かったでしょう」

「ありがとうございます。でも、この二十年、父に会ってなかったし、話をしたこともなかったんです」だが、両親が生きていようがいまいが、よい親であろうがあるまいが、自分の一部を形作っていることに変わりはないのだ。好むと好まざるとにかかわらず、親は自分の中にいる。「父は他人同然です」

「他人同然だとしても、あなたのお父さんに変わりはない。人間関係って難しいわよね。とりわけ自分をこの世に送り出してくれた人との関係はね」サリーが差し出した手をアリスは握り、しばらく握り合っていた。「ところで、どうなの、ミス・アリス。執筆ははかどっているの？」

　アリスはうめいた。「いいえ。その話題はパスしていいですか？」

「またスランプ？」

「そのようなものです。心躍るアイディアは摑んだし、下調べをしているけど、なかなか書けなくて、いまの時点では短編小説にもなっていません」

サリーはちょっと考え込んだ。「小説を書きたいと本気で思ってるの？」

「たぶん」アリスはサリーを見つめた。「というか、思ってました。でも、いまはわからなくなってます」

「だったら、なぜつづけているの？」

「なぜって、わたしは馬鹿なことをやって仕事をクビになったのに、ネイトに言えない。彼は郊外に引っ越したがっていたんです。わたしが無職になり、マンハッタンに留まる口実がなくなって、わたしは前々から本を書きたいって言ってたし、誰もがやってみたいと思う仕事だし、妊娠するまでのあいだ、恰好の気晴らしになるし」アリスはそこで息を継いだ。このままだとＩＵＤ騒動の顚末や自分がひどく後悔していることまで打ち明けてしまいそうだ。あるいは、子どもを持つことに相反する感情を抱いていることや、それもあってこの結婚は失敗だったのではないかと思っていることまでも。ネイトは隠し事をしていて、見かけほどよい夫ではないかもしれないと不安になっていることも。

「母がよく言ってたわ。『簡単な答を得たいと思ったら、単純な質問をしてはならない』ってね」

サリーは相手を安心させる笑みを浮かべた。

「わたし、不安でならないんです。本物の人生がはじまるのを待っているような、すべてが崩壊して物事がふたたび意味を持つようになるのを眺めて時間を潰しているような気がしてならない」

「ねえ、あなたに助言できたらと思うけど、本を書くことについても、結婚生活も、家族を作るプレッシャーもなにもわからない。そうね、三つ目は少しわかるかな。自分ひとりでも子どもを育てて母にけしかけられたから。こっちに越してきて地元の病院に勤めればいい、子育てを手伝ってあげるからって母は言ってたのよ。近所に住む結婚相手にぴったりの独身男のリストを作成してね、定期的に改訂版を送って寄越したものよ。長所と短所を書き込む欄まであるの。あたしはそれを見て大笑いしていた。母が長所に挙げたのは〝着こなし上手〟で、短所に挙げたのが〝髪が薄くなりつつある〟だった。そういった特性が結婚の成否の鍵を握っているみたいにね」

アリスも声を合わせて笑った。サリーが話をつづける。「女は見られる側で自分の意見を持つべきではないし、外で働くなんてもってのほか、という時代のプレッシャーを受けて育ったにもかかわらず、母は正真正銘のフェミニストだった！　母があたしにくれた最大の贈り物は――母は素晴らしい母親だったからたくさん与えてくれたけどね――あたしにひとつの質問に答えさせてくれたこと」

「どんな質問だったんですか？」

サリーは背筋を伸ばして座り直し、溌剌《はつらつ》とした表情を浮かべて指を振った。きっと母親の癖だったのだろう。「母は言ったわ。『人生において自らに問いかけなければならないいちばん難しい質問は、〝自分とは何者か？〟なのよ。自力で答えるのが理想だけれど、油断していると他人があなたの代わりに答えてしまう――そうさせてはだめよ』」

アリスの喉に塊ができた。いまにも涙がこぼれそうだ。「あなたにおなじ贈り物をさせてね、アリス、あなたの唯一の仕事――本を書くことよりも、バラの世話をすることよりも、食事を作ることよりも大事な仕事――は、その質問の答を自分で見つけること」

「お母さまをきっと好きになっていたと思います」アリスは言った。

サリーがアリスの膝に手を置いた。「母もあなたを好きになったわ。不安を抱えた人に弱かったから」

38

アリス　二〇一八年九月二十三日

夫がたまに小さな過ちを犯したら――ちょっとした助言なら聞く耳を持つだろう。肝心なのは許すこと、忘れることだ。それよりよいのは、なにも知らないふりをすること。まっとうな道をたまに踏み外したからといって、彼の愛が冷めたわけではない。前と変わらずあなたを愛しているし、その愛がもっと強くなるかもしれない。

――ウィリアム・J・ロビンソン『結婚生活と幸福』一九二二年

「なににする？　あたしのおごりよ」ブロンウィンはH&Hベーグルズの隅の小さなテーブルに手帳を置き、注文をしに席を立とうとした。日帰りでマンハッタンに出てこなきゃだめよ、と彼女はアリスを説き伏せた。すっかり田舎に染まったあんたに必要なのは、H&Hの注入とマニキュア。ブロンウィンは一日のスケジュールを立てていた。結婚パーティー会場の下見と、アリスのかつての仕事仲間数人との食事会もそこには含まれている。だが、ベーグルが消費され尽くすまではなにもはじまらない。ブロンウィンは血糖値がさがると不機嫌になるからだ。「いつものでいい？」

朝からずっと胃がむかむかしていた。コーヒーとバナナ以外空っぽの胃になにか入れなければ。

「いつものでいいわよ。ありがと」

ブロンウィンが注文しているあいだ――アリスは七番（卵、アボカド、ペッパー・ジャック・チーズをセサミ・ベーグルに挟んだもの）、ブロンウィンはロックス（訳注：塩水処理したサケ）にスカリオン・クリーム・チーズをプンパーニッケル（訳注：ドイツ発祥のライ麦パン）に挟んだもの――アリスは真珠のネックレスに触れながら窓の外を眺めた。きょうの装いは黒のシガレット・パンツに水玉模様のノースリーブ・ブラウスに真珠で、髪はうしろに流してヘアピンで留めている。ブロンウィンはアリスを見るなり、すごくいい――それに痩せた！――と叫び、アリスはお世辞に気をよくし、いつものカジュアルな装いではなくこっちにしてよかったと思った。引っ越してから体重が減った――ストレス、外食しなくなったこと、それに喫煙のせいもあってか、かつてないほどスリムになっていた。

アリスがベーグルにかぶりつかないことに気付き、ブロンウィンが心配するので、大丈夫、元気だから、と安心させた。会話が弾まないままランチを終えると、ブロンウィンがテーブルに肘を突いて身を乗り出し、探るようにアリスを見つめた。「アリ、なにがあった？」

「なにがって？」

親友の前でわからないふりをしても、すぐに見抜かれる。「あんたに、なにかあったのはわかる」

「べつになにも、ほんとうよ。執筆して、庭仕事をして、家を焼かないように気をつけながら料理してる」アリスは親友にほほえみかけ、指をナプキンで拭った。「良妻がやることばかり」

「ねえ、あんたは冗談めかして言ってるけど、冗談なんかじゃないんでしょ」ブロンウィンは手を伸ばしてアリスの腕に触れた。「話しちゃいなよ、アリ」

そんな気分ではなかった――腹の探り合いはせずに、晴れた日曜日やランチを楽しみたかった。その朝、列車に乗ったときには、ブロンウィンとの仲が元どおりになったと信じていた。アリスは謝ったし、ブロンウィンは許してくれた。ところが、ブロンウィンと会ったとたん、喧嘩がいまだに尾を引いているのを感じ取った。床のねばつきをきれいに掃除したつもりなのに、数日経っても靴下が床に引っ付くのとおなじだ。駅で待ち合わせてハグを交わし、「すべて世はこともなし」とブロンウィンが感嘆したにもかかわらず、二人の関係の土台がずれたような気がした――無理にはしゃいで大げさな言葉を口にしている。

「ほんとうよ、とりたてて話すことはない。気分爽快」水を飲み、テーブルについた水滴の輪をナプキンで拭きながら、ネイトとドリューのことを考え、思わず顔をしかめそうになった。「すべてこともなし、よ。心配そうな顔をしないで」

「そりゃ心配するわよ。あんたは変わったもの」

「どんなふうに？」

「まず、ジーンズを着なくなった」

「つまり着るものが変わったってこと？」アリスは自分の服を見て肩をすくめた。「本のために五○年代に浸り込んでるの。下調べ。偉大な作家はみんなそうするんじゃない？」まさか自分がヴィンテージの服を好きになるとは思っていなかったけれど、店員のサラは勧め上手で目が高いので、アリスもつい似合う気になってしまう。それに、かなり痩せたので手持ちの服はぶかぶかだ。

「そうなのかな……」ブロンウィンが真珠とヘアピンを指した。「悪く思わないでよ。そういうの、あたしは好きだけど、あんたらしくない」

アリスは両手をあげた。「すごくいいって言ってくれたじゃない！」

ブロンウィンはうなずき、それはそうだけど、とつぶやいた。

「服だけのことじゃないのよね、アリ」ブロンウィンがしんみりと言い、下唇を噛んだ。言うべきかどうか迷っているときの癖だ。「それに、ネイトもあんたのこと心配してたし」

アリスは目を細めた。「どういう意味、彼がわたしを心配って？」

「わかった。全部ぶちまける。そう、あたしはなんとしてもあんたに会いたかった——あんたが恋しかったし、ダレンはグルテンフリー・ダイエット中だから、一緒にH&Hに来られないしね——そんなときネイトが電話してきたの。彼が言うには、あんたに一日休みを与えてやりたい、最近ストレスが溜まるような出来事があったからって」ブロンウィンは〝ストレスが溜まる〟と言うとき両手でクオテーションマークを作った。ようするに、内緒でIUDを装着し、その結果ERに運び込まれたことを指すのだ。

「ベーグルとマニキュアとあたしの尽きない魅力であんたをおびき出してくれって、彼に頼まれたわけ」ブロンウィンは笑みを浮かべたが、アリスの顔を見てすぐにひっこめた。

「二人とも信じられない」アリスはつぶやき、急いで椅子を引いた。椅子の脚が床を擦り、ちかくのテーブルの客が驚いた顔でこっちを見た。

「なに？　待ってよ、アリ。そんな——」だが、アリスはすでに戸口まで来ていた。ブロンウィンがぶつぶつ言いながらついて来た。困惑の体のブロンウィンを尻目に、アリスはバッグを掻き回し、なにをそんなに腹立ててるの、と尋ねるブロンウィンを無視しつづけた。

「いいこと、ブロンウィン」アリスはうつむいたままバッグを掻き回し、ようやくスマホを見つけ出した。「わたしの心配をする暇があったら、自分たちの心配をしたらどうなの」

「なにが言いたいの?」

アリスは鋭く息を吐いて、ブロンウィンに顔を向けた。「あんたはよく知りもしない相手と結婚した——しかもヴェガスで——それもこれも、彼がウォークイン・クロゼットを作ってやると約束して、あんたはひとりでいることにうんざりしていたから。結婚ってすごく大変なのよ、ブロンウィン。あんたたち、持って一年がいいところ」ひどく残酷なことを言ったとわかっていたが、自分を止められなかった。わたしのことが心配なら直接言えばいいのに、二人でこそこそ連絡を取り合うなんて許せない、と思った。まるでわたしは、甘やかしてもらいたがってる子どもみたいじゃないの。

ブロンウィンは驚き傷ついた表情を浮かべ、後じさった。「彼のことなにも知らないくせに」

「そのとおり。知らないわよ。あんただって、結婚したことを——親友のはずのわたしに——話したのは何日も経ってからじゃないの。親友だってわかり合えないのに、彼のことをどうしたらわかるって言うの?」アリスは震え、ブロンウィンは泣きそうな顔でアリスを見つめていた。「それに、ネイトは勉強相手の心配をしてて、その相手ってのがわたしたちの結婚を壊そうとしてて、彼もそれに加担してるのよ」

ブロンウィンが顔をしかめた。「ちょっと、アリ。ネイトがそんなことするわけないじゃん」

アリスは鼻を鳴らした。「彼のことをそんなによくわかってるの? そうね、わかってるのかも、二人でこそこそ相談してるんだものね」反論しようとするブロンウィンを制して、アリスはつづけた。「彼はその相手のことでわたしに嘘をついた。だから、彼がそんなことするわけないなんて言わないで。人って驚くようなことを平気でやるものよ、いいことだけじゃなくね」

「ネイトは善人だし、あんたたちは絵に描いたような恋愛結婚をした、そうよね？　彼はあんたを裏切らない。ぜったいに裏切ったりしない」ブロンウィンはアリスの両手を握り、引き寄せようとした。「彼女はただの勉強相手。それだけよ、アリ。ありもしないことで騒いじゃだめ」

「彼はあんたに話したの？　ドリューのことを？」アリスは握られた手を振りほどき、二歩さがった。

「いいえ！　アリス。やめなってば。馬鹿げてるよ」言葉とは裏腹に、ブロンウィンは……不安そうだ。わたしの知らないことを知ってるの？

うちに帰りたかった。ブロンウィンからも、ひどくなる一方のこの会話からも逃れたかった。そこで思い出した。ネイトが家で勉強していることを――少なくとも彼はそう言っていた。もし予定より早く連絡なしに玄関を入ったら、そこにどんな光景が繰り広げられているのだろう。彼がブロンウィンと相談して決めた、アリスを家から出すこの計画が、彼女に気分転換させるのが目的じゃなかったとしたら。いずれにしても、真相を突きとめなければならない。

「気分がすぐれないのよ。ビーグルが合わなかったとかそういうのじゃないから。スパの予約やらなんやら反故にしてごめん。またの機会にしましょう」踵《きびす》を返し、足早に歩み去る。待って、というブロンウィンの声が聞こえたが、アリスは立ちどまらなかった。

39

アリス　二〇一八年九月二十三日

楽しく晴れやかな気持ちで作れば、料理はとてもおいしくなります。愛する人の好物を作るなら……サラダならパセリのみじん切りや摩りおろしたチーズを散らすとか、ちかくの草原で摘んだ野生のイチゴを添えましょう。これが〝ちょっとした心遣い〟です。料理が心も満足させてくれます。料理は味だけでなく見た目も大事。

――『ベティ・クロッカーの料理本』改訂増補版　一九五八年

「なにがあったの?」ネイトが尋ね、パソコンを脇に置いて慌てて立ちあがった。リビングルームのソファーで勉強していたのだ。アリスが出掛けてから数時間しか経っていないのに、彼が驚いた様子を見せなかったのは、ブロンウィンから電話があったからだろう。ドリューがいた形跡はなかったが、ブロンウィンの電話を受けてから掃除する時間は充分にあった。

「気分がすぐれないものだから」アリスはコートを脱いで掛け、靴も脱ぎ、デスクからネリーの手紙とノートパソコンを取り上げて脇に挟んだ。

「そう。なにか飲む?」ネイトが尋ねる。「紅茶でも?」

だが、アリスはすでに階段をあがっていた。「しばらく横になるわ」急いで階段をあがったので、ネイトがなにか言ったとしても耳に届かなかった。

帰りの電車の中でも怒りはおさまらなかった。ネイトとブロンウィンが共謀して自分を哀れな人間に仕立てようとしたことがどうしても許せない。ブロンウィンの言葉と、ネイトがドリューからの電話をべつの人からだと嘘をついたことのあいだで、気持ちが揺れ動いていた。〝もう誰を信じればいいのかわからない〟

サリーを除けば味方は一人もいないことに気付いた。苛立ちや不安をぶつけられる人は誰もいないのだ。母に電話して気持ちをぶちまけたことは一度もなかったし、マンハッタン時代の友人たちは、アリスがグリーンヴィルに引っ越すとただの知り合いになった。

気を紛らわせたくて――ネイトのことも、ブロンウィンやドリューのことも考えたくなかった――ベッドのかたわらに積み上げた〈レディース・ホーム・ジャーナル〉誌に手を伸ばした。まだ目を通していない号を取り上げ、枕にもたれてパラパラめくった。広告や主婦が自分らしく生きるためのアドバイスを綴った記事を飛ばしてゆくと、封筒が目に留まった。雑誌のページとおなじぐらい黄ばんだ封筒が、ページのあいだにしっかりと挟んであった。表書きはない。

上体を起こし、雑誌を脇に置き、封筒のシールを指で剝がす。中身はネリーからエルシーに宛てた〝愛するお母さん〟ではじまる手紙だった。ほかの手紙に比べて短く、便箋半分ほどの分量だ。ネリーの流れるような文字で書かれた言葉を辿り、目を見張った。最後まで読んで、読み返す。鼓動と共に呼吸も速くなった。

エレノア・マードックの手紙

一九五六年九月十五日

愛するお母さん、リチャードが死にました。

わたしは大丈夫ですから心配しないでください。お金は充分あるし、気にかけてくれる友だちのミリアムもいます。わたしはひとりで生きていけます、お母さん。リチャードはやはりわたしが望んだようなよい人ではなかった。お母さんが望んだようなよい夫ではなかった。でも、そんなことはもうどうでもいいことです。

ヨモギギクのお茶のレシピを遺してくれて、ほんとうにありがとう。あなたに教えられたとおり慎重にやりました。胃にも心にもひどく堪《こた》えましたが、効き目はたしかでした。ありがたいことにわたしは身軽になりました。真実は墓場まで持ってゆきます。あなたに再会するときまで。

あなたを愛する娘、ネリーより　キスキス

便箋を裏返してみたがなにも書かれておらず、それ以上の手掛かりは摑めなかった。手紙を読み直す。〝真実は墓場まで持ってゆきます……〟

どんな理由があったにせよ、ネリーはこの手紙をミリアムに預けた手紙と一緒にはしなかった。雑誌に挟んだのは隠すためだったのだろう。だが、誰の目にも触れられたくなかったのなら、破棄していたはずだ。そうせずにおいたのは、それ相応の人の目に留まることを期待したからにちがいない。アリス・ヘイルのような誰かに。この手紙は長い年月をずっと待ちつづけたのだ。

ノートパソコンを開くと画面の光が顔を照らした。グーグル検索に〝ヨモギギク茶〟と打ち込んで、結果をスキャンする。〝医療用〟や〝消化を助ける効果〟のほかに、〝毒性〟や〝流産を誘発するハーブ〟の文字が目に入った。つぎに〝流産誘発〟と打ち込み、なにが現れるか息を詰めて待った。もっとも予想はついていた。ネリーが妊娠したのに出産しなかった理由がわかった。

〝流産を誘発する物質……〟

ノートパソコンを閉じ、洗濯籠に溜まったタオルの中に手紙を隠し、洗濯籠を抱えてベッドルームを出た。ネイトのそばを通りしな、洗濯してくる、と声をかけると、気分はよくなったのかと訊かれたので、〝少し〟と答えて地下に通じるドアを閉めた。

暗い隅やクモをものともせず階段を急ぎ足でおり、まっすぐ洗濯機に向かい洗濯をはじめた。つぎに雑誌が入っている箱の前にしゃがみ込んで持てるだけの雑誌を取り出した。それを三回繰り返してすべての雑誌を取り出すと、階段の下に座り込み、省エネ電球が充分明るくなるのを待って一冊ずつ調べた。なにを見つけ出そうとしているのかわからないまま最初の数冊を丹念にめくってゆくうち、自分の直感は間違っていたのではと弱気になった。ネリーはあの手紙以外なにも遺さなかったのかもしれない。

ところが、八冊目——青と白のシアサッカーの服を着た丸々と太って歯が生えかけの幼児が表紙の一九五六年九月号——を逆さにして振ると、なにかが落ちた。これも封筒でほかのより分厚く、真ん中が硬い。便箋のあいだに小さなカードが挟まれており、〝エルシー・スワンのキッチンより〟の文字が印刷されていた。心臓をドキドキいわせながら、アリスはそのレシピ・カードに目を通した。

ハーブのレシピ――スワン家のハーブミックス――で、材料と作り方が記されている。ネリーの料理本に繰り返し登場したレシピだ。レモンバーム、パセリ、バジル、タイム、マジョラム、セージ、すべてのハーブを同量（大さじ一杯）ずつ混ぜ合わせる。エルシーが書いたものだが、材料の最後のひとつはネリーの手で書き加えられており、それに気付いてアリスの息が止まった。

震える指で便箋を開いて手紙を読んだ。ネリーが墓場まで持っていくつもりだった重大な秘密が、ついに明らかになった。

40

ネリー

一九五六年九月十八日

「あとはヘレンが片付けてくれるから、ネリー。あなたは休んでいなさい、足を高くして」ミリアムがリビングルームの緑のソファーへ導こうとするので、ネリーは抵抗した。リチャードがいなくなったいまでも、あのソファーに座るつもりはなかった。ミリアムの荒れた手がネリーの腕の上で止まった。「ハニー、長い一日だったでしょう。あなたの世話を焼かせてちょうだいな」

「ありがとう、ミリアム。でも、わたしなら大丈夫。横になる必要はないわ」ダイニングルームには料理の皿がひしめき合っていた――スウィートスクエア、ツナのキャセロール、赤ピーマンを効かせたエッグサラダ・サンドイッチ。残った分はヘレンに持ち帰らせるつもりだった。彼女には養うべき家族がいるから残り物でも喜んでくれるだろう。マーサが焼いてくれたネリーのレシピのラベンダー・レモン・マフィンはとっておく。マーサの心遣いに思いがけず涙が溢れた。

マードック家のリビングルームに集まった弔問客たちは、スウィートスクエアを摘まみながら、きまりきったお悔やみの言葉を口にし、リチャードの遺体を発見した牛乳配達員に同情の声を寄せた。リチャードはソファーに座り、シェパードパイの皿に突っ伏して死んでいたそうだ。

「心臓発作だったと医者が言っていた。自分の身になにが起きたのかわかる前に心臓が止まっていたらしい」隣人や友人の小さな輪の中で、チャールズ・ゴールドマンが声を落とし、白髪がちらほら出てきた黒髪を手で梳いた。〝なんてことでしょう！　かわいそうなネリー！〟同情の言葉はネリーの心に少しも響かなかった。リチャードが若死にしたほんとうの訳を彼らが知ったらどうするだろう。ネリーが作り置いたシェパードパイに、彼は妻手作りのハーブミックスをたっぷり振りかけた。

リチャードの気に入りのウィングバック・チェアに腰掛け、ネリーは噂好きの女たちの話に耳を傾け、しかつめらしくハイボールのグラスを回して氷を融かす夫たちを眺めた。

彼女は悲劇のヒロインだ。お腹の子は父なし子として育つから、最初から大きなハンデを負うことになる。ネリーはまだ若くてきれいなんだから再婚したらいい、と言い出す人がいて、女たちのおしゃべりは一気に熱を帯びた。〝やもめのノーマン・ウッドロウなんてどうかしらね？〟

ネリーは妊娠中だと、ミリアムも含めみんなが信じていた。一週間ほどしたら、リチャードの突然の死の衝撃と悲しみに体が耐えきれず流産した、とみなに告げるつもりだ。その先数週間は、またキャセロールが届けられ、彼女に聞こえない所で、女友だちが哀れみのささやきを交わすだろう。〝母親でないなら、いまの彼女はなんなの？　リチャード・マードックの妻でなくなったら、彼女はどういう立場になるの？〟

「わたしはなんなの？」ネリーは誰にも聞こえないよう声をひそめてつぶやく。「わたしは生存者《サバイバー》」

ネリーは震える手でラッキーストライクを一本抜いて火をつけ、煙を手で払った。向かい合わせの椅子に座るミリアムが、心配そうに様子を窺っている。「ネリー、ハニー。なにかして欲しいことはないの？」

「ご親切にどうも、でも、わたしは大丈夫よ、ミリアム」ネリーは煙を深々と吸い込んだ。

「それはわかってる、ハニー。わかってるわよ」ミリアムは口をつぐみ、膝の上で両手を握り締めた。

「ヘレンがいるあいだ、一緒にいてね」ネリーは憔悴していた。目の下に隈ができ、ひどくやつれていた。母親に会いに行って具合が悪くなったせい、とミリアムには打ち明けた。気分がすぐれないのはお腹の子のせい、妊娠初期はそうなりやすいそうだから。具合はかなりよくなってきたから大丈夫、とミリアムに請け合った。実際のところは、アイスティーと煙草しか受け付けなかった。

「もちろんそばにいるわよ」ミリアムが黒いスカートに包まれたネリーの膝をやさしく叩いた。

「ヘレンに頼んで夕食にスープを作ってもらって、一緒に食べましょう」

ネリーはうなずき、煙草を吸い終えるとすぐつぎのに火をつけた。「母に手紙を書きたいんだけど。便箋を取ってきてもらえませんか？　デスクのいちばん上の引き出しに入ってるので。それと、キッチンからわたしの料理本も。母のレシピに書き加えておきたいことがあるの」

「ひとりにしてあげるわね」頼まれたものを取ってきて、ミリアムが言った。「でも、用があったら声をかけてね。キッチンにいるから」

じきにキッチンから低くハミングする声と、水が流れる音や食器を重ねる音がしてきた。ミリアムはそう長くネリーをひとりにしておかないだろうから、早速手紙に取りかかった。母に宛てた最後の手紙になるだろう。

エレノア・マードックの手紙

一九五六年九月十八日

愛するお母さん、

口移しで伝えられてきた秘密だから文字にしてはだめ、とお母さんは言ったけれど、わたしには伝えてやれる娘がいないし、これからも持つことはないでしょう。

だから、レシピ・カードに最後の材料を書き加えました。

後悔はしていません、お母さん。彼に二度と傷つけられないためには、あれしか方法がなかったし、ある意味とても簡単でした。わたしは未亡人だけれど、元気です。ひとりになることよりもっと辛いことがあると学びました。

いろいろ教えてくれてありがとう。いつか自分の庭を持てるまで大事にするのよ、とあなたが何度も言っていた美しいキツネノテブクロにも感謝しています。この植物が、わたしの庭の庭除け以外に使い道がないことを願っていました——気持ちを引き立ててくれる美しい花という以外に！　リチャードは善良でまともな夫になると信じていましたが、わたしは騙されました。男はわかりやすい生き物だと思っていたのに。

なかには立派な人もいるのでしょうが、どうやって見分ければいいのかわたしにはわかりません。

また会いに行くつもりです。ダリアはまだ咲きつづけています。夏の終わりの嬉しい驚きでした。

あなたを愛する娘、ネリーより　キスキス

ネリーは手紙を書き終え、レシピ・カード――母が亡くなる少し前にくれたもの――を料理本の表紙の裏から抜き出し、材料をひとつ書き加え手紙に挟んだ。封をしてから、最新号の〈レディース・ホーム・ジャーナル〉誌に差し込む。この一九五六年九月号も含め雑誌はすべて、料理本と一緒に箱にしまうつもりだった。夕食を食べさせる人がいなくなったいま、料理本の出番はなくなった。それに、好きなレシピはほとんど諳《そら》んじている。

ミリアムが淹れたてのコーヒーとスープを持ってリビングルームに戻ってくると、手紙を預かってほかのと一緒にしまっておきましょうか、と尋ねた。彼女は余計な詮索をしなかった。ネリーから預かって化粧台の引き出しにしまった手紙についても、投函されなかった訳も尋ねたことはない。

「あとで書くことにしたので、でも、ありがとう」ネリーは料理本を閉じて膝に置いた。ミリアムはうなずいただけでスープを飲みはじめ、ネリーはコーヒーに口をつけた。静かなリビングルームで、二人は黙って物思いに耽った。

41

アリス　二〇一八年九月二十四日

夫と喧嘩してはならない。喧嘩は二人いてはじまるもの、その一人になってはいけない。恋人同士の喧嘩は他愛ないが、夫婦喧嘩は後味が悪い。
——ブランチ・エバット『妻がしてはいけないこと』一九一三年

月曜の朝遅く、アリスは来客用のベッドルームで目を覚ました。家の中は静まり返り、窓から日が射し込んでいた。怒りがおさまらず、ネイトとおなじベッドで寝る気になれなかった。彼が勉強相手と浮気していると思っているので（どうしてこう悪いことばかり起きるの？）、何事もなかったように暮らすなんて無理だ。風邪気味なので大事な試験を控えたあなたにうつしたら大変、と言い訳してべつの部屋で休むことにした。ネイトは不服そうな顔をしたが、ほんとうの理由をほじくり返す気力もないようだった。シリアルの食事をすませたあと、お腹がすいたら食料貯蔵室に箱入りのマカロニ・アンド・チーズがあるからと言い置き、部屋に引きあげたのだった——最新の手紙とレシピ・カードを挟んだ雑誌を腕に抱えて。

目が覚めたらネイトはもういなかったから、彼がどんな夜をすごしたのかわからないが、アリス自身は眠れなかった。前日の午後、あらたな事実がわかって興奮し、頭がすっかり冴えたせいだったが、おかげで壊れそうな夫婦関係についてあれこれ悩まずにすんだ。寝不足で頭がぼんやりしていたが、自分の推論が裏付けられて気分は上々だった。ネリー・マードックの身には、手紙に綴られた以上のことが起きていたのだ。これで小説のネタが見つかった――語りたい物語が明確になった。

シャワーを浴びて服を着ると、コーヒーを淹れ、トーストにバターとジャムを塗り、ノートパソコンの前に座った。体にはエネルギーが漲り、頭にはアイディアがつぎつぎに浮かび、指はすでにキーボードの上にあった。ようやくインスピレーションが降ってきて、一気呵成《いっきかせい》に書くことができる。ところが、最初の数語を打ち込んだとき、スマホが鳴った。

「もしもし？」仕事をつづけられるようスピーカーに切り替え、視線は画面に当てたままだ。

「アリス？」

「はい、どちらさまですか？」仕事に戻りたくてうずうずした。だが、声に聞き覚えがあるのでスマホの画面をちらっと見た。

「ベヴァリー・ディクソンです。不動産会社の」

「ああ、ハイ、ベヴァリー。どんなご用件ですか？」邪魔が入ってうんざりだ――おおかた推薦状か紹介状を書いてくれと頼んでくるのだろう。

「ネイトと連絡がとれなくて、リストの記載事項の確認をとりたいもので。あなたならおわかりになるかと思って、電話を差し上げました」

アリスの指が止まった。顔をしかめ、スピーカーから切り替えてスマホを耳に当てた。「リストって？」

「お宅のです。木曜日までに書き込まないといけないんだけど、ネイトが言っていた買い替えた電気器具というのがどれなのか思い出せなくて。オーブンかしら、それとも冷蔵庫？」

「どっちも買い替えてませんよ」アリスは息が苦しくなって立ちあがった。

「あら。ほかのリストとごっちゃにしてたみたい。わかりました。あのメモ、どこにやったか……」

ああ、ありました」

頭がくらくらし、呼吸が荒くなり、気を失いそうでうずくまった。

「お邪魔しました、アリス。あなたとお話しできてよかったです！　折り返しの電話は必要ありませんってネイトに伝えてくださいね。きょうは午後からずっと内見で留守にしますけど、質問があればメッセージを残してくださいい、速攻でお返事しますから、そうお伝えください」

「わかりました。ありがとう」アリスは床に横たわり、額に手をやり、取り込んだ情報をなんとか処理しようとしていた。

「またご連絡しますけど、オープンハウスの時期についてはご相談ということで。カリフォルニアに引っ越す前にやることがごまんとありますよね。ネイトはさぞ張り切ってるんでしょ、新天地で新しい仕事！　お二人にとっても！　サーフィンをやってみたいとずっと思ってたんだけど、地球温暖化やら海水温の上昇のせいで、サメが海岸ちかくまでやって来ているっていうし――」

「用事があるので」アリスはさよならも言わずに電話を切った。床に横たわったまま天井を眺める。天井の割れ目が怠惰な扇風機みたいにぐるぐる回る。目を閉じ、お腹に手をあてがって深呼吸し、勢いよく起き上がって頭のくらくらが引くのを待った。

「ええ、急用なんです。会議から呼び出していただけますか？」アリスはギザギザの甘皮を噛んだ。スマホを耳と肩で挟み、パッケージをトントンやって煙草を抜き出しシガレットホルダーに差し、火をつけたところでネイトにつながった。

「アリ、なんかあったの？」彼は慌てているようだ。

アリスは泣きだしたものの涙は出なかった。

「どうしたの？　大丈夫？」

「キッチンが……ネイト、ああ、どうしよう。ひどいことになって」さらに泣きじゃくってから一服した。

「落ち着いて。深呼吸して。キッチンがどうしたの？」

「オーブンが火を噴いたの！　買い替える必要があるって言ったでしょ、二週間前だった？」ヒステリックになっていた。

「なんてこった……どうしたらいいんだ。きみは大丈夫？　怪我はしてない？」

「わたしは大丈夫。手を火傷したけど、それほどひどくはなさそう」

ネイトは切れぎれに息を吐いた。「病院に行ったほうがいいんじゃない？　サリーは家にいるの？」

「ハートフォードの友だちを訪ねて留守よ」アリスは手を眺める。きれいなものだ。「でも、わたしなら大丈夫よ。氷で冷やしてるから」

「よし、それでいい。キッチンはどうなの？　損傷の程度は？」

「ひどいものよ」いまやささやき声になっていた。また一服する。「帰ってこられる？　会議中なのはわかってるし、申し訳ないと思うけど——」

「荷物を取ってからすぐに出る。ええと……つぎの電車に間に合うと思うけど、だめだったらウーバーを頼む」

「急がなくていいわよ。電車を待てばいい。わたしなら大丈夫」アリスは言い、鼻をすすった。

「火は消火器で消した。でも、オーブンの奥の壁は真っ黒」

「なんてことだ……」ネイトの声が掠れたのは、家が——アリスの家が——木曜日に売りに出されることを考えているからだろう。大芝居を打ったことに気が咎めはしたが、ベヴァリーとのやり取りや、ネイトがひと言の相談もなしに転職を——それもカリフォルニアに！——決めていたという事実を思い出した。「きみが無事でよかった。ほかのことはどうにでもなる」

「ええ、そうね」アリスは言い、最後の一服をした。


一時間半後に、ネイトは息せききって戻ってきて、家の中を探し回った。アリスは庭にいて、植えたばかりの花のまわりの土を叩いているところだった。「アリス！　どこにいる？」

「おもてよ！」大声で応えた。裏口のドアを開けたままにしてあるから彼に声は届くだろう。植え付け作業を終えて立ちあがり、膝についた茶色の土を払った。ネイトが裏口から飛び出してきて、階段を駆けおりる。

「キッチンはなんともないじゃないか」彼は困惑し、ほっとしてもいる。まずキッチンを見に行ったのだ。妻の様子を確かめる前に。斜め掛けしたメッセンジャーバッグが、階段を駆けおりる彼の尻で跳ねた。「手を見せてみろ」

アリスは園芸用手袋を脱いで片手を差し出し、裏返して掌を見せた。彼がもう一方の手を摑んでおなじことをした。「どこを火傷したんだ？」傷を探して手を何度もひっくり返した。額にしわを寄せてアリスの顔を見る。

アリスは手を振りほどき手袋をはめ直した。「だから言ったでしょ、大丈夫だって」

ネイトは口をぽかんと開けて立っていた。「いったいどういうことなんだ、アリス？」彼はめったに正式名で呼ばないから、妙にあらたまった感じがした。

「遅い夏の植え付けをやってたところ」アリスは植えたばかりの花を指さした。オオバギボウシを守る兵隊みたいに気をつけをしている。「鹿がうちの庭で大宴会を開くもんだから」緑の茎から垂れさがる釣り鐘状の花を見て、ネイトは見覚えがあると思ったにちがいない。

「キツネノテブクロよ」アリスは鋤と熊手を拾い上げ、反り返って仕事の成果を眺めた。「けさ、園芸センターで買ってきたの。わたしはもっと明るい色がいいと思ったんだけど、このキャメロットクリームという品種は十一月まで咲きつづけるって言われたもんだから。すごいでしょ」

「でも……キツネノテブクロには毒があるって言ったじゃないか。だから引っこ抜いたんだろ」ネイトは困惑している。「なんでまた植えようと思ったんだ？」

「言ったでしょ」アリスは穏やかな口調に努めた。「鹿がオオバギボウシを食べ尽くすから」

ネイトは怒りにまかせてメッセンジャーバッグを首からはずし、地面に叩き付けた。「いったいきみはどうしちまったんだ！」

「ベヴァリーから電話があった」

ネイトの動きがピタッと止まり、顔が怒りの赤から真っ青になる。頬の赤みは残ったままだ。

「なんだって？」

「ベヴァリー・ディクソン。不動産会社の」アリスは鋤と熊手を小屋にしまい、扉を閉めてかんぬきをかけた。「リストに記入する作業をしていて、わたしたちが買い替えたのが冷蔵庫かオーブンかわからなくなって電話してきたんですって。でも、心配いらないわよ。わたしが話をつけたから」

ネイトはうつむき、両手を腰において深呼吸した。「説明させてくれ」

「わたしにわかってるのは、鹿が庭を荒らしてて、わたしは妊娠してなくて、わたしたちはじきにカリフォルニアに引っ越すから、たとえ赤ちゃんがいたとしても、この花や葉っぱを食べる心配はないってこと。この家を買う人には注意書きを残しておかないとね。この花には毒があるけど、鹿除けになりますって」

「なんてことだ」ネイトは罪の意識に喉を詰まらせた。「きみが思っていることとはちがうんだ」

アリスの口から鋭い笑い声が洩れた。「あら、そうなの？」そこで息を継ぐ。「ほざくんじゃないわよ、ネイト。わたしはどこにも行かない」そこまで言うと手袋を脱いで彼に投げつけ、ドスドスと家に入った。

42

アリス

二〇一八年九月二十七日

口うるさいのは人を傷つける一種の情緒障害です。自分はそうではないと思っている人は、夫に尋ねてみるといい。おまえは口うるさいと夫に言われても、むきになって否定してはいけません――夫の正しさを証明するだけです。

――ミセス・デイル・カーネギー『公私ともに充実した人生を夫に送らせるための妻の心得』一九五三年

アリスは丸三日間、ネイトと口をきかなかった。ネイトのほうから話しかけてきても、応えなかった。別々の部屋で寝て、一緒に食卓を囲むこともせず、避け合ってすごした。はなはだしく意気阻喪したが、アリスの考えではそうする必要があった。

木曜の朝、パソコンに文字を打ち込んでいるとメールが入った。ベヴァリーがこの家に備わっているもののリストを送って寄越したのだ。〝リストをお送りします。すでに引き合いがきていますので、オープンハウスの日取りについて早急にご相談しましょう〟

アリスはしばらくメールとリストを眺めた。最近撮られたと思《おぼ》しき写真があり――壁紙を剝がしたままの壁、塗り替えたばかりの玄関ドアやきれいに均《なら》された私道、ベージュの壁の書斎（子ども部屋にするはずだった）――ネイトはいつどうやって撮ったのだろうと不思議に思った。怒りがおさまるのを待ってネイトに電話すると、すぐにつながった。この点はよしとしよう。

「どうしてベヴァリーはこの家のリストをわたしに送って寄越したの、ネイト？　言ったでしょ、わたしは引っ越さない。彼女にもそう言ったのに、あなたにはべつの目論見《もくろみ》があるみたいね？」

ネイトがちかくの人に話しかけたが、スマホを手で覆っているのでなにを言っているのかわからない。「アリ、ぼくたちは家を売りに出しているんだ」ドアが閉まる音がして、オフィスの騒音が遮断された。「ねえ、こういうことは電話で話したくないけど、この数日、きみは明らかにぼくとおなじ部屋にいたくないみたいだったから、こういうことになった」

アリスは煙草に火をつけたが、わざわざ窓を開けなかった。手の震えにかまわず煙草を口元にもっていって吸い込んだ。「ドリューのためなんでしょ、ネイト」

「なんだって？」

苛立ち紛れに煙を吐き出す。「これ。は。ドリュー。バクスター。の。ため」

「アリ、なんのことかわからない――」

「あなたが結婚してても、彼女はかまわないのよね？　あなたはどうなの？」

「いったいなにが言いたいんだ？」

「なにが言いたいのかよくわかってるくせに」アリスは鼻を鳴らしたが、なにかが湧きあがって怒りを消した。恐怖だ。いまはネイトのそばにいたくなかったが、彼を必要としてもいた。「彼女と寝たの？」

ハッと息を呑む音。「正気を失ったのか、アリ？　ぼくが浮気してるって本気で思ってるの？　ドリューと？」

「彼女が電話してきたとき、あなたはロブからだって言った。自分だけ正しいみたいな口きかないでよ。あなたは彼女のことでわたしに嘘をついた」

ネイトはため息をついた。苛立ちが伝わってくる。「ロブからだって言ったのは、話をややこしくしたくなかったからだ。ぼくらはジェイムズ・ドリアンの話をしていた。彼となにがあったかとかそういうことを。だから、ドリューの名前を持ちだすのはよくないと思った」

「だったら、あれはなんの電話だったの？　愛人からのご機嫌伺いじゃなかったとしたら」

「やめろ、アリ」ネイトは怒りだした。いいことだ。真剣に向き合おうとしてるんだから。「ぼくは一度だって……ああ、きみはぼくをそんなふうに見てたのか？」

肩をすくめてみせる。彼には見えないことを忘れていた。

「ドリューとぼくはどっちもLAオフィスへの転勤を打診されていた。でも、確実になるまできみには言いたくなかった。ドリューは、お母さんが癌治療を受けて回復期にあるからニューヨークを離れることをためらってて、ぼくは相談に乗ってたんだけど、あの日までに決断しなきゃならなかった。それで、あの日の午後に電話してきたんだ。彼女は友だちだ、アリ。それだけ」この話がほんとうかどうかわからないが、ほかのことでも彼はアリスを裏切っていた——西海岸に転勤することを独断で決め、妻は当然ついて来るものと思っていた。

「いったいいつ決心したの、ネイト？」

沈黙。「一週間前」

「わたしに相談しないで？」体が震え出し、吐き気がしたので煙草を消した。

「どうしてそんなことするの？　いいと思ってるの？」

「アリ、聞いてくれ」彼は口調を和らげた。妻の理解を求めている。「大抜擢《だいばってき》なんだ。給料も大幅アップだし、試験に受かればさらに上乗せされるんだ。自分のチームを持てるチャンスなんだよ！　ちょうどいい機会だろ、引っ越したばかりだし、小説はどこでだって書ける。向こうで生活が落ち着いたら子作りやらなんやらをはじめればいい」〝子作りやらなんやら？〟アリスは目を閉じて顔を両手に埋めた。「お母さんとスティーヴがそばに住んでるから助けてもらえるしね。きみはほっとすると思ってた」

「ほっとする!?」

「お金の心配をしていたじゃないか。この家の改装にいくらかかるだろうとか。それに、引っ越しはきみにとって辛いことだった。わかってるんだ。環境がガラッと変わったんだからね」ネイーはそこでひと呼吸置いた。「ぼくらの関係も以前とちがってきてたから、ここで心機一転するのもいいかと思ったんだ」

アリスはため息をついた。「それで、あなたはいつLAに引っ越すことになるの？」

「十月末」尻つぼみになる声に後悔が滲んでいた。あと一ヵ月ちょっとしかない。「試験のすぐあと。でも、すべて会社持ちだから。引っ越し業者を手配してくれて、荷造りもすべてやってくれるから、きみは楽できるよ」〝くたばっちまえ、ネイト〟

「わたしが行きたくないって言ったら？」

彼の鼻息が荒くなる。「それでどうするつもりなんだ？　グリーンヴィルに住みつづける、ひとりで？　ここと LAと家を二軒維持するなんて、ぼくには無理だからね。決める前に言うべきだったのはわかってるけど、ぼくらにとっていいことなんだよ。これで前に進んでゆけるんだ」

〝どこへ進んでゆくの？〟そこでサリーの問いかけを思い出した。〝わたしとは何者？〟答は――仕事でしくじってクビになった自称作家。平凡な主婦。夫の野心を削《そ》ごうとする女――胃がむかついてきた。

ネイトは話すのをやめ、待っている。アリスが、いいわね、と言うのを。事前に相談しなかったことを許し、お金の問題に理解を示し、出世を望むことにも理解を示し（なんといっても彼は一家の稼ぎ手なんだから）、多くを手に入れたがる彼を非難しないことを、期待しているのだ。〝わたしたちはチームだものね〟アリスがそう言うのを期待している。〝一致団結しなきゃ〟

「夕食は七時半だから。遅れないで」そう言って電話を切った。

それから午後いっぱい使って作戦を練り、ネイトが帰宅したころには――七時二十分に玄関を潜った――覚悟ができていた。

夕食はポークチョップとマッシュポテトとサラダの簡単なもので、ワインは栓を抜いて呼吸させておいた。彼はキッチンの入口で立ちどまり、彼女の変化に気付いて希望を抱いた。

「さあ、座って」アリスはワインをグラスに注いだ。彼はフォーマイカのテーブルを挟んで向かいに座り、差し出されたグラスを受け取った。「最初に、わたしは気が動転してることを知っておいて」アリスは言った。「これはすごく重大なことで、わたしに相談もせずあなたが転勤を決めたことが、いまだに信じられない」

「わかってる、だから、悪かったと思ってるよ」ネイトは言い、冷静に言い足した。「このところぎくしゃくしてて、腹を割って話すことができなかった、そうだよね？」リビングルームには煙草の臭い――かすかだが否定しようがない――が残っており、ネイトは気付いたにちがいない。やめようとしたけれど、煙草はアリスがいまどうしても必要な慰めを与えてくれる。いずれはやめるつもりだ。

アリスはネイトの言葉に反応しなかった。彼の言うことはもっともだが（彼女の嘘のほうが彼のそれより数で勝っている）、そのことをいまここで言い出せば口論になるにきまっていた。いまは、喫緊の問題に集中したい。

「きょう一日、ずっと考えてみたわ。自分がどうしたいのか。それで、あなたに提案があるの」

ネイトが眉を吊り上げる。聞きたいけれど心配だという表情だ。「聞くよ」

「きょう、電話してみたの。友人で著作権エージェントのメーガン・トゥーリー。憶えているでしょ？」ネイトがうなずく。「彼女に本のアイディアを売り込んでみたら、関心を持ってくれてね。社交辞令じゃなく。設定がおもしろいから、そういう本なら飛びついてくる編集者が五、六人はいると思うって言ってくれたの」

「なるほど」ネイトは落ち着いた口調で言った。「それは大ニュースだ」

「そうでしょ」アリスはじっとしていられず、オーブンからポークチョップを取り出した。「それで、考えたんだけど……わたしに半年の猶予をちょうだい。そのあいだに本を書きあげれば、メーガンが出版社に売ってくれる。うまくいったらここで暮らせるのよ。本のアドバンスが入るし、出版されれば印税も入るから生活費の足しになるでしょ。本が売れなかったら、あなたと一緒にＬＡに行くわ」ネイトの表情が好奇から不信へと変わったので見ていられず、アリスは肉を皿に盛りつけた。

「ねえ、どう思う？」皿を置いて尋ねた。そこで彼の顔を見て、ガックリきた。

「ぼくはすでに仕事の申し出を受けたんだよ、アリ。書類にサインした。決まったことなんだ」

「でも、お金の問題なら、いま言ったように数ヵ月――長くて一年――したら、わたしも稼げるようになるのよ！　べつの仕事に就いたっていい。あなたの収入だけをあてにせずにすむ」椅子の背にもたれた。食欲がうせ、料理と距離を置きたかった。「昇進を先に延ばしてもらえないかな。あなたは会社で必要とされているし、優秀だと認められているんだもの。あと数ヵ月はこっちを離れられないって言えば、待ってくれるわよ」

「いや、そうはいかない」なに馬鹿なことを言ってるんだ、の口調だった。「きみがもっと早く言ってくれれば、せめて六月か七月に、そうすればなんとかなったかもしれない。でも、いまになって？　遅すぎるよ、アリ。行くしかないんだ」

「遅すぎる？　内緒で進めていたくせに、早く言ってくれればもないもんだわ！　カリフォルニアは数千キロ彼方なのよ」

ネイトは腕を組み声を荒らげた。「数千キロ彼方って、どこを基準にしてるんだ、アリ？　きみにはやり残した仕事があるわけじゃなし。きみがここに拘《こだわ》る理由はなんなんだ？」

アリスは目を細め、ワインのグラスを持って席を立った。リビングルームへと移動し、デスクに向かった。アドレナリンが噴出して筋肉が震えていた。ネイトが背後に立った。

「わかった、きみはやりたいようにやるつもりなんだな？」彼は喧嘩腰だ。「きみの本を見せてみろ」

「なに言うの？」

彼がノートパソコンを指さした。「そいつを開いて。どこまで進んでいるのか見せてくれ」

アリスは頭を振った。

彼が驚いた顔をする。「どうしてだめなんだ？　ぼくが昇進を断ってここに残れば、そいつが売れるって言うなら、自分の作品によほど自信があるにちがいない」

「だめよ」

「さあ、アリ。一章だけでいいから。ほんの一章だけじゃないか！」

「やめてよ、ネイト。人に見せられるような――」

だが、彼はうしろから素早く手を伸ばしてノートパソコンを摑んだ。止める間もなく画面を開き、キーを叩いた。彼にパスコードを教えなければよかった。彼がこんなことをするなんて。まるで彼らしくない――少なくとも昔のネイトらしくなかった。

アリスはなんとかノートパソコンを取り戻そうとしたが、彼のほうが上背があるから頭上に掲げられると手も足も出ない。それから、彼はワード・ドキュメントの〝小説〟のタイトルを開いた。

アリスは怒りに肩を上下させながら腕を脇に垂らした。

ネイトは最初のページを眺め、スクロールし、アリスに目を向けた。画面は最初のページのままで、大きなフォントで記された本のタイトルが明るい画面に浮き上がって見えた。

『良妻の掟《おきて》』つぎに、〝作アリス・ヘイル〟の文字。

ハチドリの羽ばたきもかくやと思う速さで、アリスの心臓が脈打った。

「たったこれだけ？」ネイトが尋ね、ページをスクロールした。ドキュメントの最後に達してカーソルが停止した。たった二ページだ。彼はドキュメントを最小化し、初期画面に戻って探した。

「ほかにファイルはないの？」

「返してよ、ネイト」

「アリス、きみの小説とやらはどこにあるんだ？」ネイトが振り返る。

「それだけよ」

「これだけ？」彼は画面に目を戻した。「だけど、なにもないに等しいじゃないか」

「わかってる」

「いったいなにをやっていたんだ？」

「下調べをさんざんやったのよ。〝お気に入り〟に入れてある……」興奮しすぎて息ができない。

「書こうとしたのよ、ほんとうよ。でも……思ってた以上に難しくて」

「きみはこのことでも嘘をついていたのか、いままでずっと？」ネイトはノートパソコンを下におろした。「いったいどうしちゃったんだ？」彼は空いているほうの手で髪を掻きむしった。「ここに越してくるべきじゃなかったのかも……きみにとっても、ぼくにとっても、いいことじゃなかった……この家のせいだ」

アリスの中でなにかが切れた。ネイトの手からノートパソコンをもぎ取って裏口に走った。ネイトが追ってきてやめろと言った。ドアを押し開け、パソコンをパティオの石段に叩き付けた。パソコンはバラバラに壊れ、キーボードがすっ飛んで青々とした芝生に落ちた。サリーが留守でよかった。ネイトの「気が触れたのか！」の叫びを聞かれなくてよかった。こんな激しい夫婦喧嘩は家の中でやるものだ。近所付き合いが盛んなこの町では、まわりがほっといてくれない。

喧嘩はそこで一気に終息した。アリスは腑《ふ》抜《ぬ》け状態になり、ネイトも似たり寄ったりだった。キッチンに戻ったときには料理はすっかり冷めていた。アリスは黙って料理をあたため直したが、食べる気にはなれなかった。手つかずの料理をゴミ箱に捨て、ネイトと言葉を交わすことなく二階に引きあげた。裏口のドアが開く音がして、ひと筋の光がパティオの石段を照らした。ベッドルームの窓から見おろすと、ネイトが口に小型の懐中電灯を咥え、ノートパソコンの破片を拾い集めていた。集め終わると懐中電灯を消し、しばらく暗い庭に佇《たたず》んでいた。月明かりの下で銅像みたいだった。

43

アリス　二〇一八年九月二十八日

吸血鬼が眠っている犠牲者の生血を吸うように、女吸血鬼は夫の——というより犠牲者の——生気を吸い取り抜け殻にしてしまう。

——ウィリアム・J・ロビンソン『結婚生活と幸福』一九二二年

ネイトがバスルームのドアをノックした。「大丈夫？」

翌朝のことだ。ネイトは起きて出掛ける支度をし、アリスは便器を抱えて空えずきを繰り返していた。

「アリ？」彼がまたノックした。返事をしようにも喉が詰まって息さえできない。

「入るよ」ネイトがドアの取っ手を回したので、アリスは喘ぎながら言った。「だめ。ちょっと待って」ドアの取っ手の動きが止まり、ネイトの足音が遠ざかっていった。トイレの水を流し、顔を洗った。

ネイトは来客用ベッドルームのベッドに座って待っていた。アリスがここで寝るようになって一週間ちかくになる。彼は下着姿のままで、疲れた顔に心配そうな表情を浮かべていた。アリスは咳払いした。ひどい吐き気で目覚め、バスルームにすっ飛んでいったものの、いまはその吐き気もほぼおさまっていた。「もうよくなった」レギンスを穿いてスウェットシャツを頭からかぶった。一度寝はできそうになかった。

「そうは見えない」ネイトはボクサーパンツの紐をいじくっている。「気分が悪いの？」

「たぶん食当たり。もう大丈夫」ただでさえ弱い胃が、前日の騒動で悲鳴をあげたのだろう。バラバラのノートパソコンを思い浮かべ、それにしがみついた。二人ともわれを忘れ、事態は悪化の一途を辿った。

「わかった、それじゃ、ぼくはシャワーを浴びる。ほんとうに大丈夫なら……？」

「行って」ネイトはうなずき、ベッドから立ちあがってアリスの横を擦り抜けようとした。アリスがわずかに横にずれたので、体が触れることはなかった。シャワーの音がして、一分後にネイトの声がした。

「石鹸を持ってきてくれない？」シャワーカーテンの端から濡れた顔を覗かせた。「ないんだ」

「わかった」リネン・クロゼットにコストコで買った大きな石鹸を見つけた。どちらも礼儀はわきまえている――それがいつまでつづくかはわからない。石鹸に伸ばした手が止まった。石鹸の隣の箱に目がいく。タンポン――包みは未開封のままだ。手を止めたまま顔をしかめる。

「アリ？」ネイトが苛立っている。

「ちょっと待って」この事態を理解するには、〝ちょっと〟では足りない。日数を数える。タンポンは開封されていないとおかしい。奇妙なぬくもりに満たされながら、頭の中で逆算して、目を見開いた。〝なんてこと〟ありえないはず、だけど……。

石鹸を手にし、リネン・クロゼットのドアを閉めた。手をドアノブに置いたままぐずぐずしていた。石鹸をネイトに渡し、出掛けてくると伝えた。

「六時前だよ」彼が目に入ったお湯を拭いながら、歯を磨くアリスを眺めた。アリスは口を漱《すす》いだ。

「用事ができたの」きょとんとするネイトを残し、バスルームを出た。

いまアリスはスカースデイルのスターバックスのトイレにいる。妊娠検査薬を買った薬局を除けば、この時間に開いているのはここだけだった。ドアにノックがあり、「入ってます！」と声をかけ、シンクのカウンターに置いたスティックを見つめる。震える指でスティックを顔にちかづけたが、その必要もなかった——試験薬の小さな窓から覗くプラスの印は見間違えようがない。

わたしは何者？ コーヒーショップのトイレの鏡を覗き込み、アリスは考えた。目は多少うろたえていても、澄んで輝いている。〝わたしは母親、そのことがすべてを変える……〟

夕食のあと、アリスが試験薬を見せると、ネイトの顔が渋面から輝くような笑顔に変わった。二人はリビングルームに移動してソファーに座った。こんなに体をちかづけたのは一週間ぶりだ。

「信じられない」ネイトは言い、膝の上のアリスの靴下に包まれた足をぼんやりとさすった。くすぐったかったけれど、アリスは足を引っ込めなかった。「つまり、可能性はある——完璧なものなんてないからね——けど、それでも。ワオ」

ピルを服用していても（アリスみたいに毎日おなじ時間に服用するのを忘れる場合にはとくに）妊娠する可能性はゼロではない。ネイトは統計とリスクを扱うのを生業《なりわい》としているから、低い可能性――どんなにありえなく見えても――につねに備えていた。可能性の低いものが甚大な被害を及ぼすことがありうるからだ。それでも、彼は知らせを聞いて呆然としていた。大騒ぎはしなかったけれど。

「男と女、どっちだと思う？」彼が尋ねた。

「まだ診察も受けていないのよ。先走るのはやめよう」

アリスはクッションに頭をもたせた。天井の割れ目があくびしている。「あれを塞がないとね」

「どれ？」ネイトが尋ね、アリスは割れ目を指さした。

「いい考えだね。オープンハウスの前だから余計にね。ベヴァリーに電話して、腕のいい左官を紹介してもらおう」

アリスはうなずいてから言った。「あれを塞ぐ必要はあるけど、オープンハウスのためじゃない」

「はあ？」ネイトもソファに横になりこっちを見ている。「どういうこと？」

アリスは頭を持ちあげてネイトと目を合わせた。「だって、わたしたち引っ越さないんだもの」

「アリ、勘弁しろよ。蒸し返さないでくれ」ネイトは歯を食いしばり、アリスの足から手を離した。天井に視線を戻す。

「ごめん、言っとくべきだったわね。わたしは引っ越ししない」

ネイトは起き上がって体を彼女のほうに向けた。「いや、引っ越しする。ぼくらは子どもを持つんだよ、アリ」

アリスも起き上がった。「わかってるし、わたしはこの家を離れない。子どもはここで育てるべきよ、ネイト。カリフォルニアではなく。あっちには友だちもいないし、土地勘もないし、出版業界の中心まで飛行機で五時間もかかるし、季節がたったひとつしかない。あなたは東海岸で育ったから、二十五度を超す環境でクリスマスツリーを飾るのがどんなに気が滅入るか知らない。わたしはここで暮らす。あなたもそうしたければどうぞ。以上終わり」

彼が膝の上の足をどけて立ちあがった。「この件できみはどうしてそう意固地になるんだ？　友だちに会いに行くこともめったにないじゃないか。出版業界だって？　まったく……よしてくれよ、アリ。赤ん坊を抱えてあらたなキャリアをスタートさせる？　まるで現実的じゃない」アリスを見る目に険がある。「やめてくれよ、いいね？　いまは」

「いまだから決めなきゃならないんでしょ」アリスも立ちあがり、デスクの引き出しからペンとメモ用紙を取り出した。半分残った煙草の包みが引き出しの奥から顔を覗かせている。あとで捨てること、と頭の中にメモした。煙草を吸うことは二度とないだろう――妊娠検査薬のプラスの印を見たとたん、吸いたい気持ちは消えた。わが子を守りたいという激しい思いと共に責任感が芽生え、身内をどよもし根を張った。

アリスはメモ用紙に書き込んでネイトに手渡した。「わたしが思うに、あなたには選択肢がふたつある」

「本気で言ってるのか？」メモを読んだ彼の顔が怒りに歪んだ。『ひとつ目、アリスと赤ん坊と一緒にグリーンヴィルに留まる。ふたつ目、一人でＬＡに行く』顔をあげた。表情がいっそう険しくなった。「三つ目を忘れている。アリスと赤ん坊と一緒にＬＡに引っ越す」

アリスは頭を振り、彼からメモ帳を取り返した。「いいえ、ネイト、その選択肢はないから」

彼の中で怒りが渦を巻く。拳を握って一歩前に出た。彼の怒りの激しさを鑑みると、不安を覚えるちかさだ。いざとなったら、はたして彼を押しのけられるだろうか、とアリスは一瞬思った。

「ぼくたちは引っ越す、それできまりだ」

アリスは後じさったが、穏やかな声で、さりげない口調で言った。「どうしてもLAに行く場合は、ひとりで行くことになる。わたしはここに残って本を書きあげ、家を守り、子どもを育てる。あなたもそれに参加したいなら歓迎する。あとはあなたが決めることよ」

「選ぶ余地なんてないじゃないか！」彼の声が響きわたり、天井の割れ目に入り込み骨組みにまで達した。

彼の苦境にも激しい言い様にも動かされることなく、アリスは肩をすくめた。腹を守るように腕を組む仕草がなにを意味するか、どちらもよくわかっていた。「あなたには選ぶ余地があるじゃない、ネイト」

44

アリス　二〇一八年十月三十日

ふつうの男は、自分より能力がわずかに劣る女と結婚する。だから、有能な女性の大半が結婚せずにいるのだ。彼女たちは充分に有能な男と出会う機会がない。あるいは、自分より能力が劣る男を勝ち取るために、優秀でないふりはできない。

――ドクター・クリフォード・R・アダムス『現代の花嫁』一九五二年

わずかに迫り出したお腹を締め付けないよう、エプロンの紐はウエストより上で結んだ。引っ越しする予定だった日だが、変わった様子はなかった。運び出しを待つ段ボール箱は積み上げられておらず、そこかしこで改装プロジェクトが進行中だった。ヘイル大妻が引っ越す気配は皆無だ。アリスは早起きして午後にサリーを訪ねるとき持参するパンを焼き、ネイトはキッチンのテーブルで朝食を食べてから出勤する。アリスがレモンの皮を摩りおろし、果汁を搾るのでキッチンは芳香に包まれている。

「気分はどう？」ネイトは卵にホットソースを少しつけて口に運んだ。彼女が起きてきたことにも、つわりで青ざめていた顔に色味が戻っていることにも驚いたようだった。

「まあまあ」この数週間、ひどいつわりに悩まされつづけた。だが、どんなに辛くても泣き言は口にしなかった。彼女が苦しむ姿を見て、ネイトの怒りはいくらか鎮まったようだった。二人のあいだになにがあろうと、アリスがネイトにどんな無理強いをしようと、アリスのお腹には子どもがいる。むろん良好な関係にはほど遠く、二人のあいだの溝は天井の割れ目同様埋まっていなかった。

アリスはレモンまみれの指をエプロンで拭き、コーヒーポットに手を伸ばした。「お代わりをどう？」

「頼む」湯気の立つコーヒーをマグに注ぐと、半分までいったところでネイトが手をあげた。「ありがとう」彼はひと口飲むと、なにを読んでいるのかスマホの画面に目を戻した。

「今夜は夕食までに帰れそう？」アリスはレシピを見て、ケシの実をカップに四分の一量った。

「たぶん。料理を作る気になれないようなら、ぼくが帰りになにか買って帰るよ」

「そうしてもらえるとありがたいわ。わたしも簡単なものを作っておく」

ネイトはスマホ画面から顔をあげずにうなずいた。アリスはボウルの側面についた黒い粒が浮く黄色い生地を擦り落とし、最後にもうひと混ぜしてローフ・パンに流し込んだ。

「子ども部屋のペンキ塗り、今週末にやるつもり？」ローフ・パンの縁を持ってカウンターに一度、二度と叩き付け空気を抜き、もうひとつのローフ・パンにもおなじことをやった。

ドン、ドンという音にネイトがハッと顔をあげ、不快そうに眉間にしわを寄せた。「たぶん日曜に。土曜日は出社しなきゃならない。数時間ですむだろうけど」コーヒーを飲み終えると、カップと皿を濯いでから食器洗い機にセットした。

「ペンキはきょう買っておく」アリスは言い、ローフ・パンをオーブンに入れようとネイトの背後に回り込んだ。「おっと、ごめん」お腹で押してしまい、彼は両手でアリスの腰を摑んでよろけないよう支えた。ネイトの指がしばしそこで留まってから離れ、食器洗い機を閉めた。彼がアリスの体に触れなくなってだいぶ経つ——このあいだ数えたら四週間だった。「それとも、あなたが自分で選ぶ？　男女どちらにも合う無難な色でいいなら買っておくけど」

「きみに任せる」ネイトは無頓着に応え、シャツのボタンとボタンのあいだに突っ込んだネクタイを引きだした。ネクタイのしわを伸ばし、椅子の背に掛けておいた背広の上着を羽織った。

「いまのうちにやっておいたほうがいいと思って。ソフトイエローなんてどう？　それともミントグリーンとか」

「どっちでもぼくはかまわない」ネイトは隣の椅子からメッセンジャーバッグを取り上げ、頭を潜らせ斜め掛けにした。

「きょうは寒くなるみたいよ」アリスはボウルを洗って水切りラックに置きながら言った。「コートを着てったほうがいいんじゃない」

ネイトは顔をしかめた。ＬＡに住んでいたら、十月にコートを着ることもなかったのに、と思っているのだろう。日に何度、昇進を断ったことを悔やみ、太陽が燦々《さんさん》と降り注ぐカリフォルニアで自分のチームに指示を出すドリューを羨んでいるのだろう。彼はニューヨークでよくやっている——試験に受かったので給料もあがった。だが、マンハッタンのオフィスには上級管理職のポストの空きはなく（一年後には空きが出るかもしれない）、やっている仕事は以前と変わりなかった。彼の野望は抑えつけられ、転勤を断った時点で労働倫理を疑問視された。野心家の彼が満足しているわけがない。

「コートはなくて大丈夫」ネイトはコーヒーの入ったトラベルマグをアリスから受け取り、頬におざなりにキスした。「アリ、ぼくは……」

一瞬、目が合い、アリスは先を待った。だが、なにを言いたかったにせよ言葉は喉でつっかえた。彼は咳払いして一歩さがった。「気分がよさそうでよかった。葉酸を呑むの忘れないで」

「もう呑んだ。マルチビタミンもね」帰宅が七時をすぎるようなら電話する、とネイトが言い、行ってらっしゃい、とアリスは応じた。玄関で彼を送り出してドアを閉めると、ようやくほっとして肩の力が抜けた。それはお互いさまで、ネイトも家を出たとたんほっとしているにちがいない。失望オーラを発散しつづける夫がいない家にひとりきりはどんなに気が楽か。

毎日繰り広げられるうわべだけのやり取りは、緊張を強いられて厄介なことこのうえなかった。いつまで持ち堪《こた》えられるだろう？　子どもが生まれればある種の休戦状態に入れるのだろうか。少なくとも倦怠期《けんたいき》から目を逸らすことはできるだろう。

コーヒーを淹れ直していると、ブロンウィンからテキストメッセージが届いた。

〝けさのゲボの回数は？〟

クスクス笑いながら返事を打ち込んだ。

〝つわり：0。ヘイル：1〟

最悪だったH&Hランチのあと、二人は仲直りした。ブロンウィンはアリスを許してくれた。あんた、あのときは〝キレまくり〟だったからね、と言って。それから、アリスがチキンスープ以外のものを胃におさめておけるようになったら、ベーグルとマニキュアの一日に再挑戦する約束を交わした。ブロンウィンには感謝している。サリーを除けば、連絡を取り合っているのは彼女だけだ。

ドリューが夫婦のあいだに割って入ってくると思い込んだ自分が、いまは信じられない。ＩＵＤを装着したことを内緒にしたり、煙草を吸ったり、浮気していると夫を責めたりしたアリスが、いまの自分とおなじ人間とはとても思えなかった。あれは別バージョンのアリス・ヘイル——人生の目的を失って気弱になり、自分の潜在能力に気付くことができないアリス。そのアリス・ヘイルがいなくなってほっとしている。いまの自分には目を向けるべき大事なものがある。たとえば本。それに赤ちゃん。

お腹のわずかな膨らみを撫でてほほえみ、淹れたてのコーヒーにミルクを加えた。ようやく食欲が戻り、レモンとケシの実のパンが焼き上がるのが楽しみだ。なにかお腹に入れてそのまま留まってくれたら、どんなにほっとするだろう。

その日の午後遅く、サリーとパンを食べながらたっぷりおしゃべりして家に戻ると、どっと疲れてひと眠りしようと思った。赤ちゃん——ネイトによれば、まだたったのイチジク大——が消費するエネルギーの多さときたら度肝を抜かれる。ベッドが、早く潜り込みなよ、と呼んでいる一方で、原稿も、先を書け、と執拗《しつよう》にせがんでくる。ひと眠りはあとにして、眠気覚ましに紅茶を飲むことにした。やかんに水を満たしていると、カウンターの上でスマホが振動し、画面にネイトの名が現れた。ため息をつき、呼び出し音を四度聞いてから電話を受けた。

「もしもし？」

「やあ。きょうはどんな具合？」

やかんをガス台に載せ、戸棚から紅茶の箱を取る。「いいわよ、ありがと。あなたは?」

「いいよ。うん。でも、ウィリアムズ・ブリッジ駅でなにかあったらしくて。電車が通れないらしい」

「まあ。なにがあったんだろう」やかんの様子を見て、点火していなかったことに気付いた。

「人が突き落とされたらしい」

「まあ。ひどい」アリスはお腹に手をやった。「誰がそんなことするのかしら?」

「考えられないよね。残忍な話だ」そこで間があく。「それで、夕食はこっちですまそうと思うんだけど。電車が遅れるだろうから。きみがかまわなければ、だけど」

「まったくかまわない」ひとりでいられるのが嬉しかった。「連絡ありがと」

「ああ、いや。どういたしまして」ネイトは電話を切った。

スマホの着信音をオフにし、窓から暗くなった庭を眺めながらお湯が沸くのを待った。色とりどりに群生する花の時期はすぎ、残っているのは緑の植物とキツネノテブクロだけだ。ヴァニラ色のキツネノテブクロは謳い文句どおりに秋まで咲きつづけ、鹿を寄せ付けなかった。またネリーのことを思った。専業主婦だった彼女も、愛する庭が豊かな営みを繰り広げるのを眺め、満たされていたのだろうか。

アリスの意識が流れ出し――これも妊娠初期の副作用で、赤ん坊がアリスの集中力をすべて吸い上げているようだ――やがてネイトとの会話へと戻り、そのつもりはないのに身の毛もよだつ妄想に耽って……ホームから突き落とされたのがネイトだったら? 彼は石橋を叩いて渡る性格なのに、ホームでは安全ラインぎりぎりに立つ。そうなると、今夜だけでなく、この先ずっとこの家でひとりで暮らすことになる。ひとりでなんでも決めていかねばならない。

ネリーの姿が脳裏に浮かんだ。いまアリスが立っている場所に立ち、丹精込めた庭を眺める姿が。キッチンは弔問客が持ち寄ったキャセロールやケーキでいっぱいで、ネリーにとって不幸は他人事だ。アリスが不埒《ふらち》な空想をしたのは、結婚が悲劇で終わった場合——どちらが悪いわけでもなく一方が死んだ場合——誰からも咎められずにすむからだ。過失がなければ、歩み寄ることも期待することもない。シングルマザーになりたいとは思わないが、母はそれが可能だと身をもって教えてくれた。ひとりで生きていくことになっても、大丈夫な気がする。

窓にカチンと鋭い音がして——小鳥が誤ってぶつかった——アリスはキャッと言って飛びのき、やかんの湯が沸騰していることに気付いた。息を整える。心臓が喉元までせりあがっていた。火を消し、つま先立ちになって窓の下を覗き込んだ。草の上に小鳥の死骸が落ちていたらどうしようと思ったが、怪我もなく飛び去ったようだ。

頭を振って白昼夢を追い払い、ティーバッグを入れたマグにお湯を注いでデスクに向かった。絶え間ない吐き気で創造力が大幅に削がれたが、つわりがだいぶおさまってきたので、仕事に戻れそうだ。椅子をデスクに引き寄せ、引き出しを開けて写真立てを取り出しデスクに置いた。

細い腕を出し短パンを穿いた若く潑剌としたネリーが前庭に立ち、手袋をした手に切ったばかりのピンクのシャクヤクのブーケを抱えている写真だ。よく見れば剝き出しの膝に泥がついているのがわかる。わずかに仰向いてほほえみを浮かべ、輝く瞳はまっすぐカメラのレンズを見つめている。段ボール箱の蓋の内側に裏返しで差し込まれていたので、アリスがこの写真を見つけたのはつい最近だった。裏には〝ネリー、オークウッド・ドライヴ一七三、一九五七年六月〟と記されていた。

リチャードが亡くなって一年も経たないころに撮られたもので、ネリーは――少なくともアリスには――楽しく暢気そうに見える。誰が撮ったものであれ、ネリー・マードックの自然な姿を捉えている。

アリスは熱すぎる紅茶にそっと口をつけ、前日になんとか書いた二ページに目を通した。それから、ネリーに見られながら、うつむいて頭をまっさらにし、主婦の幽霊を呼び出した。静かで満ち足りた家の中に、キーを打つ音だけが響きわたった。

Recipe《レシピ》

エルシー・スワンのキッチンより

スワン家のハーブミックス

それぞれ大さじ1ずつ
- レモンバーム
- パセリ
- バジル
- タイム
- マジョラム
- セージ

キツネノテブクロ（花と葉）小さじ1

ハーブは新聞紙の上に広げて日陰干しする。乾燥したハーブをひとつずつ擂《す》り鉢《ばち》で擂り、ボウルに入れてよく混ぜ合わせる。ガラスのシェーカーに保存して、ミートローフやトーストしたチーズ・サンドイッチなど好みの料理に振りかける！　ビスケット生地に混ぜ込んで焼いてもいいし、サラダ・ドレッシングの香りづけにも使える。家族みんなが喜ぶこと間違いなし！

謝辞

わたしは料理本をたくさん集めています。パンやケーキの作り方の本はもちろん、ベジタリアンやヴィーガン向け、昔ながらの料理にフレンチ、イタリアン、バーベキュー、さらには原始時代の料理本まで、もっぱらジャケ買いして集めたものですが、実用に供したことはありません。なぜなら、これらの料理本に載っているのはたいてい肉料理で、いまはベジタリアンのわたしは、世界中の牛や豚や鶏のことを考えると泣きたくなるからです。大量の料理本の中には古いものもあります。古本屋で見つけた本もありますが、家に代々伝わったものもあって、わたしの宝物です。掲載されたレシピは……どう言ったらいいか、食欲をそそらない料理（そのひとつ、ゼリーサラダは当時の流行のひと品）ではあっても……時代を知る大事な資料です。その時代にだって強くて有能で興味深い女性たちがいたのに、能力を発揮したのは――時代の制約があり――もっぱらキッチン、さもなければ料理本の中だけ。

料理もですが、一冊の本を作るには様々な材料が必要です。そのうえ、材料のひとつが足りなかったり、量を量り間違えたりすれば、まずくて食べられずゴミ箱行きとなります。小説はスフレやパイ皮と同様作るのに細心の注意が必要ですが、シチューやポットパイと同様の満足感を与えてくれ、メレンゲケーキやベイクド・アラスカみたいに人を魅了します。もっとも、料理とちがって、本は材料を混ぜ合わせればできあがるというものではありません。そんなわけで、この本のレシピをご紹介します（分量はいい加減なので、こっちの材料のカップ二があっちの材料の小さじ一より大きな意味を持つわけではないことをご承知おきください）。

小説『良妻の掟』レシピ

材料

並外れた編集者　カップ三：マヤ・ジヴ、ラーラ・ヒンチバーガー、ヘレン・スミス

この人抜きでは書けなかったエージェント　カップ二：キャロリン・フォード（トランズアトランティック・リテラシー・エージェンシー）

有能な出版チーム　カップ一と二分の一：ダットン・US、ペンギン・ランダムハウス・カナダ（ヴァイキング）

PRとマーケティングの天才たち　カップ一：キャスリーン・カーター（キャスリーン・カーター・コミュニケーションズ）、ルータ・リアモナス、エリナ・ワイスベイン、マリア・ウェラン、クレア・ザヤ

作家集団の女性たち　カップ一：マリッサ・スタプリー、ジェニファー・ロブソン、ケイト・ヒルトン、シャンテル・ゲルティン、ケリー・クレア、リズ・レンゼッティ

わたしの正気を保ってくれた同業の友人　カップ二分の一：メアリー・クビサ、テイラー・ジェンキンス・レイド、エイミー・E・ライカート、コリーン・オークリー、レイチェル・グッドマン、ハナ・メアリー・マッキノン、ロージー・リム

わたしにない才能を持つ友人たち　カップ二分の一：ドクター・ケンドラ・ニューウェル、クレ

ア・タンジー
カーマ・ブラウン・ファンクラブのオリジナル・クリエーター　カップ四分の一：わたしの家族と友人たち、ミリアム・クラウセンのモデルとなった亡き祖母ミリアム・クリスティ、華々しい料理人にして素晴らしい母親であるわが母、フェミニストの父
内輪の人たち　大さじ一：アダムとアディソン、最愛の家族
ブック・ブロガー、ブックスタグラマー、作家、そして読者　大さじ二分の一：アンドレア・カッツ、ジェニー・オリーガン、パメラ・クリンガー＝ホーン、メリッサ・アムスター、スーザン　ピーターソン、クリスティ・バレン、リサ・シュタインケ、リズ・フェントン
ヴィンテージの料理本　小さじ一：なかでもインスピレーションの宝庫の『ピュリティ・クックブック』
忠実なラブラドール　小さじ一：そばにいてくれる毛むくじゃらの相棒フレッド・リコリス・ブラウン
グーグルを少量：おかげでタイムマシーンがなくても一九五〇年代に行くことができました。

作り方：すべての材料を文書作成ソフト、スクリブナーのファイルに入れる。ただしひとつ加えるごとに〝保存〟されていることを確かめること。永遠とも思われるほどの時間（実際には六ヵ月から三年をめどに）かき混ぜる。ワードのドキュメントに移して、滑らかになるまで捏《こ》ねる。出版社が用意した脂を塗った皿に注ぎ込み、一年ほど焼く。オーブンから出してしばらく冷まし、アイスクリームなどを添えて食卓へ。さあ、召しあがれ！

訳者あとがき

「自分とは何者か？」
哲学の命題みたいですが、読者のみなさんは考えたことがありますか？　仕事に忙殺される日々を送っていれば、あるいは食べていくのに精一杯だったら、そんなこと考える余裕はないですよね。ある意味、贅沢な問いかけかもしれない。

本書のヒロイン、新婚二年目、二十九歳のアリスは、マンハッタンの一流PR会社を突然辞め、夫に押し切られる形で郊外の一戸建てに引っ越し、暇を持て余すようになってはじめて、自分に問いかけます。「一流企業の優秀な広報でなくなった自分は、いったいなんなのだろう？」三十路を目前にして〝何者でもない自分〟と向き合うのはきつい。アリスのようにアイデンティティの拠り所だった仕事を失い、専業主婦になって一日中家にいる閉塞感と虚しさに悩む女性は、日本にも大勢いるのでは……と書いて、はっとなりました。いまの日本では、それは贅沢な悩みかもしれない。つぎの仕事をすぐに見つけないと生活が成り立たないから。

それでも、折に触れ「自分とは何者か？」と深く真剣に問いかけることは、生きてゆくうえでとても大事なことだと思います。答はそう簡単には出ないでしょう。一生問いつづけることになるかもしれない。程度の差こそあれ人がみな持っている〝承認欲求〟が満たされないとき（例えばSN

Sで〝いいね〟をたくさんもらえないとき）、そう問いかけることで自分を見失わずにすみます。

アリスが引っ越した、マンハッタンから電車で一時間ほどの郊外の一戸建ては、一九四〇年代に建てられた大きな屋敷で、手入れの行き届いた広い庭があります。この家に新婚間もない一九五五年からつい一年前（二〇一七年）まで住んでいたネリーという女性がもう一人のヒロインで、つまり本書は二人のヒロイン、ふたつの時代が交互に描かれるデュアル・タイムラインの作品です。ネリーは二十三歳、夫は父親から受け継いだチューインガム製造会社の若手社長ですから、傍目には裕福で幸せな新婚生活を送る専業主婦です。料理とガーデニングが得意で、ホームパーティーを開いて客たちから料理を絶賛され、丹精込めた美しい庭が近所の主婦たちの羨望の的になっていて、〝承認欲求〟は充分に満たされています。でも、内情は……結婚とはサバイバルゲームであることを、ネリーの物語は教えてくれます。

さらに、アリスの章の冒頭に掲げられるのが、昔（結婚し子どもを産むのが女の務めとされた戦前から戦後間もなくの時代）の雑誌や書物から引用された〝良妻の心得〟で、ネリーの章の冒頭は料理のレシピで飾られ、それぞれが章の内容と見事に呼応しています。〝良妻の心得〟は、現代を生きるわたしたちが読むとどれも非常にむかつく女性蔑視の内容ですが、こういう考え方はいまだに根強いので笑うに笑えません。

専業主婦があたりまえの時代に生きたネリーと、仕事も結婚も子どももすべて手に入れた女が勝ち組のいまの時代に生きるアリスとでは、専業主婦の中身も意味合いも異なります。ネリーの時代とちがって選択肢がいくらでもある環境にいながら、何をやりたいのかわからないアリスの感じる焦燥感は、ネリーには理解しがたいものです。ネリーがアリスを見たら、それこそ「贅沢な悩み」

と一笑に付すことでしょう。わずか六十年しか経っていないのに、女が置かれる状況はずいぶんと変わりました。その一方で、六十年も経っているのに、男を取り巻く状況はほとんど変わっていない。結婚生活における男女の役割分担は、いまだに女が家事をやって男はそれを手伝うという形だし（むろん例外はあります）、夫の転勤に妻がついてゆくのがあたりまえで、その逆はまずありません（就学時期の子どもがいれば単身赴任もありますが）。本書でアリスの夫が、郊外の一戸建て、子ども、出世、とアリスの気持ちを置き去りにしたまま何の迷いもなく突っ走る姿に、男の本音がよく出ています。つまり、アメリカでも男が一家の大黒柱であり、家父長制は厳然とつづいているという現実を、本書はけっして声高にではなく突き付けてきます。

日本には〝良妻賢母〟という言葉があります。女のあるべき姿、望ましい姿を謳う言葉。フェミニズムが盛んなアメリカでも、事情はそうちがいません。ネリーの時代はとくにそうでした。「女の生存は子どもを産むことによってのみ保証される」という突き刺さる言葉が、母の教えとしてネリーの中にしっかり根付いているぐらいですから。アリスはアリスで、結婚したらつぎは子ども、という夫からの無言のプレッシャーを肌で感じています。でも、それを逆手にとり、子どもを武器にして夫婦の主導権争いに勝つこともできます。そこまで描いているのが本書の痛快なところ。年代や生活環境によっていろいろな読み方ができる本書は、読書会向きの一冊であり、男性にもぜひ読んで欲しい一冊です。

作者のカーマ・ブラウンはカナダのオンタリオに生まれ、ウェスタン・オンタリオ大学で心理学と英語を専攻して一九九五年に卒業。二〇〇一年から二〇〇三年まで、トロントのライアソン大学の大学院に通いました。一九九六年から二〇〇九年まではビジネスコンサルティング会社のマーケティング部門で働いていています。

作家デビューは二〇一五年で、本書は五冊目の長編小説です。野菜とヨガが好きで、パンやケーキを焼くことが最高の気晴らしとか。

三十歳で癌を患い、闘病中に結婚。卵子を採取して凍結保存し、六年後に妊娠、生まれた女の子は今年十三歳になりました。本人は今年四十九歳、宣告から十九年がすぎた癌サバイバーです。

二〇二二年、晴れの日が少なかった九月

加藤洋子

カーマ・ブラウン
Karma Brown

カナダのオンタリオ州生まれ。ジャーナリスト、作家。ウエスタン・オンタリオ大学で心理学と英語を専攻し、その後ビジネスコンサルティング会社のマーケティング部門で働きながら、ライアソン大学大学院でジャーナリズムを学ぶ。

のちに小説やノンフィクションを執筆するようになり、本書は小説5作目にあたる。

現在はトロント郊外で夫、娘、犬と暮らしている。

加藤洋子
Yoko Kato

文芸翻訳家。ハンナ・ケント『凍える墓』、デレク・B・ミラー『白夜の爺スナイパー』『砂漠の空から冷凍チキン』（以上集英社文庫）、クリスティン・ハナ『ナイチンゲール(上・下)』(小学館文庫)、ケイト・クイン『戦場のアリス』『亡国のハントレス』『ローズ・コード』（以上ハーパーBOOKS）など訳書多数。

装画／MIKEMORI
装丁／藤田知子

良妻《りょうさい》の掟《おきて》

2022年12月20日　第1刷発行

著　者――カーマ・ブラウン
訳　者――加藤洋子《かとうようこ》

発行者――樋口尚也
発行所――株式会社集英社
〒101-8050　東京都千代田区一ツ橋2-5-10
電話　03-3230-6100（編集部）
03-3230-6080（読者係）
03-3230-6393（販売部）書店専用

印刷所――大日本印刷株式会社
製本所――ナショナル製本協同組合

 ISBN978-4-08-773522-2　C0097
定価はカバーに表示してあります。